SHANNON MAYER
KELLY ST CLARE

CORTE DE MEL E CINZAS

Tradução Renata Broock

Copyright © Shannon Mayer e Kelly St Clare 2021
Os direitos morais das autoras estão assegurados.
Tradução para Língua Portuguesa © Renata Broock 2023
Todos os direitos reservados à Astral Cultural e protegidos pela Lei 9.610,
de 19.2.1998. É proibida a reprodução total ou parcial sem a expressa anuência da editora.

Editora
Natália Ortega

Editora de arte
Tâmizi Ribeiro

Produção editorial
Ana Laura Padovan, Andressa Ciniciato, Brendha Rodrigues e Esther Ferreira

Preparação de texto
Pedro Siqueira

Revisão de texto
Adriano Barros, Alexandre Magalhães e Carlos César da Silva

Design da capa
Marcus Pallas

Dados Internacionais de Catalogação na Publicação (CIP)
Angélica Ilacqua CRB-8/7057

C536c
    Clare, Kelly St
      Corte de mel e cinzas / Kelly St Clare, Shannon Mayer ; tradução de Renata Broock. – Bauru,
SP : Astral Cultural, 2023.
      288 p. : il. (Coleção Mel e Gelo)

    ISBN 978-65-5566-399-0
    Título original: A Court of Honey and Ash

     1. Ficção norte-americana I. Título II. Mayer, Shannon III. Broock, Renata IV. Série

23-4406
CDD 813

Índice para catálogo sistemático:
1. Ficção norte-americana

BAURU
Avenida Duque de Caxias, 11-70
8º andar
Vila Altinópolis
CEP 17012-151
Telefone: (14) 3879-3877

SÃO PAULO
Rua Major Quedinho, 111
Cj. 1910, 19º andar
Centro Histórico
CEP 01050-904
Telefone: (11) 3048-2900

E-mail: contato@astralcultural.com.br

1.

P és e mãos plantados na areia ardente, sob um sol igualmente escaldante, mantive a posição desconfortável de cachorro olhando para baixo, como na ioga, enquanto esperava o bramido da Corneta da Iniciação. Engoli em seco, tentando não pensar no que significaria se fosse reprovada no teste final, depois de tantos anos de treinamento intenso e brutal.

Oito anos culminaram neste momento: ou vai ou racha.

Eu seria capaz de me tornar uma feérica da corte Seelie ou seria expulsa com os mais fracos de minha espécie?

— Merda — sussurrei, enquanto a bile subia pela minha garganta.

— Você está em uma boa posição para isso — Rowan, outro Aprendiz, murmurou à minha esquerda. Posicionado como eu, os pés e as mãos enterrados na areia, ele me deu um sorriso rápido, mas a tensão ao redor de seus olhos e de sua boca dizia tudo.

Aqueles que terminaram neste lugar sabiam as consequências do fracasso.

Aqueles de nós, que eram parte humanos, sabiam muito bem.

E mestiças como eu — *metade* humana, metade feérica — sabiam mais ainda. Desculpa ter nascido, acho.

Não sorri de volta. Em vez disso, abaixei a cabeça para olhar a areia entre os meus dedos. A dor de manter aquela posição era mais mental do que física, e tudo isso fazia parte do teste. Suor escorria pelo meu rosto. Meus ombros já estavam latejando. Meu cabelo grosso e escuro se soltava mais da trança a cada segundo. Fios soltos grudavam em meu pescoço e em minhas bochechas enquanto eu lutava para controlar a respiração. Os minutos passavam com uma lentidão excruciante, ao passo que a dor e a necessidade de me mexer faziam parecer que o tempo passava três vezes mais devagar.

Alguém na fila choramingou, e eu podia adivinhar quem era. Bracken. Ela *não* foi feita para isso, mas, como o resto de nós, não teve escolha a não ser treinar e rezar para que não fosse expulsa. Pouquíssimas mulheres tinham sido enviadas para o treinamento, e o motivo era: o baixo número de feéricos nascidos a cada ano significava que as mulheres precisavam ser mantidas o mais seguras possível.

Exceto quando havia motivos para esperar que você fosse expulsa a fim de que não fizesse parte do mundo feérico — para que sua linhagem terminasse sem que a classe dominante realmente tivesse que se mexer para isso.

Nós, bastardos e órfãos, não tínhamos família para nos apoiar, ou apoiar nosso treinamento. Aqui em Underhill, só tínhamos uns aos outros, por mais assustador que fosse pensar nisso; e como muitos de nós tínhamos vindo do mesmo orfanato, havia anos de história entre vários de nós.

— Força, Bracken! — berrei. — Não ouse desistir agora. Estamos apenas começando!

Ela respondeu choramingando novamente, e alguns dos outros vinte e quatro Aprendizes concordaram com um resmungo.

Ao longe, um longo suspiro foi se formando no ar, e aumentou até virar um profundo lamento, cortando os sons das respirações pesadas ao meu redor e retumbando na explosão estrondosa da Corneta da Iniciação.

Com isso, abandonei a posição em que estava e pulei para a frente com os outros. Areia voou para todos os lugares enquanto corríamos, mas a voz afiada do meu treinador soava ainda no fundo da minha mente: *assim que ouvir a corneta, corra. Essa corneta não liberta apenas você; ela põe as feras de Underhill em seu encalço.*

"Feras" era uma maneira educada e totalmente imprecisa de chamar...

— Monstro à esquerda! — Rowan alertou.

Rapidamente, nosso grupo se dividiu ao meio para enfrentar o primeiro obstáculo da prova.

Nosso líder (ele mesmo se nomeou assim), Yarrow, ficou com o lado direito, enquanto eu fiquei com o esquerdo. Rowan e Bracken estavam logo atrás de mim.

Nossa missão geral era "coletar as moedas" escondidas no percurso, mas é claro que havia monstros envolvidos. A grande questão era quais deles nos mandariam hoje.

Dei minha primeira boa olhada.

Fodeu.

— Dragão — Bracken gritou.

Seu grito foi ficando mais fraco conforme fugia. Merda. *Tchau, Bracken.*

Virei à esquerda, ignorando o fato de que tínhamos perdido Bracken. Não ousei tirar os olhos do "pequeno" problema que subitamente pairava sobre nós.

Não era apenas um dragão, mas um dragão de *três cabeças.* Tinha duas cabeças a mais do que deveria, na minha humilde opinião. Chamas enormes saíam de cada boca. Com escamas muito pretas, a fera não parecia real para mim — era mais como se alguém a tivesse recortado e colado de um daqueles filmes terríveis dos quais os humanos gostavam, e aos quais o orfanato nos deixava assistir nas noites de sexta-feira como recompensa se fôssemos bonzinhos.

Seus membros se moviam de modo estranho, sacudindo-se em ângulos bizarros enquanto ele se movia pesadamente em nossa direção.

Lento.

Estúpido.

Sem equilíbrio.

— Armas — Yarrow bradou.

Tirei o arco do ombro e puxei uma flecha da aljava de uma vez só. Colocando-a em posição, mirei para além da pena.

A cabeça do meio balançou para a esquerda e para a direita, quase indecisa. Concentrei-me no globo ocular, que girava furiosamente, e disparei a flecha. O som da ponta afiada atingindo meu alvo se perdeu no caos ao redor, mas pude ouvi-lo ecoar na minha mente mesmo assim.

A cabeça que mirei tombou como uma flor murcha, mas a fera continuou vindo, as duas cabeças restantes nem mesmo olharam para a que estava caída entre elas. Fiz uma careta. Como aquilo não tinha incomodado a criatura? Não houve sequer uma reação à dor de um globo ocular perfurado.

Flechas e lanças passaram voando por mim, algumas afundando nas ancas e na cauda farpada do monstro, muitas errando completamente o alvo; contive um suspiro. Quer saber um segredo não tão secreto? Feéricos, mesmo os mestiços, são péssimos lutando com qualquer arma que não seja magia. E adivinhe qual a regra deste teste final para provar nosso valor?

Isso mesmo: atacar sem magia. E, para mim, essa regra era ótima, visto que minha magia... bem, não era o que você chamaria de extraordinária.

Disparei outra flecha e acertei a cabeça da esquerda.

— Vamos logo com isso, Kallik — Yarrow rugiu.

Alli. Preferia que me chamassem de Alli, e ele sabia muito bem disso.

— Toda ajuda é bem-vinda — murmurei, mas sorri maliciosamente quando a terceira flecha atingiu o alvo. Agora tínhamos um buquê de flores monstruosas e murchas. Ou algo do tipo.

As cabeças do dragão caíram no chão. Pelo que pude perceber, mortas. Mas o corpo continuou a se mover, cambaleando na areia quente e arrastando as cabeças atrás de si.

Nojento. Não era a pior coisa que tinha visto nos últimos oito anos. Certamente também não era a pior coisa que tinha sofrido.

Estudei a fera. Era como se os cérebros não estivessem conectados ao resto do corpo dela. A criatura estava ao mesmo tempo viva e *morta*. Estranhamente fascinada, abaixei meu arco e flecha para assistir àquela bizarrice.

— Pegue as moedas! — A voz retumbante de Yarrow me sacudiu.

Extraí energia verde das árvores próximas e a usei para alimentar minha magia índigo, envolvendo minha garganta para amplificar a voz.

— As moedas — gritei, a voz amplificada pela magia, para parte do meu grupo. — Peguem as moedas!

Rowan me deu um tapinha no ombro.

— O Yarrow conseguiu dar uma ordem antes de você?

Sim. E essa merda nunca teria fim. Yarrow, o bastardo da Casa Dourada — um nível abaixo da Casa Real — havia se designado como a ruína da minha existência desde o momento em que cheguei. Se pensasse muito a respeito, ainda podia sentir as mãos pegajosas dele sobre mim enquanto apalpava minhas roupas.

Estremeci. *Não, não quero pensar nisso.*

As duas partes de nosso grupo cercaram a fera.

Ouvi uma comemoração, e avistei nosso tesouro um instante depois. Atrás do corpo do dragão cambaleante havia um baú de madeira com tiras de ferro.

Rowan alcançou o baú primeiro e, segurando cautelosamente a borda de madeira para evitar o ferro, abriu a tampa. Seu cabelo castanho-escuro refletia a luz, dando-lhe um belo tom acobreado quando ele se inclinou para espiar ali dentro. Não, não era o cabelo dele refletindo a cor. Rowan olhou para cima, o brilho acobreado agora em seu rosto.

— Merda. Não tem moedas suficientes. — Olhou rapidamente para nós. — Vinte, no máximo.

Então essa não era uma tarefa estilo "coletar moedas em equipe". Era "pegue uma moeda ou você está ferrado".

Ele me jogou uma, guardou a sua e então recuou, enquanto os outros lutavam pelo resto. Yarrow abriu caminho às cotoveladas. *Babaca.*

Rowan deu um tapinha no meu ombro. Estivemos juntos no orfanato e, embora não fôssemos amigos íntimos, nos conhecíamos havia anos.

— A gente devia ir. Acho que daqui em diante...

Concordei com um aceno, já enfiando minha moeda na pochete.

— O próximo desafio provavelmente vai ser assim. Ainda menos moedas, para eliminar mais pessoas.

O jogo havia mudado.

Saí correndo com Rowan, e não diminuí a velocidade para guardar meu arco, mas o mantive firme na mão esquerda, e duas flechas na direita. Melhor tê-lo pronto e à mão caso mais bestas aparecessem.

Mas, enquanto corríamos na duna, uma coisa chamou minha atenção: Bracken, chorando, encolhida em um canto e com os ombros tremendo.

Enfiei minhas flechas no cinto, corri até ela e a agarrei pelo braço.

— Coragem, Bracken. Talvez a gente consiga te ajudar a arranjar a próxima moeda.

Ela balançou a cabeça afirmativamente, o longo cabelo loiro solto e desastrosamente emaranhado.

— Tá bom...

Rowan revirou os olhos verdes brilhantes, mas não disse nada, nem eu. Não podíamos deixá-la para trás. Underhill, o lar ancestral dos feéricos, era perigoso, mesmo para aqueles preparados para enfrentar seus desafios imprevisíveis. Essa área do reino permaneceria extremamente volátil pelas próximas horas depois do toque da Corneta da Iniciação. *Além disso*, pensei enquanto puxava seu braço com mais força, *Bracken não tem culpa de ter um treinador de merda.* Rowan e eu tivemos sorte de pegar Bres. Mesmo sendo um velho babaca, era o melhor em treinar jovens feéricos.

A areia mudava sob nossos pés enquanto corríamos, transformando-se de escaldante e pedregosa para fria, úmida e pesada. Um oceano apareceu literalmente diante de nós, estendendo-se a perder de vista, e reduzi a velocidade quando uma onda quebrou à nossa direita, alastrando-se pela praia recém-criada.

Underhill ataca novamente.

E desta vez atacou meu ponto fraco. Meu coração batia forte enquanto eu estudava a superfície agitada. Afastei da minha expressão o pânico que tentava me sufocar, uma velha memória tentando abrir caminho até a superfície.

Fria, a água estava tão fria; e eu não conseguia respirar.

Não, eu não podia deixar o passado roubar meu futuro.

— Bres disse que teríamos três desafios. Armas. Coragem. Inteligência. — A voz de Rowan chegou até mim. — O que você acha que vem agora?

Tínhamos completado o obstáculo das armas, ou assim eu pensava.

Soltei o ar enquanto as ondas se acalmavam e a superfície parava de se mover.

— Coragem.

Bracken abraçou a si mesma.

— Por quê? É só água. Talvez seja inteligência. É mais difícil segurar a respiração por muito tempo quando estamos em perigo.

Não brinca. E era ainda mais difícil para os mestiços, que tinham que lutar contra seus instintos humanos para respirar. Mais difícil *ainda* para aqueles com um medo nauseante de água.

Fechei os punhos e me preparei para o que aconteceria a seguir.

Ergui o rosto e olhei para a água. Algo prateado cintilou no ar, rodopiou, caiu no oceano e desapareceu.

— Vocês viram aquilo? — perguntei.

Senti mais do que vi o aceno de cabeça de Rowan.

— Moeda de prata — ele grunhiu.

A confirmação foi suficiente para mim. Melhor acabar com isso logo. Antes que pudesse mudar de ideia, tirei a roupa e larguei as armas na areia molhada.

Rowan não hesitou antes de seguir o exemplo, e Bracken se despiu depois de uma breve pausa.

— Você nada bem? — Rowan perguntou a ela.

Bracken mergulhou a cabeça.

— Nado.

Ele não me devolveu pergunta alguma. Trabalhei duro para evitar que minha fraqueza se tornasse de conhecimento geral. Quer dizer, eu sabia nadar, mas...

Forcei meus pés pelas águas rasas, sibilando quando o frio me atingiu.

Nós três já estávamos até a cintura quando o resto do grupo chegou. Rowan e Bracken nadaram sem mais demora. Os outros Aprendizes seguiram a nossa deixa. Eu não podia demorar, tinha que fazer isso. Inspirando pelo nariz algumas vezes, contive meus pensamentos de pânico e mergulhei para a frente.

A água estava tão fria que parecia que meu tórax e minha cabeça estavam amarrados com ferro. Ou era pânico? Com movimentos frenéticos no início, nadei o máximo que pude antes de voltar à superfície para respirar. Rowan e Bracken estavam na minha frente. Batendo os dentes, me apressei para me juntar a eles no local onde tínhamos visto o clarão prateado.

Rowan olhou para o fundo, e eu olhei também, tentando me concentrar na missão. A água estava excepcionalmente límpida, dava para ver todo o caminho e, bem no fundo, havia um baú idêntico ao protegido pelo dragão. De madeira. Com faixas de ferro.

— Respirem fundo — Rowan disse. — É longe.

Mais fácil falar do que fazer, mas inspirei o tanto que pude e mergulhei.

Nadei com força, mas estava na metade do caminho quando meus pulmões começaram a gritar por fôlego. Logicamente, entendia que, sendo meio feérica, eu não *precisava* respirar por vários minutos, mas *porque* era meio feérica, as partes humanas da minha mente não aceitavam isso como verdade. Sem contar meu medo de me afogar.

Rowan e Bracken estavam à minha frente, quase chegando ao baú.

A pressão em meus pulmões aumentou. Minha mente gritava para voltar urgentemente para a praia, mas não, eu não desistiria.

Eu me recusava.

Bolhas saíram de meus lábios e subiram para a superfície, mas continuei. *Quase lá.*

Rowan se virou, uma moeda de prata na mão. Olhou para além de mim, os olhos arregalados, apontando com o dedo.

Quando me virei, Yarrow, nadando rápido, já tinha me alcançado. Com a faca curvada na mão, ele passou a lâmina pela minha coxa esquerda, me cortando. Uma mancha vermelha redemoinhou ao nosso redor, mas mal senti no frio entorpecente da água.

Ele desferiu outro golpe, e eu o chutei para trás, esbarrando em algo macio e mole.

Yarrow se virando para fugir foi uma indicação apropriada do que a coisa macia e mole poderia ser.

Esteja atenta ao inesperado.

Eu me virei devagar, e esqueci meu dilema respiratório.

Tentáculos apareceram ao meu redor. Avistei ventosas do tamanho da minha cabeça enquanto a criatura marinha chicoteava os membros, tentando prender os Aprendizes que nadavam.

O monstro com tentáculos não me deu a menor atenção; em vez disso, se virou para os outros Aprendizes. Estaria eu perto demais para que me visse?

Merda, o cheiro de sangue na água não passaria despercebido. Tirei meu cinto e o amarrei em volta da perna, então nadei abaixo do corpo bulboso e rosado da criatura até o baú.

Meus olhos se arregalaram quando peguei a última moeda de prata. Mais Aprendizes do que eu imaginava tinham passado por mim. Agarrar a última moeda foi arriscado demais para o meu gosto, e pelo que tinha visto, haveria *menos* moedas na próxima parada.

Precisava me apressar.

Rowan e Bracken nadavam para a superfície, já muito à minha frente. A fera do mar desenrolou um tentáculo gigante na direção deles, e Rowan parou para cortá-lo.

O monstro gritou e recuou.

Não gostou da dor, né? Bom saber.

Moeda na boca, agarrei o baú e o bati contra o pedestal de rocha onde ele estava. O baú rachou, formando ondas na água, e agarrei uma longa ripa com uma borda irregular.

Batendo as pernas com força, nadei por baixo e para trás da besta com tentáculos. Ela subiu para a superfície para agarrar Rowan e Bracken, e eu a segui, preparando-me para golpeá-la caso ela conseguisse enganchá-los e arrastá-los para baixo, como tinha feito com alguns dos outros Aprendizes. Pelo que pude ver, pelo menos sete feéricos tinham sido apanhados em vários tentáculos. Não poderia salvar todos, mas talvez conseguisse ajudar alguns.

Os tentáculos livres alcançaram Rowan e Bracken, então atingi a parte inferior macia do bicho com o longo pedaço de madeira.

O monstro gritou outra vez, o som reverberando pela água, e desviou sua atenção para o fundo do mar, liberando alguns Aprendizes de seus tentáculos. Isso foi o melhor que pude fazer.

Aproveitei e nadei para longe.

Chegando à superfície, não ousei desacelerar, nadei o mais rápido que pude para as águas rasas.

Ofegante, sedenta por ar, do qual eu tecnicamente *ainda* não precisava, rastejei na areia molhada, examinando meus arredores.

Bracken estava agachada na minha frente, mas Rowan não estava lá.

Ele fora em frente. Não o culpava, esse era o jogo.

Bracken me observou atentamente com seus olhos azuis brilhantes. Piscou algumas vezes e estendeu meu arco e flecha.

— Os meninos queriam quebrar.

E ela os tinha impedido? Enfiei minha moeda de prata na pochete e peguei minha arma.

— Obrigada.

— Era o mínimo que eu podia fazer — ela disse. — Você me ajudou a conseguir uma moeda. Talvez eles me deixem ser comerciante agora, em vez de me expulsar para o Triângulo.

Tinha entrado nisso determinada a conseguir uma moeda de cada cor, mas ela estava certa: eles provavelmente distribuiriam prêmios de consolação para aqueles que obtivessem sucesso em alguns desafios, mas não em outros.

— Vamos lá. — Mancando, consegui ganhar velocidade, embora minha perna latejasse como se eu tivesse levado um coice de uma mula, agora que o efeito entorpecente da água gelada havia passado. Olhei e vi que a ferida era mais superficial do que eu pensava. Ótimo.

— O que aconteceu? — Bracken perguntou.

— Yarrow — cuspi. Que a deusa o amaldiçoe até as profundezas. — Quantos saíram na minha frente?

— Aproximadamente quinze, incluindo o Rowan. Mas vários deles se uniram e chegaram à superfície antes de mim e o Rowan.

Uma aliança. Excelente.

Corremos, e a paisagem mudou de oceano para uma selva densa que parecia subir uma montanha. Os músculos da minha coxa relaxaram com o calor repentino e enjoativo, e a ferida, embora ainda incomodasse, não estava me impedindo de correr. À medida que a folhagem mudava, o chão também mudava, e não demorou muito para que estivéssemos de frente a uma rocha íngreme.

— Acha que devemos subir? — Bracken quis saber, baixinho.

Uma cobertura cinza cintilante revestia parte da parede de pedra. Coloquei a mão e senti uma energia passar pelos meus dedos, quase me chamando.

— Acho.

Escalando a encosta íngreme da rocha, uma mão de cada vez, cuidadosamente encontrando apoios para os pés e para as mãos, subimos.

Não havia rede de segurança embaixo de nós, e depois da anarquia frenética debaixo d'água que tinha acabado de acontecer, a subida estava sinistra.

Esse tinha que ser o teste de coragem.

Dentes cerrados, controlei minha respiração. Entra pelo nariz e sai pela boca. Não surtaria: alturas não me incomodavam. Esse era muito mais o meu elemento do que o oceano.

Água batia em algum lugar acima, mas ignorei o som quando minha mão finalmente encontrou o topo do penhasco. Eu me arrastei sobre a borda e virei de bruços para olhar para baixo. *Ah*, Bracken estava bem ali.

Estendi a mão, ajudando-a a terminar de subir.

— Você conseguiu. Bom trabalho.

— Que bom que se juntaram a nós — Yarrow comentou.

Virando-me de cócoras, eu o encarei.

Eles.

Os meninos estavam dispostos em um semicírculo ao redor de Yarrow, incluindo Rowan. Quinze deles.

— Como líder do grupo — ele falou lentamente —, insisto para que as damas vão primeiro. Mesmo não tendo certeza de que essa palavra se aplica a alguém da sua... linhagem duvidosa.

Ele sempre tinha o cuidado de não me chamar de mestiça quando os superiores pudessem estar ouvindo.

Yarrow riu, e os outros riram junto com ele. Rowan também. Ah, inferno. Não me importava de Rowan se juntar ao lado vencedor, ele estava sendo esperto. Mas ser um babaca? Isso, sim, o colocou na minha lista de desafetos.

Meu palpite do porquê os meninos esperaram por nós: algo realmente perigoso estava por vir, e Yarrow queria ver alguém estragar tudo primeiro. Era uma ideia inteligente, apesar de covarde.

Ofereci para ele um sorriso seco.

— Não foi o que você disse outro dia, *líder do grupo.*

Ele apertou o punho da espada, tensionando os nós dos dedos, mas me obriguei a passar direto por ele, como se minha perna não estivesse latejando e prestes a ceder após a escalada.

Porque atrás deles estava o próximo desafio. E com a oferta limitada de moedas, fazia sentido ir primeiro.

Ignorando zombarias e provocações, fui pelo único caminho que levava para longe da borda. O barulho da água aumentou para um rugido furioso que ecoava o pulsar do sangue em meus ouvidos.

De novo?

Arregalei os olhos.

Uma cachoeira caía em um fosso que devia ter centenas de metros, mas que parecia incrivelmente raso visto daqui. Ofeguei só de pensar em mergulhar. Não era possível que quisessem que nós fizéssemos *isto.*

No entanto, o caminho cinza-claro brilhante terminava naquele ponto exato, e não havia mais para onde ir.

Definitivamente precisávamos pular.

Deslizei um pé para trás. Não, de jeito nenhum. Não ia conseguir. Só porque Underhill muitas vezes parecia um sonho, não significava que não morreríamos. Se eu pulasse, ou morreria esmagada nas rochas ou me afogaria.

Deslizei outro pé para trás.

— Alli, cuidado! — Bracken gritou.

Eu me engasguei com um grito quando senti uma mão grande entre minhas omoplatas. Só tive uma fração de segundo para dar impulso com a perna boa, catapultando meu corpo para longe do penhasco.

E então... queda livre.

Senti um grito preso na minha garganta, e o pânico me atingiu com tanta força que minha visão periférica começou a ficar turva. Fechei os olhos e me entreguei ao destino.

Minha mente foi atingida por flashes de memórias, o que muitas vezes acontecia quando eu estava perigosamente perto da morte. *A infância de uma pária mestiça. O orfanato. A luta para chegar aqui, para passar por esse teste.*

De repente, entrei em uma quentura sedativa que gentilmente retardou minha queda, balançando-me em seus braços. Água. Mas foi tão reconfortante, e minha aterrissagem foi tão perfeita, que por um momento pensei que tinha morrido com o impacto.

Havia magia em jogo. Eu me debati contra a calmaria da água enquanto ela me levava para a base da cachoeira.

Um baú de madeira familiar me esperava em cima de uma pedra plana.

Tremendo e me movendo no piloto automático, empurrei a tampa e tirei uma das oito moedas de ouro, depois peguei outra para Bracken também. Queria mais que aqueles caras se ferrassem.

Ainda em estado de choque, forcei-me a entrar na água mais uma vez para nadar até a beira da lagoa quente e sair.

Terra. Terra gloriosa, firme, sem perigo de afogamento, estava finalmente sob meu domínio. De joelhos, afundei os dedos na terra e observei cada um dos outros Aprendizes cair na água. Nenhum deles se machucou — o que confirmou que não havia de fato nenhum perigo na queda. Só precisávamos de coragem para pular.

Ou a sorte-azar de ser empurrado.

Yarrow foi o quinto a saltar. Ainda a tempo de conseguir uma moeda de ouro. *Desgraçado.*

Rowan foi o oitavo.

Marchou para fora da água de mãos vazias e com a cabeça baixa.

Não lhe dei a moeda extra. Ele definiu a melodia; agora eu dançaria com a música.

Bres e os outros treinadores emergiram da selva, e eu notei vagamente a maioria dos meus companheiros Aprendizes chegando atrás deles, aqueles que não tinham conseguido chegar ao último obstáculo.

Minha atenção estava no topo do penhasco. Bracken não tinha pulado.

— Mergulhe, Bracken — eu sussurrei.

Duvidava que ela pulasse... *Eu* não pularia se soubesse que nada de bom viria disso — mas, se ela não completasse o desafio, pode ser que não me deixassem entregar a moeda a ela.

Em seguida, houve um sibilo repugnante e vislumbrei um traço de cabelo loiro. Ela atingiu a água quase sem provocar respingos. Alguns segundos se passaram antes que ela flutuasse para a superfície.

— As moedas acabaram, mas quis pular de qualquer maneira. — Deu de ombros, juntando-se a mim.

Deslizei a moeda de ouro extra para sua mão e pisquei, vendo sua expressão boquiaberta. Vamos ver o que Rowan achava agora.

Alguém bateu palmas, capturando minha atenção.

Bres deu um passo à frente.

— Aqueles com três moedas farão parte da Elite Seelie. Vocês receberão treinamento na área de sua escolha, juntamente com um auxílio, uma casa, um brasão e dois servos humanos.

Yarrow estufou o peito.

Franzi o nariz, mas o desejo profundo que me invadira desde o segundo em que comecei a treinar cresceu dentro de mim agora.

Minha própria casa.

Meu próprio dinheiro.

Eu tinha três moedas. Faria parte da Elite. Eles podiam ficar com o brasão e os servos, mas o resto... era minha independência e minha liberdade.

Bres continuou:

— Aqueles com *duas* moedas farão parte da Classe Mediana Seelie. Receberão treinamento na área de sua escolha, juntamente com meio auxílio e acomodações compartilhadas com os de seu status.

Bracken agarrou meu braço, apertando-o com força.

— Obrigada, Alli.

Bem mais do que ela poderia esperar.

Não conseguia responder, um pouco entorpecida de ouvir sobre o futuro que haviam delineado para mim.

— Aqueles com uma moeda... — Bres gritou. Vários do grupo encharcado o olharam. Não devem ter conseguido passar pelo monstro com tentáculos.

— Serão treinados como comerciantes, e receberão acomodações compartilhadas com os de seu status.

Restavam apenas vinte e quatro em nosso grupo após os oito anos de treinamento. Dois dos quatro sem moedas começaram a chorar, os outros dois tremiam mais do que Bracken no penhasco.

— E aqueles sem moedas — Bres anunciou — também se tornarão comerciantes.

Suspirei junto com os outros.

— Sabia que não expulsariam a gente. — Rowan se aproximou de mim. — Não com tão poucos feéricos, e a população de humanos tão grande.

Ele *não* estava tentando falar comigo depois de fazer aquele monte de merda, né? Idiota.

Ignorei-o com sucesso.

Bres abriu bem os braços.

— Oito anos de trabalho duro. Quem ainda está aqui já provou seu valor cem vezes. Cada um de vocês é digno de se juntar à corte Seelie, não importa a função. Tudo o que resta é fazer o juramento ao nosso reverenciado rei. Tenho a honra de apresentar nossa Oráculo para ouvir seus juramentos.

Uma onda percorreu nosso grupo. A maioria já tinha visto a lendária Oráculo em sua seleção — o momento em que você era colocado na corte Seelie ou Unseelie —, mas eu não tinha passado por ela.

A mulher velha e corcunda saiu da selva e parou entre os treinadores e nosso grupo maravilhado. Um capuz cobria seu rosto, e eu não era a única a me esticar para ter um vislumbre do que estava escondido em suas profundezas.

Os treinadores nos arrumaram em uma fila única, e me enfiei no fim, logo atrás de Bracken. Aqueles à minha frente se ajoelharam para fazer o juramento que os ligaria ao rei Seelie e à Underhill que compartilhamos com a corte Unseelie. Não era um juramento que um feérico poderia simplesmente *desjurar*. Quebrar uma promessa à corte faria um feérico ser magicamente sujeito ao exílio.

Soltei um suspiro reprimido, meio que esperando que arrancassem as minhas três moedas por alguma regra falsa. Sentia meu coração palpitar de ansiedade enquanto a fila diminuía. Qual área deveria escolher para treinar? E para viver? A Ilha Unimak, situada no Mar de Bering, na costa do Alasca, estava repleta de belas paisagens. Senti meus olhos arderem com lágrimas.

Toda a minha vida sonhara com esse momento.

Finalmente estava acontecendo.

Bracken se ajoelhou e murmurou o juramento que todos esperávamos fazer desde o dia em que entramos em Underhill.

Quando ela se juntou aos nossos colegas, que sorriam e gargalhavam, inclinei meu queixo e me ajoelhei em seu lugar. A última a fazer o juramento.

— Sua mão — a Oráculo exigiu.

Tentei novamente espiar dentro do capuz dela, mas só consegui ver uma longa mecha de cabelo grisalho — uma prova de sua idade, já que feéricos não envelhecem como os humanos.

Estendi a mão direita e ela furou a palma com a ponta de uma faca de cristal. O sangue subiu pela lâmina.

— Faça seu juramento agora, Kallik — disse em uma voz mais suave.

— E que a deusa nos ajude com o que virá depois.

Com uma velocidade que desmentia sua idade, a Oráculo enfiou a lâmina de cristal no chão diante dos meus pés.

Fiz uma careta. Ela não tinha feito isso com mais ninguém. Mas as palavras em gaélico haviam sido gravadas em mim em preparação para este momento, e agora fluíam de meus lábios, melódicas e ásperas.

— Eu, Kallik de Casa Nenhuma, juro proteger e defender as leis de Underhill. — Minha mão esquentou onde havia sido perfurada, e eu a esfreguei. — Ligo minha alma a seu poder. Prometo que minha espada obedecerá às ordens do rei Aleksandr. — O calor cresceu, espalhando-se com rapidez pelo meu corpo agora trêmulo. — Se eu algum dia falhar, perderei meu lugar neste mundo, em Underhill, e onde quer que esteja além.

As palavras finais deixaram meus lábios, e minha magia fluiu por mim e para fora em uma onda explosiva enquanto a terra subia. O próprio ar ao nosso redor estalou com uma explosão de luz verde. Fragmentos de gelo da mesma cor, afiados como lâminas dispararam ao nosso redor enquanto o mundo explodia.

Caí no chão, mãos na cabeça enquanto os feéricos gritavam.

Mas não havia como se esconder do chão se transformando sob mim.

Selva, água, areia, mel, nuvem, espinhos, gelo.

Underhill era imprevisível ao extremo, mas em oito anos *nunca* fizera nada assim. O que estava acontecendo?

Enquanto o mundo continuava a tremer, fiquei agachada, olhando para o que agora era um chão de terra muito normal coberto de agulhas de pinheiro. Muito normal. Diferente de tudo que tinha visto desde... desde que vim para cá.

Levantei a cabeça e meu olhar se cruzou com o da Oráculo. Ela havia tirado o capuz e, enquanto um olho estava fechado com uma grande cicatriz, o outro brilhava com todas as cores possíveis.

Ela me olhava, me condenando em silêncio.

— O que está acontecendo? — sussurrei por cima dos gritos e estrondos.

De alguma forma ela me ouviu.

— Underhill não existe mais, Kallik de Casa Nenhuma — a Oráculo respondeu. — Você a destruiu.

2.

Fiquei em pé, olhando para o espaço que havia sido Underhill apenas um momento antes. Um vento gelado bateu em meu rosto, congelando em segundos os respingos que sobraram do meu mergulho. Os treinadores berravam ordens, e se ouviam gritos.

A voz de Bres soava mais alta, mas fiquei ali, incapaz de me mover, enquanto a Oráculo olhava para mim. Ela não disse nada, apenas apertou mais o capuz em volta do rosto, virou as costas e foi embora.

— Aproxime-se, Kallik! — Bres rugiu. — Uma tempestade está chegando!

Ouvi um guincho no ar, e a neve caiu tão pesada que mal podia ver através dela. Forcei meus pés a se moverem, sem realmente conseguir processar que caralho tinha acabado de acontecer.

A Oráculo tinha que estar errada. Eu, Kallik de Casa Nenhuma, e uma das piores usuárias de magia do meu grupo, não poderia ter nada a ver com... a destruição de Underhill.

Tropecei por um monte de neve de sessenta centímetros de profundidade até onde Bres e os outros tinham acabado de passar.

À nossa frente estavam duas outras tropas com treinadores: outro grupo Seelie e um Unseelie. Nós nunca tínhamos nos visto, éramos mantidos separados dentro de Underhill para o treinamento.

— Sigam-me! — Bres gritou, a voz amplificada por magia para ser ouvida por cima da tempestade.

Um pensamento me veio à mente e fiquei sem fôlego.

— Alguém se machucou?

Bres olhou para mim com seus olhos de aço:

— Não.

Um alívio repentino e doce fluiu dentro de mim. A morte de um feérico não era pouca coisa para nossa pequena população. Embora às vezes fosse necessária, não achava que poderia me encarar no espelho se algo que eu *talvez* tivesse feito ferisse alguém do meu povo sem justificativa.

Como treinador-chefe de nosso grupo, Bres nos levou por um caminho até uma enorme cabana de madeira, a mesma que conhecemos oito anos atrás, antes de entrarmos em Underhill. Projetada como uma espécie de retiro, havia vinte quartos no segundo andar, e o andar principal tinha facilmente quinhentos metros quadrados de espaço aberto, além de uma cozinha enorme.

Entramos, todos amontoados, os outros dois grupos nos empurrando para se abrigarem da nevasca.

Rapidamente acenderam um fogo na enorme lareira de pedra, e o calor começou a circular devagar. Estar abrigada da tempestade já era o suficiente para melhorar as coisas.

Os Aprendizes Seelie ficaram à esquerda, os Unseelie à direita. Uma divisão que seria para sempre.

Fui na direção de uma janela e olhei para a nevasca crescente, ouvindo apenas parte dos sussurros que circulavam pela sala como corvos.

— O que aconteceu? Nosso treinamento acabou?

— Podemos ir para casa em Unimak?

— Underhill realmente sumiu?

Um dos outros treinadores, que eu não reconhecia, falou. Com uma rápida olhada por cima do ombro, identifiquei-o como Unseelie e, por um momento, pensei que fosse alguém conhecido. O cabelo escuro caía sobre seus ombros, mas seus olhos eram de um verde profundo. Sua magia era verde-escura e combinava com seus olhos, como tantas vezes acontecia com um feérico. Uma cor tão escura que mal contava como verde. Ele usava a própria magia, girando-a ao redor de seu pescoço, para amplificar a voz.

— Underhill não se foi. O berço de nossa magia e nossa fonte de poder não desaparecem simplesmente. De vez em quando fica de frescura, mas não desaparece.

Alguns riram. Eu não. Olhei para ele, pensando em outro Unseelie, um que tinha sido meu amigo antes de ser escolhido para a corte escura.

Esfreguei a palma da mão onde a Oráculo havia cortado.

Meu polegar esbarrou em outra cicatriz, uma que me enviou mais longe, até minha infância, quando vi um feérico pela primeira vez, antes que eu soubesse que era metade da minha ascendência também.

A linha enrugada que percorria todo o comprimento do meu dedo indicador era o único sinal de que eu quase morrera muito antes desse momento.

— *Por aqui, Kallik* — *minha mãe sussurrou em tlingit, segurando minha mão gordinha com força.*

Estávamos nos esgueirando até o topo de uma elevação atrás de uma fila de outros adultos e crianças na ponta dos pés. Não morávamos com nenhuma daquelas pessoas, mas as víamos de vez em quando.

Como durante o solstício de inverno, quando fugíamos da nossa parte da ilha para espionar as festividades feéricas.

Ri quando ela me ergueu na forquilha de uma árvore, mas rapidamente fiquei em silêncio diante do que vi mais à frente.

Era bonito.

As roupas fluíam e esvoaçavam no ritmo dos giros enquanto eles dançavam na margem oposta do rio. Uma ponte atravessava a água tumultuosa e branca, e o perigo só fazia com que parecessem mais graciosas.

Eu me inclinei para a frente e quase caí da árvore.

— *Fique em silêncio. O povo mágico não gosta que observemos* — *minha mãe disse. Sorrindo para mim, pressionou o dedo nos lábios.*

Assentindo automaticamente, mal pisquei enquanto o povo mágico celebrava sob o céu noturno cada vez mais escuro.

Seus movimentos me chamavam, parecia que puxavam algo dentro de mim. Olhei para onde minha mãe falava em voz baixa com um grupo de anciãos. Apenas uma olhada rápida mais de perto. Ficaria bem quieta, e voltaria logo.

Deslizando da árvore, me escondi por entre os arbustos e árvores encantadas, acelerando o passo e deixando os outros para trás.

Fui o mais rápido que pude com minhas pernas curtas, tentando ir pela parte mais plana do caminho. Meu coração batia forte e minha respiração saía como vapor visível no ar gelado do anoitecer.

Mas a empolgação me aquecia e me estimulava a seguir em frente.

Precisava chegar perto deles — os feéricos.

Escorregando pela última elevação, me aproximei furtivamente e fiquei escondida na última linha de árvores. Prendi a respiração.

Era lindo.

Os cabelos deles brilhavam sob a luz suave do luar. Era como se estrelas estivessem presas dentro de seus corpos, dando à sua pele um brilho impossível.

A música desapareceu, e fiquei desapontada quando pararam de dançar. Olhei para trás e dei um passo na direção da minha mãe.

Uma música desagradável soou e me agachei, voltando minha atenção para o rio.

Os feéricos se separaram.

Não consegui mais ver.

Mordendo o lábio, olhei por cima do ombro novamente. Mamãe ficaria desapontada comigo. Ela me faria limpar a caça por um mês.

Os feéricos ficaram em silêncio, e ouvi o barulho de cascos para além da parede de corpos. Consegui discernir os capacetes de um grupo entrando.

Eu tinha que ver.

Deixando a segurança das árvores, corri para me juntar à fileira de feéricos e então me acomodei entre eles, fazendo o meu melhor para ficar em silêncio. Eles não me deram atenção, pois estavam concentrados no grupo a cavalo.

Passando na frente, consegui ver também.

Fiquei boquiaberta. Um homem cavalgava na frente do grupo. Se os feéricos ao meu redor brilhavam como se tivessem estrelas em seu interior, então aquele homem continha o próprio sol. Ele examinou a aglomeração, com um largo sorriso em seu rosto.

O sorriso era apenas um pouco maior do que aquele no rosto da mulher ao lado dele.

Ela era a pessoa mais bonita que eu já tinha visto, e congelei enquanto eles passaram, desmontaram e caminharam para a ponte.

Não consegui tirar meus olhos deles quando o homem-sol começou a falar, sua voz poderosa parecendo derramar como a água do rio furioso abaixo dele — exceto que, onde a água era rude, sua voz era suave. Como manteiga de canela.

Um sorriso surgiu espontaneamente em meus lábios, embora suas palavras fossem de adulto e não fizessem muito sentido para mim.

Ele estendeu a mão, a palma para cima, e um azul-real jorrou de sua pele, subindo e depois se partindo em centenas de gavinhas que começaram a se enrolar ao redor daqueles que estavam na clareira.

Ao meu redor.

Engasguei quando um calor incandescente explodiu em meu peito. Não doía, mas estava tão quente que não conseguia entender como não queimou minha túnica e o casaco de pele grosso ali na hora.

Uma gavinha azul-real parou diante de mim e se dobrou como se inclinasse a cabeça em indagação.

Tive um sobressalto quando ela disparou para a frente e envolveu meus dedos, se enrolando neles e os acariciando. O que estava acontecendo? Erguendo a cabeça, quase em pânico, olhei para o homem na ponte...

E vi que ele olhava para mim.

Ele estava fazendo aquilo de propósito? Eu não estava gostando. Meus olhos se encheram de lágrimas, e funguei, olhando para a mulher ao lado dele.

Mas, diferente dele, ela não olhava para mim. A mulher etérea estava de frente para o homem, segurando o braço dele com força.

Será que estava chateada?

Olhei de volta para o homem a tempo de vê-lo cerrar os punhos. A magia foi cortada, o azul desaparecendo do céu noturno e de meus dedos tão rápido quanto mamãe teria apagado uma vela.

O homem começou a falar novamente, mas eu não conseguia parar de olhar para meus dedos. Não havia mais nada de diferente neles. Isso tinha acontecido com mais alguém?

Tentando permanecer escondida, espiei os feéricos ao redor. Nenhum deles parecia confuso como eu. Ninguém olhou para as próprias mãos. Apenas observavam o lindo casal na ponte.

Eu queria ver as gavinhas azuis outra vez.

As crianças fizeram uma fila, com flores nas mãos. Estavam vestidas com roupas brilhantes e esvoaçantes, como os adultos. Depois de olhar para o meu casaco de pele marrom e minhas botas, me agachei para pegar algumas flores brancas que não deveriam estar vivas no inverno — mas mamãe disse que alguns feéricos criavam essas coisas com sua magia. Talvez a dança tenha feito as flores crescerem.

De cabeça baixa, andei até o fim da fila.

A fila andava rápido. O suficiente para eu perceber que, se mamãe não soubesse para onde eu tinha ido, teria uma visão clara de mim naquele momento.

Tarde demais.

Talvez se eu chegasse perto o suficiente do homem, então o azul voltasse, e eu poderia perguntar o que era.

Sorrindo de ansiedade, cheguei à ponte, apenas algumas crianças na minha frente. A bela mulher aceitava as flores com um sorriso que me tirou o fôlego. Levantando a cabeça, piscou ao me ver.

Ah, não, minhas roupas não eram boas o bastante. Será que me mandaria embora?

Fiquei parada mexendo os dedos, mas ela apenas falou com um homem feérico atrás dela que usava um capacete dourado. Ele abaixou a cabeça e ela voltou a aceitar as flores.

Três crianças.

Duas.

Uma.

Forçando minhas pernas frias a se moverem, eu me aproximei, incapaz de olhá-la nos olhos enquanto estendia as três flores brancas.

— *Você é bonita.*

Ela sorriu e as pegou.

— *Obrigada, criança.*

Sua voz parecia sinos tocando. Como era possível? A pergunta apareceu na minha mente enquanto eu olhava para o homem ao lado dela.

Seu rosto estava muito mais sério assim de perto.

Não gostei.

Queria minha mãe.

Encolhendo o queixo, corri para escapar dele. Mas alguém chutou uma pedra no meu caminho. Tropeçando nela, cambaleei para o lado, tentando me apoiar no parapeito da ponte.

Mas foi como se o parapeito tivesse derretido, dobrando-se e se tornando impossível de agarrar.

Caí da beirada da ponte, de cabeça.

Gritei, porque nos meros segundos antes se ser engolida pela água o medo tomou conta de mim. Um medo que a toda criança como eu era ensinado desde a mais tenra idade.

A água em nossa ilha era mortal.

No inverno, mais ainda.

Mergulhei nas profundezas e tudo me foi roubado. De cima a baixo. Luz. Ar. Sentidos.

Meu casaco me puxou para baixo, simultaneamente me amortecendo enquanto a água me jogava contra pedras escondidas.

Senti o peito apertar e tentei mover meus braços e pernas como minha mãe me mostrou. Nadar. Eu precisava nadar!

A água estava forte.

Muito forte.

E eu, cansada.

Minhas pernas e braços estavam estranhos: do jeito que costumavam ficar quando eu acordava ou adormecia. Meus olhos se fecharam, e mesmo quando senti algo puxando meu casaco e me sacudindo, não consegui abri-los.

Mãos me puxaram do rio, e caí na margem com força.

Tossindo e aspirando todo o ar que podia, meus olhos se abriram e se depararam com o olhar mais escuro que já vira.

Os olhos do menino bonito eram pretos, assim como seu cabelo, e a água escorria dos fios.

— Você está bem?

Ele não estava falando tlingit, mas minha mãe me tinha feito aprender a língua feérica também. Porém, meus lábios não se moviam, e eu simplesmente bati os dentes, tentando o meu melhor para assentir com a cabeça.

— Filho?

Uma voz anasalada e entediada surgiu atrás do menino.

— A humana está viva?

O menino bonito ficou tenso, mas não olhou para a pessoa que falava.

— Está.

— Então deixe-a aí.

Ele franziu o cenho.

— Eu a levarei de volta para o povo dela.

Ouvi risadinhas ao nosso redor.

A voz anasalada falou novamente, dessa vez com uma pitada de riso.

— Ele é igualzinho ao avô...

Peguei a mão que o menino ofereceu com a minha escorregadia de sangue, cambaleando, as pernas trêmulas.

— Minha m-mãe...

— Lá em cima — ele grunhiu, colocando o braço na minha cintura.

— S-sim. — Funguei, piscando para conter as lágrimas. — Eu só queria v-ver.

Ele me silenciou com delicadeza, mas ninguém mais parou para me ajudar, nenhuma das pessoas bonitas.

Queria nunca ter vindo.

Esfreguei a cicatriz no dedo. Um menino Unseelie havia salvado minha vida, todos aqueles anos atrás. Talvez tivesse sido melhor se ele tivesse me deixado morrer. Pelo menos... Olhei por cima do ombro para o grupo de feéricos reunido ali na cabana. O medo pesava sobre eles: quase dava para ver a nuvem acima de suas cabeças.

Sabiam, como eu, que não importava o que o treinador Unseelie dissesse: algo tinha acontecido a Underhill.

E mais do que tudo isso, eu sabia que era de alguma forma, mesmo parecendo impossível, minha culpa.

— Vamos enfrentar a tempestade aqui — o mesmo treinador Unseelie disse. — Então vamos voltar para Unimak pela manhã.

A porta se abriu e dois homens entraram aos tropeções, cobertos de peles e de neve da cabeça aos pés, inclusive nas barbas grossas.

Barbas.

Humanos.

Movi a mão sobre mim, invocando magia ao meu redor, de modo que meu encanto cobrisse qualquer coisa que me fizesse parecer menos humana. Como as armas que eu carregava e a armadura de couro que vestia.

Não é exatamente o que você chamaria de normal, estando no meio do Alasca.

— Droga, Gary, eu disse que a gente estava indo na direção errada! — O primeiro dos homens bateu os pés, derrubando uma camada de neve.

— Foi você quem disse que o Pé-grande veio para cá, você estava rastreando! — Gary resmungou e então ergueu os olhos. — Hm. Gord. A gente não tá sozinho.

Gord, aparentemente, tirou o chapéu.

— Desde que não sejam feéricos, não estou nem aí para quem está aqui.

Ai.

Dei uma olhada ao redor e vi que os treinadores tinham mascarado um monte de equipamentos dos Aprendizes também. Nós, vinte e quatro, mais doze do acampamento Unseelie, e outros quinze novatos da tropa Seelie que tinham chegado recentemente. Pouco mais de cinquenta pessoas ao todo.

Gary tirou o boné e o bateu para tirar a neve, mostrando a cabeça nua (raspada, não careca).

— Vocês também foram pegos pela tempestade?

— Estamos aqui em um retiro profissional — Bres respondeu suavemente, adicionando um pouco de magia de charme à sua voz.

Gary sorriu.

— Que agradável! A gente estava caçando o Pé-grande. Você sabe que o Triângulo está cheio dessas criaturas? Acho que estávamos atrás de um grupo de dez antes da tempestade.

Bres assentiu.

— Na verdade, a gente adoraria ouvir a história de dois fortes caçadores.

Gord e Gary sorriram, tiraram as peles e se posicionaram perto da lareira, como se fosse um palco.

Rowan deslizou para ficar ao meu lado.

— Você me perdoa?

Olhei para ele.

— Perdoo. Mas não espere que eu confie em você.

Ele grunhiu.

— Justo. — Então acenou para os dois humanos, alheios ao fato de que estavam cercados por feéricos. — Você acha que eles não gostam mesmo de nós?

Dei de ombros.

— Acho que feéricos assustam muitas pessoas. — Sabia que eles assustavam minha mãe. Ela me mantivera longe dessa fronteira o máximo de tempo que pôde.

— Cinza — Gary sussurrou. — A fera era cinza do alto da cabeça até a sola dos enormes pés, com pelos pendurados como a barba de um velho, emaranhados e cheios de restos de comida. Dentes parecidos com punhais quebrados, e quando olhou para mim... — Ele estremeceu. — Podia sentir ela olhando através de mim. — Alguns dos feérico mais jovens se inclinaram e eu parei de prestar atenção.

— Por que você não gosta de feéricos? — Yarrow perguntou de repente, entrando direto na conversa.

Cuzão.

Gord se inclinou para trás e olhou para Yarrow.

— Porque qualquer dia eles vão querer voltar aos velhos hábitos.

Fiz uma careta, e Yarrow bufou.

— Que velhos hábitos?

— Quando os humanos eram escravos — Gord explicou. — Querem nos fazer achar que não são perigosos, mas são. Dizem que não podem mentir, mas não tenho tanta certeza de que isso não seja uma mentira.

O humano não estava errado. Desde que os feéricos apareceram para a população humana cerca de cem anos atrás, logo após o fim da Segunda Guerra Mundial, nós encorajamos as velhas crenças de que os feéricos não podiam mentir e de que éramos um povo gentil. Dividimos nosso pessoal em todo o mundo, para manter a população pequena em relação à humana.

Ficou mais fácil para os humanos confiarem em nós, o que precisávamos na época.

Claro que não era verdade. Feéricos podiam mentir com tanta facilidade quanto qualquer humano. Mas Gord e Gary estavam certos ao dizer que os feéricos eram muito mais perigosos do que deixávamos transparecer.

Especialmente quando acreditávamos que não tínhamos outra saída a não ser lutar.

Uma verdade que eu estava prestes a aprender para sempre.

3.

Oito anos atrás, eu estava cheia de expectativa e ansiedade, e a jornada para Underhill parecia interminável. Hoje, com um segredo terrível para esconder do mundo para o qual eu estava voltando, o voo do Triângulo para casa passou como um relâmpago.

O jato particular circulou acima da Ilha Unimak, e olhei para baixo, para o pequeno pedaço de terra, enchendo-me de pavor com a visão familiar das cadeias de montanhas gêmeas se projetando para o norte como uma bifurcação de duas pontas. Um enorme lago de cratera azul-celeste repousava na base do pico central, onde as cordilheiras se fundiam em uma.

Os outros Aprendizes que ocupavam a nave comemoraram ao ver nossa ilha, mas seus aplausos foram silenciosos. Os do grupo mais novo ficaram quietos. Os Unseelies tinham retornado em seu próprio avião para o lado deles de Unimak.

A verdade era que todos sabiam que Underhill havia caído no dia anterior. Isso diminuía significativamente a glória de nosso retorno.

Os feéricos de ambas as cortes *e* todos os párias clamariam por respostas.

Não podia culpá-los. Além da parte óbvia, "como diabos eu aniquilei um reino", eu queria saber a mesma coisa que todo mundo.

O que aconteceria com a gente agora?

Os feéricos existiam na Terra em territórios designados pelos humanos há mais de cem anos, e por mais tempo que isso como seres livres, mas nós *sempre* tivemos o reino feérico para retornar quando precisávamos de reabastecimento mágico ou de um descanso da política humana. Nós confiávamos em Underhill.

E, de acordo com a Oráculo, de alguma forma eu a havia destruído.

Eu.

A mestiça meio feérica.

A bastarda deixada pelos guardas de seu pai em um orfanato.

Um bom número de feéricos tinha um pouco de sangue humano neles — foi o que manteve nosso povo vivo depois da última grande guerra. Mas pouquíssimos tinham mais do que uma pequena porcentagem. Já eu era meio a meio. Uma coisa que não acontecia havia muito tempo.

E, sim, talvez eu já tivesse aceitado essa realidade havia muito tempo.

Mas ver Unimak depois de tanto tempo, depois de trabalhar tanto para mudar minha realidade durante o treinamento... Ainda restavam algumas rachaduras.

Tive um sobressalto quando os pneus guincharam, e pousamos na pequena pista na ponta nordeste da ilha.

Um aplauso caloroso veio dos outros Seelies da Ilha Unimak, um dos quatro territórios dos feéricos, representado por nossa classe de Aprendizes, mas não participei. Quando a porta se abriu e Bres nos guiou para fora do avião, fiquei mais determinada.

Nada — *nada* — ficaria entre mim e minha independência.

Não um pai que ordenara que seus subordinados me jogassem em um orfanato em vez de me reivindicar quando minha mãe morreu.

Não uma madrasta que me detestava.

Não esse pesadelo.

Respirei fundo, peguei minha mochila remendada e segui atrás de Yarrow enquanto ele puxava a bagagem de mão pelos corredores. Por amor de Lugh, a mala era personalizada com o nome estúpido dele. E aquilo parecia strass.

Aeronaves feéricas eram feitas para acomodar nossa altura maior que a humana, mas Yarrow ainda assim abaixou a cabeça para sair. Consegui sair sem obstáculos e pisquei duas vezes para a multidão que nos esperava.

Era normal que a família dos Veteranos aparecesse, mas alguns eram descaradamente oficiais Unseelie. As leis em torno da mistura de Unseelie e Seelie eram rígidas, então para eles estarem ali era... sério.

— Aposto que estão aqui em busca de respostas — Fern disse na frente de Yarrow.

Claro.

Já tinham ouvido as notícias sobre Underhill de seus próprios Aprendizes e treinadores, e estavam chateados, com razão. Foi durante uma cerimônia Seelie que a destruição acontecera, e eles sabiam disso.

Forcei uma expressão de calma, examinando a multidão de feéricos.

— Procurando sua família, mestiça? — Yarrow perguntou por cima do ombro enquanto acenava para um grande grupo de feéricos de cabelos dourados. — Espera aí, eles estão mortos, não estão?

Tinha certeza de que papai não apareceria, não que Yarrow soubesse quem era. E se minha madrasta saísse da multidão para me cumprimentar, eu morreria de susto.

— Não — respondi. — Só estou olhando para a mancha na parte de trás da sua calça.

Esquivei-me de Yarrow quando ele parou para checar a calça e me juntei aos outros Veteranos de Unimak.

Talvez eu não me desse tão bem com os outros membros do grupo, mas depois de oito anos como um bando de vinte e quatro, parecia estranho me separar deles, que seriam deixados em suas respectivas casas da corte Seelie. Queria dizer que sentiria falta da companhia deles, mas não tinha tanta certeza de que nos veríamos menos. Como Unimak era a residência oficial do rei Seelie, talvez alguns deles — Bracken e possivelmente Rowan — viessem visitar.

Claro, isso dependia de eu sobreviver. E havia um imenso problema nisso.

A Oráculo sabia o que eu tinha feito, e desaparecera sem deixar vestígios em meio ao caos do dia anterior. Apenas foi embora, como se não fosse nada.

Seria um alerta para mim? Ela diria ao rei que destruí Underhill de propósito? Claro que não, mas eu sabia, sem dúvida, que ele não acreditaria em mim.

Com certeza não havia nada que eu pudesse fazer contra uma mulher com o poder dela. Já devia ter contado ao rei e seus conselheiros. Talvez os Unseelies estivessem aqui porque sua rainha também sabia. Minhas entranhas se reviraram, e suor brotou na minha nuca.

Não pude deixar de procurar pelos guardas do rei entre o bando de feéricos.

— Sua atenção, novos Veteranos de Unimak — Bres berrou.

A multidão se aquietou.

Encarei meu antigo treinador, tentando não pensar muito em como os olhos dele pousaram em mim por um tempo longo demais.

Ele olhou demoradamente para os cinco de nós que haviam juntado as três moedas.

— Vocês conquistaram seu lugar entre nós. E esse feito será reconhecido. Haverá um banquete em homenagem a vocês amanhã à noite no castelo do rei Aleksandr, onde todos os Seelies os contemplarão. Vocês conquistaram o direito de escolher sua área de atuação, e será lá que anunciarão sua decisão. Aconselho a escolherem sabiamente. Vocês não poderão voltar atrás.

Caralho. Eu odiava ver meu pai.

Principalmente porque ele odiava me ver também. Na verdade, não era de conhecimento público quem era meu pai — às vezes, nem eu mesma acreditava que era filha dele.

A filha bastarda do rei, nada menos que meio humana? Que desgraça. Que erro terrível. Minhas entranhas se apertaram com aquela velha dor, superando o medo de que os guardas estivessem procurando por mim.

Quando mais nova, ansiava pela aprovação dele, por um lar em que eu fosse amada — especialmente depois de perder minha mãe. Isso se transformara em um período de negação raivosa, em que não queria nada dele. Em

36

algum ponto ao longo do tempo, percebi que sempre haveria um anseio por sua aceitação. E que sua recusa em me reivindicar — sua única filha, que eu saiba — sempre doeria. Mas agora, finalmente havia conquistado o status de Elite, algo que me daria, pela primeira vez, controle sobre meu futuro.

É por isso que sempre imaginei que esse momento seria repleto de glória, reconhecimento e sentimentos de aceitação e igualdade. Tinha ido para Underhill acreditando que sobreviveria, acreditando que sairia por cima — uma das poucas mulheres a conseguir isso. Achava que seria assim, mas não foi.

No final, não senti nenhuma das coisas que esperava sentir.

— Por favor, aproximem-se, um por um, para a designação das acomodações — Bres pediu.

Solicitaram que fizéssemos nossos pedidos na noite anterior enquanto estávamos agachados na grande cabana, quase empilhados um em cima do outro, e depois de tudo, eu não conseguia lembrar o que tinha escrito meio às cegas.

Terceira na fila, fiz uma careta quando Bres passou por mim de propósito para falar primeiro com Fern e Yarrow.

Senti um desconforto subindo pela espinha, e examinei a multidão dispersa novamente. Estavam convergindo para os outros Veteranos, dando-lhes boas-vindas.

— Kallik — Bres chamou uma vez que todos os outros se foram.

Eu o encarei, endireitando a coluna para que pudesse olhar em seu rosto.

— Senhor.

Ele estudou o pequeno pergaminho em sua mão.

— Você está no primeiro nível, bem do lado de fora do castelo.

Meus lábios ficaram dormentes. *O quê?*

— Não foi isso que escolhi.

Claro, não conseguia lembrar exatamente o que tinha escolhido, mas de jeito nenhum teria optado por qualquer coisa perto do castelo. Meu pedido teria sido mais parecido com "a floresta encantada mais distante do castelo" ou "na enseada mais distante do castelo" ou "ao longo do rio *mais distante* do castelo". Que droga, teria até escolhido um lugar no lado Unseelie do rio, mas nunca uma casa perto do castelo do Papai Querido.

Bres não era do tipo caloroso, mas havia amolecido um pouco no ano anterior, quando conquistei meu lugar no grupo como líder. Agora, não havia nenhum vestígio de que aquilo tinha acontecido.

— Isso foi atribuído a você por um superior. Você não tem voz na decisão.

Senti o corpo enrijecer e a face corar. Engoli meu temperamento antes que explodisse — a prática leva à perfeição. Lutar contra um rei era perda de tempo.

— Entendi.

Peguei o pedaço de pergaminho. Havia purpurina dourada colada nele, um sinal claro de que eu estava em Unimak novamente.

Kallik de Casa Nenhuma, Veterana de Elite
Primeiro nível, número 666
Corte Seelie — Ilha Unimak — Alasca
CEP 99638 — Estados Unidos

O número "666" não foi uma coincidência. Os outros feéricos não sabiam quem eu realmente era, mas a esposa do rei havia estabelecido o padrão de como tratar "a mestiça" desde que eu era bem pequena. Era a mesma velha porcaria com a qual cresci. Se não eram as exclusões de última hora das festividades para qual todos os outros Seelies eram convidados, eram os comentários zombeteiros dela a respeito dos meus vestidos surrados durante os desfiles, quando ninguém mais podia ouvir. Eram olhares quando ninguém mais estava olhando. Era ela ordenando que seus guardas usassem magia para me empurrar e me fazer parecer uma tola depois que ela passasse — assim como naquele dia na ponte, muito tempo atrás, quando "caí" no rio.

Mas eu não era a mesma garota de dezesseis anos que tinha ido embora. Eu me recusava a ser.

— Obrigada, Bres. — Levantei a cabeça. — Por me ajudar com o treinamento.

38

Ele apertou os lábios. O velho feérico olhou ao redor. Estávamos praticamente sozinhos. Todos os outros haviam saído para comemorar e relaxar com suas famílias.

— O que aconteceu em Underhill, Kallik?

Senti um frio na barriga, mas eu meio que esperava que ele me interrogasse. O que era um problema. Bres também havia feito o juramento à corte Seelie e a Underhill, muito tempo atrás — se ele tivesse sérias preocupações ou suspeitas sobre o que aconteceu, então ele *teria* que informar ao rei. O que significava que eu tinha de ser bem convincente.

— Você ouviu mais alguma coisa?

Ele estreitou os olhos.

— A Oráculo enfiou a lâmina com seu sangue no chão. Por quê?

Suspirei de alívio.

— Você também viu aquilo?

Bres se inclinou.

— Me diga o que *você* viu, o que aconteceu?

Balancei a cabeça. Deusa, não queria fazer isso. Fizera um juramento para proteger meu rei e Underhill.

— Não sei — respondi essa parte com honestidade. — A Oráculo. Depois de me cortar... acho que ela também se cortou.

A mentira saiu dos meus lábios e senti vontade de vomitar. Dei de ombros para esconder meu desconforto.

— Então ela enfiou a lâmina no chão. Todo mundo estava atrás dela, e acho que ninguém mais viu. Não queria dizer nada; ela é a *Oráculo*. Quem acreditaria em mim?

Não exagerei muito na minha encenação. Bres me conhecia melhor do que a maioria e sabia que eu mentia muito mal.

Mesmo tendo falado a verdade o máximo que pude, ele parecia ter dúvidas.

Eu me aproximei.

— Você viu aonde ela foi? Parece que desapareceu depois que aconteceu. Ela se virou e meio que... foi sumindo.

Bres franziu os lábios.

— Ela desaparece de várias maneiras. E não, ninguém sabe para onde foi.

— Não sabia se era normal.

Pela expressão dele, eu diria que não.

O treinador se distanciou novamente.

— Dispensada. Não se esqueça do banquete amanhã à noite.

Como eu poderia?

— Sim, senhor.

Pergaminho na mão, mochila pendurada nos ombros, caminhei para o grande edifício que era literalmente feito de trepadeiras vermelhas entrelaçadas densamente uma em torno da outra, folhas roxas tão largas quanto folhas de palmeira se espalhavam. Flores azuis e douradas adornavam a fachada exagerada. Um pouco de mau gosto, mas, se havia uma coisa em que feéricos eram bons, era em ganhar dinheiro — e turistas humanos ricos adoravam essa merda.

Olhei para uma bandeira real vermelha enquanto passava pelo prédio.

BEM-VINDO À ILHA MÁGICA MUNDIALMENTE FEÉ-MOSA!

Purpurina prateada cobriu minha calça de couro marrom e minha túnica simples quando escapei. *Excelente.*

Limpei, sem saber por que me incomodava. Era apenas o começo dos meus problemas com purpurina.

— Alli — um grito abafado chegou aos meus ouvidos.

Meu coração disparou quando vi uma mulher com busto enorme descendo a colina em minha direção.

— Cinth!

Andei rápido e larguei minha mochila. Minha única e verdadeira melhor amiga, Hyacinth, me abraçou, e o ar saiu de meus pulmões.

O cheiro doce de pão fresco e especiarias a impregnava, e me envolveu enquanto ela me abraçava forte. Seu cabelo loiro-escuro estava preso em uma trança intrincada, mas a ponta roçou em meu rosto. Ela me segurou pelos braços, fazendo careta, rugas nos cantos dos olhos azul-escuros, repuxando a velha marca de queimadura no lado esquerdo do rosto. Tinha diminuído nos últimos quatro anos. Porque para ela tinham sido *apenas* quatro anos. Por causa de alguma complexidade da magia, oito anos em Underhill era metade do tempo aqui.

— Pretendia estar aqui quando você pousasse, mas a última fornada de cócegas sabor cereja e beterraba não estava pronta. Você está bem? Não acredito que você finalmente está em casa!

Cócegas eram biscoitos feéricos — meu doce favorito. Talvez eu não tivesse experimentado cócegas de cereja e beterraba antes, mas se foi Hyacinth quem fez, então sem dúvida eram deliciosas.

— Olha! — ela exclamou antes que eu pudesse responder, batendo palmas. — Fiz uma faixa.

A decepção preencheu o rosto dela enquanto segurava a faixa amassada que dizia: BEM-VINDA AO L...

— Estava escrito "Bem-vinda ao lar, Alli" — murmurou. — Como rasgou?

Sorri. Hyacinth continuava a mesma — quatro anos não a haviam mudado nem um pouco. E mesmo que não tivéssemos nos falado todo esse tempo, era como se nunca tivéssemos nos separado. Continuamos exatamente de onde paramos.

Ela levantou um dedo.

— Também contrabandeei cócegas para você. Deixa eu pegar...

Hyacinth gemeu enquanto retirava os restos triturados de biscoito amassado. O que restava se esfarelou entre seus dedos e caiu no chão.

Meu sorriso se alargou quando a puxei para outro abraço.

— É tão bom ver você. Senti *saudade*.

Minha voz estava abafada contra seu peito grande — Hyacinth tinha estatura normal de feérica, o que era vários centímetros a mais do que meu mísero um metro e setenta.

— Se a faixa e os biscoitos arruinados não deixaram óbvio, eu também senti muita saudade. Deixe eu dar outra olhada em você.

Ela me agarrou pelos braços novamente, e me girou como se fizéssemos uma dancinha.

— Você ganhou músculos, Alli. Ei, ficou sabendo que Underhill desapareceu? Ah. Precisamos nos apressar. O chef só me deu uma hora, e quero ver sua nova casa. Onde você está agora? Por favor, diga que é perto do terceiro nível. Seríamos quase vizinhas!

Nossa amizade continuava a mesma, como um cardigã velho favorito que continua servindo bem, mas isso não significava que eu poderia contar tudo a ela. Então não respondi à pergunta dela sobre Underhill.

— Primeiro nível — eu disse, empurrando o papel brilhante para ela.

Hyacinth o examinou e ficou boquiaberta.

— Perto do castelo?

Eu grunhi e não fiz muito contato visual.

— Pude escolher. Sou Veterana de Elite agora.

Ela agarrou meu braço com força e deu um gritinho.

— *Sabia* que você seria da Elite. Uma das únicas mulheres a conseguir! Espere, você odeia o castelo, por que escolheu ficar perto dele? Ei, quero saber tudo. *Deusa*, senti tanta saudade. Ninguém aqui se compara a você, Alli.

Hyacinth me puxou e eu a segui obedientemente enquanto ela falava sem parar. Caminhei ao lado de minha amiga rumo à estação de bonde Seelie mais próxima, que nos levaria à cidade.

As duas cortes feéricas podem depender uma da outra para manter o equilíbrio mágico, mas não gostam de compartilhar as coisas. Eles tinham um lado da ilha, e nós, o outro.

Felizmente, o bonde estava sem turistas humanos naquele dia. Essa era a última coisa de que eu precisava. Eles eram tão rudes e barulhentos. E as câmeras... sempre com as fotos e selfies!

Quase tão ruim quanto Gary e Gord exigindo que tirássemos fotos com eles antes de sairmos da cabana. Os humanos eram estranhos, socializavam muito rápido com os outros.

Ouvi Hyacinth falar amenidades quando começamos a nos mover magicamente pela saliente cordilheira leste, que pertencia à nossa corte.

Uma floresta encantada — naquele dia, azul e dourada — cobria boa parte do território Seelie. Outro artifício turístico. Feéricos Seelie não se importavam com a cor da floresta — apenas com a *vida* que alimentava nossa magia.

À medida que a subida aumentava, olhei pela janela traseira do bonde, de onde as moradas feéricas eram agora visíveis lá embaixo. Enquanto o castelo de meu pai ficava na metade da encosta da cordilheira, bem acima da posição em que estávamos, as casas de seus súditos se espalhavam pela encosta da montanha e pela floresta encantada até o gelado Oceano Pacífico. Nossa corte habitava toda a terra a leste do rio que dividia Unimak.

— ... então agora eu sou a *sous-chef* — minha amiga declarou com orgulho.

Voltei minha atenção a ela e sorri.

— Isso é ótimo, Cinth. Você merece cada pedacinho desse título. Em pouco tempo, você se tornará chef e administrará toda a cozinha.

Ela corou, fazendo a marca de queimadura ficar vermelha, e me abraçou novamente.

— Espero que sim. É meu sonho, você sabe.

Como uma mulher feérica de sangue puro, ela não deveria ter que lutar por status em nosso mundo. Poderia ter escolhido qualquer função ou lar que desejasse... se seus pais não tivessem enlouquecido e tentado massacrar alguns dos guardas do meu pai dez anos atrás. Eles começaram um incêndio, e ela foi pega nele, incapaz de escapar. Depois que seus ferimentos cicatrizaram, acabou no orfanato comigo, e foi lá que descobriu sua paixão por comida e suas habilidades culinárias inatas.

Ela continuou me olhando como se pensasse que eu desapareceria.

— Sabe o que é estranho? Você tem a mesma idade que eu agora.

Nós brincávamos a respeito disso antes de eu ir embora. Ela começara quatro anos mais velha, mas nós duas tínhamos vinte e quatro agora.

— Isso significa que você não vai tentar mais ser minha mãe? — Sorri. — Chega de tentar me botar para dormir?

Ela me deu um tapinha.

— Sou mãe de feéricos com vinte vezes a minha idade, então é altamente improvável que você escape.

O bonde parou com um solavanco.

— *Você chegou ao primeiro nível! Tenha um feé-tástico dia!*

— Percebi — resmunguei, pegando minha mochila.

Contornamos o perímetro das paredes internas do castelo. Bem no fundo, completamente desprovido de luz solar, estava o número 666 do primeiro nível.

Minha casa. Bem, não sabia direito como me sentia a respeito disso.

— É um número interessante — minha amiga murmurou, verificando o endereço no pergaminho em minha mão novamente.

— Engraçado, né? — eu disse sem um pingo de humor. No mundo humano, o número 666 era o número do diabo, todos sabíamos disso. No mundo feérico, significava algo diferente, embora não necessariamente melhor: caos e má sorte.

Então, não importa para qual lado da minha ascendência olhasse, o número não era auspicioso.

A porta se abriu ao meu toque e a empurrei, Hyacinth logo atrás de mim. Caminhamos por um corredor curto que dava para uma sala com uma mesa e uma única cadeira. Sério, não poderiam ter me dado duas?

Havia uma pia ali, e prateleiras com um prato, uma tigela e talheres. O único outro cômodo além do ambiente que era sala e cozinha continha uma cama e uma grande quantidade de roupas de cama.

Do lado oposto havia uma porta que dava para um banheiro com uma toalha surrada, escova de dentes e sabonete.

Tínhamos sido avisados para não esperar nada além da mobília essencial, e não exageraram. Viver no primeiro nível claramente não me dava vantagem nenhuma.

Por mim, tudo bem. Talvez eu pudesse trocar esse lugar com outro Veterano? Outros poderiam achar uma bênção viver tão perto do palácio. Fazia sentido. Poderia conseguir um lugar mais perto de Cinth assim que as cerimônias finais terminassem.

—Alguns toques pessoais e este lugar vai ter a sua cara rapidinho. Vou trazer mais algumas coisas depois do meu turno esta noite. Ah, espere, estamos trabalhando dobrado por causa do banquete de amanhã. Você vai? Claro que vai. É para *você*.

A voz alegre de Cinth ecoou no quarto. Saindo, ela colocou a faixa de boas-vindas rasgada na mesa da cozinha.

— Você recebe um auxílio, certo?

Passei o dedo sobre as bancadas, tamborilando no granito, que ainda vibrava por ter sido puxado da terra com magia feérica.

— O primeiro pagamento é amanhã.

— Bem, então vai estar tudo pronto rapidinho.

Ela sorriu, e dava para dizer que exalava alegria, por ela e por mim. Hyacinth sempre teve uma habilidade incrível para detectar o que eu realmente sentia. Não sabia os detalhes do meu nascimento — tentei contar em várias ocasiões, mas alguém deve ter colocado um bloqueio mágico em mim quando eu era jovem. Não importa quanto eu tentasse, as palavras simplesmente não saíam. Mesmo assim, ela sempre sentiu como isso me impactava. O conflito que fervilhava e remexia em meu coração.

Esperava finalmente voltar para casa como membro da corte Seelie.

Esperava liberdade.

Esperava *sentir* muito mais coisas quando entrei na minha própria casa.

Mas agora tinha entendido a verdade. Isso era apenas um gosto agridoce de algo que poderia ser arrancado de mim.

Enchendo-me de determinação, caminhei até a mesa para pegar a faixa de BEM-VINDA AO L de Cinth. Coloquei acima do batente da porta do quarto e me afastei, cruzando os braços.

Convencera Bres a abandonar suas suspeitas mais cedo — assim esperava. Se a Oráculo mantivesse a boca fechada, tudo sumiria com o tempo.

Ninguém teria a mínima ideia do que eu supostamente tinha feito com Underhill.

Só precisava manter minha cabeça baixa, desempenhar meu papel e interpretá-lo como se minha vida dependesse disso.

Porque dependia.

4.

Não fiquei na minha casa mais de três minutos depois que Hyacinth saiu para voltar ao seu turno na padaria. Havia um lugar aonde precisava ir, alguém que precisava ver. Minha Tláa.

Coloquei meu arco e flecha na minha mochila vazia... mas não parecia o suficiente depois de anos lutando em Underhill. Então enfiei uma faca curta e curva em uma bainha na minha coxa.

Bres havia nos avisado que, quando voltássemos, seríamos bem exagerados com as armas, um efeito latente do fato de por oito anos termos estado em constante alerta em Underhill, mas dissera que a necessidade de irmos totalmente armados desapareceria com o tempo.

— Você estava certo, velho — murmurei. A vontade de pegar minhas facas de arremesso e o gancho de fixação que fizera em Underhill fazia meus dedos coçarem.

Mas eu por acaso encontraria um dragão de três cabeças aqui? Não.

Poderia me virar sem tantas armas.

Correndo para fora da casa sombria antes que pudesse mudar de ideia a respeito do gancho, fiquei pensando em pegar o bonde de volta pela encosta da montanha. Mas então eu teria que ouvir *"Tenha um dia feé-tástico, estamos ansiosos para vê-lo de novo!"*.

Revirei os olhos e fui caminhando em vez de pegar o bonde. Assim poderia ver o que havia mudado desde que saíra. Aqui, no primeiro nível, as lojas eram tão sofisticadas quanto na infame Quinta Avenida, em Nova York. Para ser justa, aqui também era onde a maioria dos turistas humanos fazia compras — onde nós permitíamos que fizessem —, então as seleções eram um pouco mais voltadas para eles.

As janelas ostentavam roupas feéricas: mantos grossos de veludo ou seda feérica (mais leves que penas e mais quentes que lã), braçadeiras de couro cravejadas de cobre polido, botas de caminhada feitas à mão e calças feitas sob medida com couro de boi feérico (ou "boérico", como Cinth e eu gostávamos de chamá-los). Cada artigo de roupa era algo que feéricos *poderiam* usar aqui, mas provavelmente não naquele tom de roxo brilhante com botões de ônix igualmente brilhantes, ou o modelo preto rendado e com penas marrons. Aqueles eram os nossos refugos, na melhor das hipóteses; na pior, imitações espalhafatosas pega-turistas. Os humanos não pareciam notar. Vinham aqui em busca de uma fantasia. Nós a proporcionávamos a eles, e eles pagavam caro pela honra.

O estande de armas depois das lojas de roupas chamou minha atenção, e o cheiro de cinzas encheu minhas narinas, fazendo-me andar mais devagar. O som do martelo caindo ritmicamente sobre os metais que usamos só foi interrompido pelo relinchar suave de um cavalo esperando para ser ferrado.

Tentando não pensar no chamado do aço, acelerei o passo para uma corrida leve pela cordilheira até a floresta encantada.

Os paralelepípedos do caminho eram intercalados com rajadas de flores silvestres em todas as cores do arco-íris, como se a natureza estivesse abrindo caminho em todas as frestas que podia. A grande variedade de flores enchia o ar com camadas de perfume. Rosa, jasmim, lírio, baunilha, chocolate, canela e outros aromas não encontrados no mundo humano eram tecidos através das pétalas com mãos hábeis. Acabei parando para colher algumas, escolhendo as vermelhas e rosas mais brilhantes.

Colocando as flores na minha mochila vazia, comecei a correr mais rápido, inspirando profundamente.

Era necessário correr quarenta e cinco quilômetros para sair da corte Seelie, para fora de nossas terras encantadas. Para um humano, levaria quatro ou cinco horas; para mim, quase duas. Era um sério investimento de tempo, mas precisava sentir o vento no meu cabelo e deixar os acontecimentos do dia anterior desaparecerem.

Precisava fingir que não sentia o peso do caos vindo em minha direção.

Precisava da minha mãe.

Os níveis dois e três passaram como um pontinho no radar enquanto eu descia a montanha. Passei do nível quatro sem parar no orfanato em que cresci. Por mim, aquele buraco de merda poderia pegar fogo.

— O que está pegando fogo? — alguém gritou quando passei correndo, ganhando velocidade novamente.

Mostrei o dedo, e eles riram. Não poderia fazer isso no nível um, mas no nível quatro, sim; o comércio feérico não se importava com quem você era ou com sua aparência, contanto que pagasse por seus produtos.

A inclinação se estabilizou quando cheguei ao sopé da montanha e corri em direção oeste para encontrar o rio.

O rio Danaan era a divisa entre Seelie e Unseelie, e segui-lo era a melhor maneira de se orientar em Unimak, especialmente se você quisesse ir para o mundo dos humanos.

O mundo da minha mãe.

Ao meu redor, as flores continuavam a colorir, mas sem o brilho que cobria tudo nas áreas turísticas. Aquilo era pura floresta encantada, cheia de pequenas criaturas e de flora que estavam além de qualquer coisa natural.

As copas das árvores se espalhavam bem alto, em todas as cores imagináveis: folhas rosas, roxas, azuis e vermelhas. Flores douradas, prateadas e bronze, com miolos que pareciam joias perfeitamente colocadas. Tudo era real, tudo estava vivo, apenas... era mágico também.

Pássaros voavam por entre os galhos, exibindo suas cores igualmente brilhantes, chamando uns aos outros em tons suaves que me convidavam a descansar, a aliviar minha mente e meu corpo cansados.

— Hoje não, meus amigos. — Respirei e segui em frente.

O rio serpenteava para a esquerda, e diminuí a velocidade. Não estava tão cansada, mas longe assim da montanha, poderia parar com segurança para tomar fôlego.

Ouvi vozes quando diminuí a velocidade e, imediatamente, escondi-me atrás do enorme tronco verde de uma árvore perto da margem. Passei os dedos na casca lisa, sentindo a essência dela. Estreitei os olhos para aumentar a capacidade de ver magia, e os fios verdes de energia que a ligavam ao nosso mundo apareceram. Em resposta à minha súplica, os galhos da árvore ficaram mais longos, caindo como um salgueiro, até cobrirem meu esconderijo.

Agradeci mentalmente à árvore por sua ajuda, observando distraidamente as flores que haviam ganhado vida sob meus pés, e retirei a mão.

Eu me inclinei para ouvir melhor.

— O que você quer dizer com Underhill se foi? Isso não é possível. Só pode ser um truque Seelie. O Aleksandr sabe que nós os superamos em número — disse uma mulher. — O que você acha, jovem Faolan? Você cresceu lá; será que isso pode ser um estratagema deles?

Pisquei algumas vezes, meu estômago revirando. *Faolan* estava ali?

Ele era oito anos mais velho que eu quando fui embora para treinar. E sim, eu tinha uma grande paixão adolescente pelo cara muito mais velho, taciturno e de boa aparência. O *bad boy* clássico.

Estremeci, embora não pudessem me ver.

— Duvido que tentariam um estratagema desse tamanho. Não são agressivos quando se trata de agir, pelo menos ele não é. Se fosse a rainha consorte comandando o show, talvez... — Sua voz grave me fez sentir mais do que alguns arrepios na espinha, direto em... não, *não* vou começar com isso.

Foi uma grande paixão, criada com a adoração do herói de infância que havia me impedido de afogar no rio, mas ainda era *apenas* uma paixonite. Embora sua generosidade comigo nos anos depois que ele me salvou não tenha ajudado em nada.

— *Costas eretas, Kallik! Seelies não são desleixados.* — A matrona do *orfanato passou sua magia na parte de trás das minhas pernas.*

Gritei e me endireitei. Com a Matrona Bethalyn, era melhor escolher suas batalhas, ou seja, cometer transgressões quando ela não estivesse por perto.

Ao meu lado, Hyacinth fez uma careta pelas costas da mulher mais velha.

— O que é isso? — murmurei.

Cinth suspirou.

— Estão trazendo crianças que têm pais para fazerem amizade com a gente. Faz as pessoas ricas se sentirem melhor com elas mesmas, acho.

Eu a conhecia havia poucos meses, mas Cinth geralmente era muito alegre. Quando estava deprimida assim, normalmente era porque estava pensando na morte de seus pais.

Isso me deixava triste.

Estendi a mão para pegar a dela.

— Vamos sair de fininho?

Um pequeno sorriso dançou em seus lábios.

— A gente poderia fazer isso. Se não fosse todo mês a mesma coisa.

Gemi, enxugando meu nariz. Excelente. A última coisa que eu queria fazer era socializar com uma pessoa que tivesse pena do meu destino ou que me desprezasse.

As portas duplas meio apodrecidas do orfanato se abriram, e uma multidão de garotos Seelie entrou — todos alguns anos mais velhos do que eu, pelo jeito. Suas expressões azedas me diziam que tipo de dia seria.

Eu gemi de novo, mas o som saiu como algo se quebrando quando vi um garoto de cabelos e olhos escuros bem na frente do grupo que chegava.

— Ei...

Cinth olhou para mim, mas a matrona começou a falar.

O menino era tão familiar.

Como se eu já o conhecesse.

Arregalei os olhos e olhei séria para ele. Era ele. Estava mais velho agora, e muito mais alto, mas não havia dúvida.

Era o menino que me salvara no rio.

Ele franziu a testa e olhou para mim. Desviei o olhar com rapidez, fixando-o firmemente na matrona.

— Cada um de vocês do primeiro e do segundo nível vai avançar e escolher um órfão. Ele será seu amigo pelos próximos anos. — Fez uma pausa. E quando ninguém se mexeu, retrucou: — Andem logo.

Os Seelies do lado oposto também não eram imunes ao tom afiado dela. Mesmo assim, o garoto de cabelos escuros foi o primeiro a cruzar a divisa. Ele nos olhou de cima a baixo, e nunca me senti mais maltrapilha do que naquele momento, embora brincasse com aquelas roupas todos os dias sem pensar duas vezes.

Seus olhos pousaram em mim mais uma vez.

Teria se lembrado de mim?

— Ela é mestiça — disse um menino ao meu lado. Rowan. Ele estava ali havia anos. Mais tempo do que eu. Não dava para saber quando ele seria generoso ou cruel.

Na maior parte do tempo, não me importava com ele, então não olhei. Derramaria um balde de água nos cobertores dele mais tarde.

Os comentários de Rowan provocaram várias risadinhas abafadas dos outros órfãos — e dos Seelie bem-vestidos à nossa frente. Apenas suspirei. Agora eu seria a última escolhida.

O garoto de cabelos escuros se aproximou e parou imediatamente diante de mim.

— Eu decido se isso tem importância. Seu nome?

A voz dele não era como eu me recordava. Muito mais parecida com o que me lembrava da voz de sua mãe, quando ela disse a ele para me deixar na margem do rio.

— Você não precisa decidir nada — respondi, olhando para ele da forma mais fria possível.

Ele apenas deu um sorriso que desapareceu em um piscar de olhos.

— Seu nome?

Revirei os olhos.

— Kallik de Casa Nenhuma. Quem é você?

— Faolan. Neto de Lugh.

Meu queixo caiu.

— *De Lugh? O Lugh?*

A julgar por seu tom até aquele ponto, eu esperava que ele gostasse da admiração que acidentalmente deixei escapar, mas a carranca que havia suavizado voltou com força total.

— *Existe outro Lugh que eu desconheça?*

Justo.

— *Ok. Bem...* — *Olhei para a fila.* — *Honestamente, não há muitos aqui que não serão uma tortura de se fazer amizade, então é melhor andar logo. Ou a Cinth aqui...* — *Me virei para minha nova amiga, e vi que ela já estava conversando com outro garoto de roupas bonitas.* — *Veja, você tem que ser rápido.*

O garoto estava balançando a cabeça quando voltei a olhar para ele. Suspirando, ele estendeu a mão.

— *Kallik de Casa Nenhuma, talvez a gente possa superar isso juntos. O que você diz?*

Eu?

A mestiça?

Rowan murmurou algo, e não foi preciso muita imaginação para adivinhar que não era um elogio.

Engolindo em seco, apertei a mão do neto de Lugh, mal acreditando na minha sorte.

— *Tudo bem por mim.*

Cerrei os dentes com a memória. Não exatamente por causa dela, mas pelo que veio depois. Quanto mais velha eu ficava, mais distância ele colocava entre nós, o que só tornava minha paixão dez vezes pior. Pelo menos ele fora selecionado para a corte Unseelie dois anos antes de eu partir para o treinamento, e com isso eu soube que tudo ia acabar por ali. Não havia mistura entre as duas cortes: era estritamente proibido.

Ainda assim, isso não impediu a Kallik de dezesseis anos bêbada de se fazer de boba.

Gemi, lembrando-me da última vez que nos vimos, no único pub que ficava em cima do rio e que permitia a entrada de Seelies e Unseelies ao mesmo tempo.

Alguns ergueram as sobrancelhas quando atravessei o lado Seelie do prédio. Isso costumava me desanimar, mas Cinth tinha me incentivado a experimentar o mel feérico — o melhor mel, aparentemente. E depois havia o uísque feito da erva humana, nepeta.

A guampa que eu carregava tinha um pouco de gelo derretido, mas minha atenção estava focada no meu alvo.

Dependendo de como o treinamento fosse, sabia que poderia ser a última vez que eu veria Faolan, e queria respostas. Ele tinha me ignorado completamente na semana anterior, quando atravessei o rio para vê-lo.

Tinha me tratado como se eu fosse apenas uma garotinha fazendo papel de boba.

Agarrei a guampa com uma mão e dei um tapa na mesa com a outra, atraindo seus olhos para mim.

— Então não sou boa o suficiente porque sou meio humana, certo? — Foi o que tentei dizer, mas minhas palavras saíram estranhas e empastadas.

Faolan estreitou os olhos escuros e me olhou de cima a baixo, apertando os lábios.

— Órfã, o que está fazendo aqui?

— Vou partir para o treinamento amanhã. — Ignorei o fato de que ele não tinha usado meu nome. — É minha última noite antes de eu morrer, e você é o cara mais gostoso de Unimak, o que significa que precisamos conversar.

Brincar a respeito de morrer em Underhill dava azar, e era considerado rude, mas os Unseelies bêbados em volta dele riram e lhe deram tapinhas nas costas.

— Melhor dar um beijo de despedida nela, Lan — um deles disse.

Ele franziu a testa e balançou a cabeça em uma negativa.

— Você é muito jovem, Órfã. Jovem demais para ir treinar, por pelo menos dois anos ainda. Muito fraca para sobreviver. Você é uma garotinha. Vá para a cozinha com sua amiga, se puder; é melhor para você.

Alguns de seus amigos riram e ecoaram suas palavras.

— Vá embora — um Unseelie bradou. — Você não é bem-vinda aqui. Você não pertence a esse lugar, mestiça.

Mas a questão era que eu mesma estava mais do que um pouco bêbada, e me fixei em apenas uma de suas objeções. A de que eu era muito jovem.

Muito jovem o caramba.

Então agarrei seu braço, puxei, e o tirei de seu assento com um coro de "eita". Fechando meus olhos, dei nele um beijo com o qual havia sonhado durante anos... exceto que não foi exatamente como eu esperava. Foi estranho. Meio mole.

Abrindo os olhos, vi seu olho esquerdo.

Que eu aparentemente tinha acabado de beijar.

Segurei um gemido, e pensei muito em pedir à árvore que me servia de esconderijo para me enterrar ali mesmo.

Por que Lan, de todas as pessoas, tinha que estar aqui agora?

— Guarda, quero que você descubra o que aconteceu lá. Use quaisquer conexões que você tenha — a mulher disse. — Você será meus olhos e ouvidos e se reportará diretamente a mim.

— Sim, minha rainha.

Ah, merda. Era a rainha Elisavana que estava do outro lado do rio? Eu me agachei para poder espiar pela parte inferior dos galhos pendentes da árvore. Uma saia marrom-escura cintilante surgiu na beirada da outra margem. Tive um vislumbre de calças de couro preto e botas atrás da saia antes que ambos se aproximassem da floresta à beira do rio.

Quando eu poderia me mexer? Queria *mesmo* visitar minha mãe, mas se havia uma coisa capaz de me distrair, era um encontro com Faolan ou a rainha Unseelie.

Agarrando o galho mais baixo da árvore, levantei-me em silêncio e abri caminho pelos galhos até me empoleirar em um lugar que me dava uma visão do rio e daqueles que caminhavam ao longo dele.

Pronto.

A rainha dos Unseelies caminhou rio acima ao longo da fina borda das árvores, em direção ao seu castelo a oeste, com Faolan não muito atrás. Ele parou por um momento e se virou, e eu me abaixei caso ele olhasse para cima em vez de para as margens do rio.

Com o coração batendo forte, fiquei abaixada e parada até ter certeza de que ambos tinham ido embora, então deslizei pelo tronco da árvore e pisei no chão com um leve baque.

Os cabelos da minha nuca se arrepiaram completamente. Eu me virei, já dando um soco.

Acertei Faolan no lado esquerdo do rosto, jogando-o a uma boa distância para trás.

— Pela bola esquerda de Lugh, que diabos você está fazendo desse lado do rio? — Mas ele já sabia. Deve ter visto quando me abaixei, que merda. Minha mão nem latejava mais, e sacudi meus dedos.

O esquerdo era meu lado fraco.

Ele esfregou o rosto, olhou para mim e depois olhou com mais atenção, arregalando um pouco os olhos.

— *Órfã?* É você?

Fiz uma careta. *Nossa.* Ele nem mesmo tinha me reconhecido?

— O quê? Achou que eu não ia mesmo sobreviver?

— Ainda brincando a respeito de morrer em Underhill, pelo que vejo. — Estreitou os lábios. — Para ser justo, estou chocado que você tenha conseguido passar pelo treinamento.

Seus olhos passaram sobre mim como naquela noite no bar, e mais uma vez senti como se estivesse sendo julgada e condenada.

Que seja. Abri caminho pelos longos galhos de salgueiro que havia criado, o rosa suave das folhas muito mais bonito do que qualquer coisa que eu tinha visto nos últimos oito anos.

— Você não deveria estar desse lado do rio. Pode ter problemas. Não ia querer manchar seu histórico.

Faolan me alcançou facilmente e caminhou ao meu lado, mantendo um metro de distância entre nós e ignorando minhas indiretas.

— Pelo menos seus reflexos melhoraram.

Bufei e mantive os olhos no caminho à minha frente. Minha paixonite havia passado, mas, caralho, ele ainda tinha uma bela bunda. E por isso me recusava a ser pega cobiçando-o.

— O que você está fazendo aqui? Onde não é bem-vindo? — Isso mesmo, estou usando suas próprias palavras contra ele.

Seu corpo ficou tenso, e de soslaio o vi cerrar os dentes. Ponto para mim.

— Continua rude pra um caralho, aparentemente — ele comentou. — Você deveria se desculpar. Como é nosso costume quando alguém dá um vexame.

Ah, porra, ele ia falar sobre isso, não ia? O beijo no olho.

Lutei para continuar inexpressiva.

— Não tenho ideia do que você está falando. — Isso. Vou deixá-lo pensar que estava tão bêbada que não consigo me lembrar daquele momento.

— Hum. — Aquele som vindo de seu peito era puro ego masculino. — E eu achando que você queria melhorar nosso último beijo. Ver se consegue apontar a boca um pouco mais para baixo. — O idiota riu.

O duplo sentido não passou despercebido.

Eu me apoiei em um pé e girei a outra perna em um chute perfeito. Nenhum dos outros Aprendizes — nem mesmo Yarrow — conseguia bloquear esse movimento.

Faolan pegou minha perna na altura do joelho e a empurrou para longe, uma sobrancelha escura arqueada.

— Não comece algo que você não pode terminar, *garotinha*.

Ele me chamou de...

— Lanny — chamei-o com desdém pelo apelido dado por sua mãe e que eu usava na infância, quando ele me visitava, apreciando seu estremecimento —, você está do lado errado dos trilhos, *garotinho*.

É, foi um golpe baixo — nós dois éramos baixos para feéricos —, mas ele que tinha começado.

Faolan bufou.

— Isso é o melhor que você tem? Acha que isso, de todas as coisas que poderia dizer sobre mim, vai ferir meus sentimentos? Você é com certeza uma criança. Ainda.

Eu me virei.

— Que *desprazer* ver você. Vá embora, Unseelie.

Ele se virou também, acompanhando meu ritmo com facilidade.

— Você ficou sabendo de Underhill?

Aquela era obviamente a única razão pela qual ele ainda estava falando comigo. Sabia de onde eu tinha vindo, e quando.

Faolan era jurado à rainha Unseelie, assim como Bres era jurado ao rei Seelie. Havia sérias consequências em quebrar esse juramento, o que significava que qualquer coisa que eu dissesse a ele iria diretamente para os ouvidos dela. Precisava ser muito cuidadosa.

— O quê?

— Não se faça de boba, Órfã. Você devia estar lá quando aconteceu. — Notei que ele não tinha usado meu nome, nem uma vez. — O que aconteceu? Você estava lá. Quem estava com a Oráculo quando...

Eu me virei e o encarei, mais uma vez suavizando minhas feições. Não era a melhor mentirosa, mas, quando pressionada, conseguia fingir. Ergui as sobrancelhas.

— Quando o quê?

Seus olhos vasculharam meu rosto como se ele estivesse procurando a resposta na minha testa, digitada em Times New Roman tamanho 12.

— Algo aconteceu com Underhill e, assim como o resto dos feéricos, quero saber o quê. — Era a cara dele não dar mais informações do que o necessário.

Parecia que não havia mudado muito durante o tempo em que estive fora, mas as expedições de pesca eram complicadas se a pessoa não tivesse a isca certa, e Faolan não estava balançando nada que eu quisesse morder.

Bem, tudo certo, talvez eu não me importasse de morder algumas partes dele, mas isso não tinha nada a ver com o assunto de agora.

Dei de ombros.

— Ninguém me diz merda nenhuma, lembra? Sou Kallik de Casa Nenhuma, menina órfã e imatura, esqueceu? Só estou aqui para ver minha mãe, então, se não se importa, quero ficar sozinha.

Seus olhos encontraram os meus, e pensei ter visto uma onda de cor em suas profundezas escuras. Ele bufou, como se não gostasse do que tinha visto nos meus olhos lilases.

— Talvez eu vá com você.

Isso *não* tinha acabado de sair da boca dele. Pisquei com força e o encarei.

— Por quê?

— Não confio em você, Órfã — ele disse.

— Talvez você devesse arrumar um novo hobby. Crochê. Bombons de chocolate. — Comecei a correr de novo, mas ele me acompanhava com facilidade. Ainda que Faolan fosse um cara baixinho, eu era ainda mais nanica para uma mulher feérica. *Petite* era uma palavra que eu ouvira em referência à minha altura mais de uma vez, embora para os padrões humanos eu fosse bem normal; inclusive, muito acima da média para o povo da minha mãe.

— Como foi o treinamento? — ele perguntou alguns minutos depois.

Sério mesmo que ele queria jogar conversa fora? A eu do passado teria ficado em êxtase por ter a atenção dele, mas a eu de vinte e quatro anos estava apenas... pisando em ovos. Ele realmente não gostava de mim, e nós dois sabíamos disso. O tempo que gastara comigo durante o programa de orientação fora imposto a ele. O neto de Lugh cumprindo seu dever pelos pobres infelizes.

Assim que pôde sair por aquelas portas e nunca mais voltar, assim o fez.

Rowan se voltou contra mim no teste final. Bres se fechou depois da nossa última conversa. Yarrow... bem, nem me daria ao trabalho de pensar naquele babaca. Tirando Hyacinth, não sabia em quem podia confiar. Ou talvez apenas soubesse que ela era a única, e desejasse que fosse diferente.

— Foi bom — respirei fundo. — Difícil. Bem difícil.

Os Aprendizes eram os mestiços do nosso mundo. Como outros feéricos de sangue puro, Faolan treinou na corte Unseelie depois que foi selecionado. Claro que ele começou na corte Seelie e fez seu treinamento inicial lá. De qualquer forma, em ambos os lugares, ele treinara com os melhores dos melhores para que pudesse desenvolver todo o seu potencial.

Tipo os fuzileiros navais humanos.

Eles não correram risco de morrer em seu treinamento.

Um silêncio desconfortável reinou depois disso, e chegamos à borda da floresta encantada Seelie.

Como se um gigante tivesse enfiado o dedo na terra e aberto uma larga trincheira, havia um buraco profundo no chão. Do nosso lado, as plantas eram vibrantes e vivas, densas e verdejantes como uma selva. Do outro, uma planície árida se estendia até o extremo sul de Unimak. O inverno ainda mantinha seu domínio sobre o lado humano da ilha, embora ele estivesse chegando ao fim.

Atravessei a divisa, e a temperatura caiu trinta graus fácil.

O vento uivava ao passar por meu rosto, entorpecendo minha pele em questão de segundos. Puxei um fio vermelho de magia das profundezas do subsolo para me aquecer. Calor irradiava dentro de mim, e em resposta à minha magia Seelie, musgo irrompeu nas pedras sobre as quais eu estava. Sorri, agradecendo silenciosamente à energia vermelha, e caminhei pela planície, indo diretamente para o sul em direção ao aglomerado de rochas que me esperava.

Faolan não me seguiu. Poucos feéricos cruzavam de bom grado a fronteira. O vazio ali era abominável para eles, que consideravam aquele lugar morto não só pelos humanos que jaziam enterrados sob a terra.

Ali no meio da planície estava um *inukshuk*: uma pilha de pedras na forma de uma pessoa. Aquele era o lugar onde minha mãe estava sepultada, ao lado de nossos ancestrais.

Eu me agachei na base do *inukshuk* e tirei as flores da minha mochila. Um pouco amassadas, ainda assim eram um contraste brilhante com a paleta marrom maçante dali.

— Oi, mãe — sussurrei. O vento levou as palavras para longe de mim.

Não foi muito depois de eu ter caído no gelo que ela morreu. Acordei uma manhã e a encontrei dormindo em sua poltrona perto do fogo apagado. Fechei os olhos, tentando não ver aquele último momento com ela. Tocando sua mão fria. Acariciando sua bochecha mais fria ainda. Enroscando-me em seu colo e derrubando a caneca de sua mão dura. Encolhendo-me quando vi a bagunça que tinha feito, ainda pensando que ela acordaria.

A fome me levou a me mudar. Vesti todas as minhas roupas de frio e fui para o lugar onde estava mais quente — onde as pessoas bonitas viviam. Foi só quando fiquei mais velha que vi quão estranho era viver em um lugar em que não havia outros humanos. Que sempre tinha sido só eu e minha mãe.

E então eu nem mesmo a tinha.

Foi Faolan quem me encontrou no limite da fronteira. Ele me levou para o orfanato, segurando minha mão, falando baixinho comigo. Como se ele se importasse.

Engoli em seco e tentei conter as lágrimas, sentindo o olhar de Faolan queimando em minhas costas, mas não adiantou.

Lembrava muito pouco de minha mãe, pois a perdera antes de completar cinco anos, mas era a única família que eu tinha neste mundo. E, embora minhas lembranças dela fossem passageiras, lembrava-me de seu amor, de sua voz e da sensação de seus dedos calejados acariciando meu rosto. As músicas que ela costumava cantar para mim à noite ainda me visitavam nos sonhos.

Havia o suficiente para sentir um grande arrependimento pela perda dela em minha vida, o desejo de tê-la comigo ainda.

As coisas poderiam ter sido tão diferentes.

— Estraguei tudo — murmurei baixinho. — De verdade dessa vez. Não sei o que fazer.

A única resposta foi o uivo do vento de inverno chicoteando meu rosto, congelando as lágrimas na minha pele.

5.

Mexi a ponta da adaga preguiçosamente no tampo da mesa, cavando um pequeno buraco na superfície, pensando nas opções diante de mim, opções que definiriam meu futuro próximo.

Protetora de um embaixador feérico. Isso me colocaria em reuniões políticas regulares com humanos. Não era meu passatempo favorito.

Posição de liderança da guarda de baixo escalão. Nem tão ideal assim, mas poderia melhorar com o tempo.

Guarda pessoal de um feérico da família real — aham, tá bom.

Examinei a lista de opções, vetando a maioria delas.

Poderia me tornar batedora de um posto avançado, mas aí nunca veria Hyacinth. *Ou Faolan,* uma voz ridiculamente burra sussurrou em minha cabeça.

Fiz uma careta. Só passara uma hora na companhia dele no dia anterior, mas foi tempo suficiente para deixar minha mente em um turbilhão. Nada havia mudado. Ele ainda era Unseelie. Eu era Seelie. Não havia possibilidade de nada acontecer entre nós, nunca. Exceto que Faolan, desde jovem, sempre teve uma mistura irritante de charme atraente e *bad boy.* Bem, talvez a Kallik de dezesseis anos não tivesse achado essa combinação irritante, mas a de vinte e quatro não gostou do contato do dia anterior.

Eu duvidava que ele tivesse perdido o sono por causa disso.

Suspirei e girei minha adaga, mal notando o baque familiar quando o cabo pousou na palma da minha mão.

O ar ao meu redor parecia carregado, como acontece antes de uma tempestade. Lá fora o sol brilhava forte, o que significava que a sensação não tinha nada a ver com o clima real e tudo a ver com o que havia acontecido com Underhill.

Meu corpo ficou tenso quando uma batida estrondosa soou.

Com a adaga na mão, abri a porta e olhei para o humano. Um servo, a julgar por sua libré de ouro e prata.

— Posso ajudar?

Ele olhou para minha arma e rapidamente levantou a grande caixa roxa que segurava. Os servos que trabalhariam comigo não seriam enviados até que eu escolhesse minha vocação. Então, por enquanto, tinha que abrir minha própria porta.

— Entrega para Kallik de Casa Nenhuma.

Era a segunda entrega daquele dia. A comida havia chegado aquela manhã — um pacote de cortesia para me sustentar até que meu primeiro salário chegasse.

Lancei a adaga para trás, escutando o ruído de quando ela atingiu a extremidade oposta do corredor.

— Sou eu mesma.

Peguei a caixa, estimando o peso. Quem diabos me enviara um presente?

O velho olhou por cima do meu ombro.

— Demorei um pouco para encontrar este lugar. Não sabia que havia casas na parte de trás do castelo. Um número meio azarado, não?

— É a bunda do castelo — corrigi. — Pode dizer.

Ele mostrou os dentes em um largo sorriso.

— Suas palavras, não minhas. Bom dia, senhora.

Depois de fechar a porta com um leve chute, voltei para a mesa e pousei a caixa em cima dela, olhando para a encomenda. Havia um brilho dourado por todo o embrulho roxo. Cartão em relevo. Fita azul.

Rasguei o pacote e minhas sobrancelhas se arquearam com o conteúdo.

Um vestido.

Peguei o cartão.

Kallik de Casa Nenhuma.
Seu traje para o banquete hoje à noite.
Atenciosamente,
Administração do castelo.

Ao que tudo indicava, os banquetes não eram uma ocasião para usar calça de couro e túnica. Todos os recém-formados também receberam um "traje"? Ou seria apenas eu? Em outras palavras, esse foi um presente pessoal do Papai Querido ou algo que conquistei?

Não que isso importasse. Independentemente da minha aparência, ele não me assumiria. Decerto, não em um evento como aquele.

Ainda assim, eu não era tola o suficiente para pensar que tinha alguma escolha. Teria que usar o vestido.

O vestido só se abriu quando puxei o material dos limites mágicos da caixa. Um lilás suave, uma cor que combinava perfeitamente com os meus olhos. Descansei o tule no meu braço. Herdara a pele bronzeada do lado da minha mãe, e tinha que admitir que a cor do vestido acentuava um brilho oculto.

Segurei o vestido e fiz uma careta. Como diabos ia lutar e correr com essa coisa? Bem, não que fosse precisar fazer isso em um banquete, mas oito anos de treinamento não me abandonariam da noite para o dia. Qualquer lugar pode acabar sendo mortal.

Os vestidos que eu ocasionalmente usava no orfanato eram mais parecidos com sacos em comparação a essa roupa gigantesca. Renda fina e transparente compunha a metade superior, com o único propósito de se fazer de forro para uma cascata de lantejoulas lilases que presumivelmente cobririam meus seios. As lantejoulas estavam nos ombros também, e as mangas longas terminavam em penas lilases — sim, *penas*. Também pontilhavam a enorme saia de tule que caía em cascata até o chão.

Quer dizer, era impressionante, e ficaria lindo em outra pessoa. Não em uma mestiça suja como eu.

— Você não está mais em Underhill — resmunguei.

Um breve chilrear encheu a casa, e então uma bolsa de tecido apareceu do nada e caiu sobre a mesa com um tinido metálico.

Coloquei o vestido sobre a única cadeira e peguei a bolsa para soltar o laço.

Moedas de ouro brilharam para mim.

— Isso! — sibilei.

Meu primeiro auxílio chegara de modo oficial. Literalmente as primeiras moedas que eram *minhas*. Empurrei para o lado a caixa do vestido, e as despejei com cuidado sobre a mesa.

Dez moedas. Só para mim. E haveria mais dez a cada duas semanas dali em diante.

Se eu economizasse com comida, uma moeda duraria uma semana. Precisaria usar algumas para roupas novas, mas queria economizar o máximo possível. Moedas não significavam tanto para os feéricos quanto o dinheiro significava para os humanos, mas em Unimak eu precisaria de dinheiro para ter uma boa vida, e não queria passar necessidade de novo. Cuidaria de Cinth também. Sabia que ela mal conseguia sobreviver com sua renda, mesmo com seu novo título de *sous-chef*.

No passado, os feéricos confiavam inteiramente em sua magia para roupas, móveis e utensílios domésticos, mas não nos vestíamos mais com folhas e trepadeiras, e possuir itens do mundo humano, em vez de talheres de pedra e tigelas de madeira, era uma coisa que trazia status. Não que eu acreditasse nisso, mas as cortes desaprovavam o uso de magia para itens ou propósitos desnecessários. Afinal, o equilíbrio precisava ser mantido; o mundo dos feéricos era baseado nele.

Peguei minhas moedas e as devolvi à bolsa, olhando ao redor. Não havia muitos esconderijos pela casa. Depois de vasculhá-la, conformei-me com alguns que encontrei.

Primeiro, cortei uma fenda na colcha e enfiei sete moedas no forro. Sacudindo as outras três, que gastaria no dia seguinte, coloquei-as atrás dos canos da cozinha, embaixo da pia. Então voltei minha atenção ao ato de me deixar mais apresentável.

O que levou um tempo nada lisonjeiro.

— Você só precisa sobreviver a esta noite — disse ao meu reflexo depois do banho.

Cada dia que se passava entre mim e o que havia acontecido na prova final era um bom sinal.

Um ótimo sinal.

Era apenas uma onda que eu tinha que surfar. Se ao menos a onda não estivesse pronta para subir e me afogar...

Meu estômago revirou e, por um momento, lutei para respirar como se estivesse realmente debaixo d'água.

— Foco, garota, um dia de cada vez — sussurrei para meu rosto pálido demais no espelho.

Forcei meus pensamentos a retornarem às minhas opções de carreira enquanto escovava minhas madeixas castanho-escuras na altura dos ombros — também cortesia da herança nativa de mamãe. Se havia algo mais que eu pudesse fazer para ajeitar meu cabelo sempre liso, eu não fazia ideia. Mas naquele dia pelo menos, eu o deixaria solto.

Uma batida soou à porta enquanto ainda lutava para entrar no vestido imenso. Estremeci, as costas completamente nuas — bem, a renda transparente cobria, mas não servia para esconder coisa nenhuma.

Pelo menos as mangas não apertavam meus músculos.

— Um momento — gritei para o corredor.

Sapatos de salto combinando vieram com o vestido, mas depois de dar uma olhada neles resolvi pegar minhas botas de caminhada flexíveis. Havia limites, certo?

Enfiando os pés nas botas, amarrei-as e ajeitei o vestido de volta no lugar.

Armas, armas, armas.

Afivelei a bainha da faca curvada na coxa e deslizei a arma para dentro.

Escutei baterem outra vez.

Abri a porta e encarei a pessoa do outro lado.

O guarda do castelo arqueou uma sobrancelha.

— Vou escoltá-la até o castelo. Não me deixe esperando.

Ignorei sua arrogância. Exceto Hyacinth e Bracken, nunca encontrara um Seelie que não fosse extremamente mal-humorado. Todos os Seelies eram afetados por essa tendência, mesmo aqueles do quarto nível.

Para ser justa, os Unseelies não eram muito melhores, mas eram mais propensos a enfiar uma faca em você pela frente, em vez de pelas costas. Havia uma certa honestidade nisso que eu respeitava.

Segui-o, e a ansiedade que eu conseguira deixar de lado durante todo o dia cresceu em mim até criar um oco enorme em meu estômago. Meu pai estava no castelo. Estaria esse homem me levando até ele?

A última vez que vi meu pai foi de longe, aos dezesseis anos. Ele assistiu enquanto seus guardas interromperam o comboio de feéricos de dezesseis anos que eram levados ao castelo para serem selecionados entre as cortes Seelie e Unseelie. Eu o vira de uma janela.

Me tiraram do vagão e, uma hora depois, a matrona do orfanato me informou que eu iria para o treinamento em Underhill no dia seguinte, dois anos mais cedo do que a maioria — a menos que eu tivesse uma objeção, o que não tinha. Sem seleção para mim.

Ele tinha me feito um favor, na verdade. Temi a seleção por meses, certa de que meu status de meio feérica interromperia o processo de alguma forma. Ou que outros feéricos descobrissem que eu era filha dele, e então fosse punida por revelar seu segredo. Ou que fosse lançada no Triângulo por algum motivo.

Um pensamento ridículo, de fato, agora que eu tinha idade suficiente para refletir sobre isso. A magia não era uma segunda natureza para mim como era para um feérico de sangue puro — assim como a capacidade de prender a respiração por longos períodos debaixo d'água —, mas nunca tive grandes problemas para aprender a manejar os fios índigo do poder dentro de mim.

Demorei, mas no fim cheguei lá.

Meus anos em Underhill me ajudaram a descobrir isso.

O guarda me guiou pela muralha dos fundos do castelo e pelas escadas dos criados.

A inquietação tinha começado a tomar conta do meu peito quando ele afastou uma cortina, revelando os outros quatro Veteranos da Elite.

Nunca pensei que ficaria feliz em ver Yarrow.

Fern, Aspen e Birk acenaram, amigos agora que estávamos ali, e me juntei a eles.

— Não reconheci você — Birk brincou, acenando para o meu vestido. — Consegue lutar com isso?

Olhei para seus trajes: chiques, mas funcionais.

— Discutível. Quer trocar?

Ele abriu um sorriso.

Uma mulher de terninho e salto alto apareceu na ampla entrada na extremidade oposta do que parecia ser uma sala de estar — ou pelo menos a definição de uma sala de estar da realeza. Era três vezes o tamanho da minha nova casa, mas quem estava medindo?

— Sou a administradora do castelo — ela se apresentou em um tom prático, batendo a caneta contra o caderno que carregava.

Será que não tinha nome? Seus olhos passaram por nós, atrás de um par de óculos que eu tinha certeza de que ela nem precisava. Mas completava a aparência de "administradora", suponho.

— Nossos convidados estão se acomodando. Em um momento, vocês me seguirão até o salão de baile, onde anunciarão a área vocacional que escolheram ao rei Aleksandr e repetirão seu juramento.

Porra. A última vez que fiz aquele juramento, as coisas deram muito errado. Muito mesmo.

Ela olhou para cada um de nós, e me perguntei se ela era capaz de dizer que eu ainda não tinha ideia de qual "área vocacional" escolher.

Formamos uma fila atrás dela, e ocupei o último lugar com prazer, examinando os corredores enormes e vazios pelos quais passamos. Meus dedos formigaram, querendo minha lâmina curva, enquanto o ruído e o murmúrio de uma multidão vazavam do salão à frente.

Os aromas ricos de carne assada e vegetais com ervas encheram minhas narinas, e respirei fundo. Se Hyacinth tivesse algo a ver com isso, então eu já sabia o que faria pelo resto da noite. E o vestido não serviria de manhã.

Fomos exibidos pelas mesas redondas de feéricos da alta classe e da realeza, e duvidei muito de que qualquer um dos convidados daquele banquete supostamente realizado em nossa honra compartilhasse meu status de meio feérica. Os olhos deles se fixavam em nós enquanto passávamos, mas não prestavam atenção — como se estivessem entediados, voltando para suas conversas em um instante.

— Aguardem a entrada do rei Aleksandr — disse a Administradora do Castelo ao nos deixar na beira do palco.

Yarrow subiu ao palco e reivindicou a posição mais próxima dos dois tronos. Acenou para algumas das mesas próximas, chamando e piscando.

Vou vomitar. Por um breve segundo, no início do treinamento, pensei que nosso status comum de bastardos poderia nos unir. Embora tivesse sido reivindicado por seu pai na Casa Dourada, Yarrow ainda era um bastardo, e havia começado o treinamento para consolidar seu lugar entre os nobres e provar seu valor.

Poderia ter nos unido.

Se Yarrow não fosse um completo idiota. Do jeito que foi, tinha quase certeza de que ele me odiava *porque* eu o lembrava do que ele era — quase não, eu tinha *certeza*. Eu era tudo o que ele odiava em si mesmo, o que em pouco tempo fez de mim seu saco de pancadas favorito.

Assim que formamos uma fila à esquerda do trono do rei, o arauto que apenas murmurou baixinho anunciando nossa entrada bateu a ponta de seu cajado dourado no chão três vezes.

— O rei Aleksandr e a rainha consorte Adair!

Pobre rapaz, devia viver para esse momento.

Meu pai e sua esposa deviam saber que eu estava ali. Não tinham me impedido vir. Se mantivesse minha cabeça baixa, eles me ignorariam, por causa de nosso acordo tácito. Apesar da pequena parte de mim que ainda queria ser reconhecida — e amada — por meu único genitor sobrevivente, não queria ser conhecida como a filha bastarda do rei, e "papai" e sua esposa piranha também não queriam que ninguém soubesse. Ignorarmos uns aos outros era bom para todos.

O fato de ela me encarar através de seus cílios, obviamente falsos, não me machucaria.

Soltei o ar que estava segurando. Seria capaz de passar por isso. Precisava ser. Discretamente, limpei as palmas das mãos úmidas na saia de tule lilás, e observei o par real se aproximar.

O rei não olhou para aqueles por quem passou. Um vinco profundo marcava o espaço entre suas sobrancelhas castanhas, e ele parecia perdido em pensamentos. Aproveitei a oportunidade para examiná-lo. Alguns fios grisalhos irrompiam em meio ao castanho brilhante de seu cabelo curto e ondulado. Ele sempre fora grave e agourento, mas essas qualidades pareciam acentuadas aquela noite.

Não nos parecíamos. A forma de seus olhos refletia os meus, assim como a leve curva de seus lábios, mas era só isso.

A boa madrasta acenou grandiosamente para seus inferiores, agraciando-os com uma curva de seus lábios pintados de vermelho e um aceno sempre tão sutil de sua cabeça magnificamente penteada. Era uma beldade feérica clássica, com cabelos loiros platinados, olhos verde-azulados brilhantes e um corpo de ossos finos com curvas suaves e femininas. Ela parecia ter dois sorrisos: o exagerado e o sarcástico, mas seus subordinados pareciam gostar. Acho que queriam puxar o saco da mulher mais poderosa do reino Seelie. Pessoalmente, eu não achava que ela chegasse perto da rainha Unseelie, que tinha governado sozinha desde que assumira o controle de sua corte, uns cinquenta anos antes.

A dupla subiu as escadas do lado oposto do palco — graças a Lugh — e tomou seus tronos.

Expirei devagar.

— Saúdem o rei Aleksandr! — gritou o arauto.

A resposta estrondosa sacudiu o próprio castelo e, obedientemente, murmurei junto com os outros feéricos.

Bres se levantou de uma mesa no meio dos convidados e subiu ao palco para se curvar ao rei. Depois nos encarou.

— Veteranos. O rei agora ouvirá suas escolhas. Começaremos com os Seelies Medianos. Birk, Fern e Aspen, deem um passo à frente.

Minha mente acelerou enquanto eles encaravam o rei e se ajoelhavam, falando suas vocações em voz alta e confiante.

Porcaria.

— Apresento agora nossos dois Veteranos da Elite Seelie — Bres disse ao rei.

Houve alguns aplausos educados.

Havia realmente apenas dois de nós em Unimak? Achei que haveria mais. Não tinha prestado atenção, com a destruição de Underhill.

— Kallik e Yarrow, por favor, um passo à frente.

Yarrow desfilou para se colocar em frente ao rei, de alguma forma fazendo o ato de se ajoelhar também parecer arrogante.

Preparando-me, eu me aproximei do meu pai e da minha madrasta, olhando cada um nos olhos antes de me ajoelhar também, o tule do vestido apertando minha pele.

O olhar do rei Aleksandr pousou pesado sobre mim, e fixei meus olhos na dragona ornamental que cobria seu ombro esquerdo.

— Yarrow, diga sua escolha — Bres ordenou.

— Guarda do rei — Yarrow declarou.

A multidão irrompeu em murmúrios chocados. Isso não estava na lista de vocações.

— Você não tem direito a essa escolha — Bres o lembrou em tom seco.

Yarrow sorriu.

— É exatamente onde vou acabar. Começarei em uma posição de liderança no exército, é claro.

Considerei fortemente fazer o mesmo, mas oito anos e dois dias com aquele idiota eram oito anos e dois dias além do que eu podia suportar. Não estava disposta a ter nem mais um minuto com ele.

A plateia riu de sua resposta.

— Simplesmente encantador — alguém exclamou.

Fala sério. Essa gente um dia ainda vai me matar.

Passei a língua pelos lábios enquanto Bres olhava na minha direção. A frieza cobrindo suas feições era algo que nunca tinha experimentado com ele.

O medo apertou meu peito.

— Kallik. Diga sua escolha — ele ordenou.

— Protetora de um embaixador feérico — as palavras escaparam da minha boca, mas não senti uma certeza profunda a respeito da escolha. No fim, tinha sido uma conta simples de resolver: não queria estar no castelo ou com Yarrow, e não queria ficar totalmente longe de Hyacinth. Isso só deixava uma opção.

Era o trabalho perfeito para mim?

Não, mas oferecia segurança, e eu poderia viver com isso.

O rei ainda não tinha desviado o olhar, e eu foquei o meu em sua esposa. Seu ódio bateu em mim, e meus lábios se curvaram levemente com o raro vislumbre por trás de sua máscara cuidadosamente mantida.

Meu sorriso se desfez com rapidez — não seria inteligente irritá-la mais do que minha existência já fazia.

Yarrow murmurou pelo canto da boca:

— Eu lhe dou uma hora no máximo.

— Nós dois sabemos que você só precisa de um minuto — respondi baixinho.

Os lábios do rei se contraíram.

Nada a ver com a minha resposta... de fato.

— Kallik de Casa Nenhuma será designada para proteger um embaixador feérico — Bres retransmitiu para a audiência. — Ela o escoltará em negociações com humanos e feéricos Unseelie.

Birk, Fern e Aspen voltaram a se ajoelhar com a gente e entoamos juntos o juramento ao rei.

Meus ombros relaxaram quando o castelo não caiu ao meu redor.

Então *ele* falou pela primeira vez.

— Obrigado a todos por seu serviço futuro e pelo trabalho árduo para alcançarem suas posições. A corte Seelie os honra por seu serviço.

Aposto que honram.

Depois de mais alguns aplausos, a Administradora do Castelo apareceu novamente, e fomos levados a uma mesa nos fundos do salão de baile. Convidados de honra — mas não *muita* honra, é claro.

Não me importava; estava feliz por estar fora dos holofotes.

O jantar foi servido. Enquanto os outros Veteranos tentavam deixar nossa mesa para se misturar com seus parentes e amigos, mergulhei no suculento cordeiro e nas batatinhas nadando em alecrim e manteiga, muito contente por estar no fundo.

— Ei.

Levantei a cabeça e sorri.

— Cinth.

— Não costumo servir, mas tinha que ver vocês todos bem-vestidos. Alli, você tá tão linda! Não sabia que as costas de uma pessoa tinha tantos músculos. Interessante. Tome uma cócega.

Ela pôs o biscoito no meu prato, e não perdi tempo em enfiá-lo na boca.

Gemi. *Deusa.* Ele derreteu na minha língua, deixando uma nota azeda de cereja e um vestígio de uma riqueza terrosa que presumi ser a beterraba.

Limpei a boca.

— Sem palavras.

Suas bochechas ficaram rosadas.

— Obrigada. Voltei para sua casa ontem, tinha esquecido minha capa. Aonde você foi?

— Fui ver a mamãe. — Eu me endireitei. — E vi o Faolan por acidente.

O queixo de Hyacinth caiu.

— Faolan, também conhecido como aquele por quem você teve um amor platônico por anos?

— É.

Seu sorriso era tão largo que repuxou sua cicatriz de queimadura.

— Faolan, que você beijou no olho?

— É — afirmei de um jeito seco.

Ela me deu um tapinha.

— Ele ainda é gostoso? Vocês conversaram? Você beijou o outro olho dele para compensar o tempo perdido?

Bufei.

— Ainda não. E ele ainda... é bem gostoso. Nós conversamos.

— Estou surpresa que ele tenha conseguido juntar duas palavras para falar com você. Quer dizer, além de "Órfã, saia do meu caminho".

Bufei novamente. Ela não estava errada.

— O Faolan nunca teve problemas em manter o controle comigo. — Mas o contrário não era verdadeiro.

Queria parecer uma adulta sexy, mas, com base na reação dele, projetara uma imagem de colegial carrancuda. O que não gostei nada.

Ela plantou as mãos nos quadris.

— Talvez não antes. Mas, Alli, minha amiga, você está *crescida* agora. Tem peitos. Bunda. Confiança. Virou um sanduíche sexy. E agora você tem idade suficiente, se bem me lembro de seu problema original, sobretudo com os anos de diferença entre aqui e Underhill.

Ela estava se esquecendo de toda aquela coisa de mestiça meio humana *e* a coisa Unseelie-Seelie, mas deixei passar.

Meus lábios se curvaram.

— Sanduíche sexy?

— Minha vida é comida. — Hyacinth soltou um gritinho quando viu a cara feia de um garçom ali perto. — Acabou meu tempo. Posso ir na sua casa amanhã? Tenho coisas para você.

Ela colocou outra cócega no meu prato e foi embora desfilando.

Saboreei o segundo biscoito, mordiscando a massa amanteigada. Examinei quem estava sentado mais perto de mim, aos poucos direcionando meu olhar ao palco. Yarrow estava gargalhando lá em cima como um maldito pateta.

Minha madrasta apertou a mão do rei, então se levantou em um elegante farfalhar de tecido. Observei Adair cruzar o palco e descer. Bres imediatamente se juntou a ela, curvando-se.

Ah. Aquilo não era nada bom.

Mas possivelmente não terrível. Não deveria supor nada.

A boca dele se movia rápido, e à medida que conversavam suas cabeças se aproximavam cada vez mais. A expressão de Adair estava cada vez mais sombria, e o suor escorria pela minha coluna.

A julgar pelo simples fato de eu estar sentada no salão de baile, e não no calabouço, eu poderia supor que a Oráculo havia decidido não contar a verdade ao meu pai. Pelo menos ainda não.

Mas Bres...

Se Adair descobrisse minha parte na queda de Underhill, seria xeque-mate ali mesmo. Ela aproveitaria qualquer mínima chance de se ver livre de mim para sempre.

Eles se endireitaram e, como um, viraram-se para me olhar.

Fodeu.

Poderia concluir muitas coisas daquele gesto. Baixei os olhos e bebi calmamente a água da minha taça de cristal. Tentando olhar escondido, vi a rainha consorte dar uma ordem ao velho treinador com um estalar de dedos. Aquele homem me guiara pelos últimos oito anos, e agora estava me entregando de bandeja na maldita linha de chegada.

Seus olhos se desviaram para os guardas que estavam mais próximos, mas ele não fez nenhum movimento além de assentir em resposta e se curvar outra vez.

Parecia que eu tinha levado um soco no estômago quando eles se separaram.

Ela sabia.

Minha madrasta sabia, ou pelo menos suspeitava de que havia sido eu quem destruíra Underhill. Uma cortesia de Bres.

Cerrei as mãos enquanto minha tempestade interior rugia, e lutei para recuperar o fôlego.

Esperava passar despercebida até que isso acabasse, mas se o olhar rápido de Bres para os guardas fosse algum sinal, era de que meus dias de liberdade estavam contados. Se Underhill me ensinou uma coisa antes de desmoronar, foi a capacidade de pensar rápido. Atacar antes de *ser atacada*. Fazer movimentos preventivos.

Minha atenção se concentrou na grave figura sentada no trono. Como se compelidos a isso, os olhos verdes dele encontraram os meus. Seu olhar era impenetrável, mas percebi uma coisa na pressa com que ele desviou os olhos: como sempre, eu estava sozinha.

Recusava com firmeza a abrir mão de minha liberdade recém-conquistada, mas não conseguiria escapar de uma cela na masmorra.

Não. Algo tinha destruído o reino feérico, e independentemente de eu ser a culpada, tinha que descobrir como recuperá-lo.

Essa era a única maneira de ter o futuro que sonhara toda a minha vida.

O que significava que era hora de me mexer.

6.

Eu me levantei e empurrei a cadeira para trás o mais devagar que consegui, não querendo fazer uma cena. Basicamente, não queria que Bres ou mesmo Adair pensassem que eu estava fugindo. Foi por isso que esperei os cinco primeiros pratos terminarem antes de sair da mesa.

— Já indo embora? — Birk olhou de seu assento à minha esquerda. — E a sobremesa? Não disse que sua amiga está cozinhando e que você não perderia por nada?

Desculpas se acumularam no fundo da minha garganta, e soltei a mais idiota delas.

— Preciso falar com alguém sobre... uma coisa.

Birk piscou seus olhos azuis para mim.

— Entendi, isso não é *nem um pouco* estranho.

Merda. Eu me virei e me afastei da mesa, feliz por ter ido com minhas botas de caminhada. E *mais* feliz ainda por ter trazido pelo menos uma faca comigo.

Minha pele coçava, e queria tirar o vestido, mas tive presença de espírito suficiente para perceber que correr nua pelo castelo seria uma forma menos sutil de sair.

Encarei as portas principais e meu coração deu um baque terrível. Os guardas do rei pairavam ali, dois para cada porta, com as mãos no punho das espadas.

E estavam me observando.

Uma série de imprecações saiu dos meus lábios, e a matrona Seelie sentada à minha direita ofegou, colocando a mão na garganta.

— Nossa, nunca ouvi nada tão chulo...

— Nem mesmo na cama com seu maridinho? — Inclinei a cabeça para seu companheiro de cabelos grisalhos, cujos olhos se arregalaram um pouco demais. Claro que os lábios dele se contraíram, mas eu não tinha tempo de mostrar para sua esposa.

Três garçons passaram por mim com bandejas vazias, e fui atrás deles, abrindo caminho entre as mesas, as saias roçando por tudo.

Passando pela nossa mesa novamente, toquei o ombro de Birk.

— Vou lá pegar mais dessas cócegas, ok?

Fiz "joinha" para ele com as duas mãos — muito humano da minha parte —, e ele sorriu.

— Nenhuma reclamação da minha parte. Pegue um prato inteiro, se conseguir.

Uma abertura simples coberta por um material azul-claro brilhante formava a saída para a cozinha. A barreira de tecido subiu quando me aproximei. Atravessando, escutei o sussurro do tecido baixar, então imediatamente comecei a correr, seguindo meu instinto, assustando os garçons na minha frente.

— Desculpem! — gritei por cima do ombro enquanto eles murmuravam e xingavam na minha direção.

O cheiro de carne assada, especiarias e doces assados me chamou e, quando me aproximei, ouvi o barulho de panelas e o murmúrio de vozes.

A cozinha estava bem iluminada e disposta conforme a ordem do prato servido. Estações de aperitivos na frente, salada e depois sopa, a refeição principal e a sobremesa na parte de trás. Minhas saias gigantescas esbarravam em tudo, ficando cobertas de molhos em questão de segundos.

— Saia daqui! — alguém gritou. — Você vai causar um incêndio.

Como se suas palavras fossem proféticas, minha saia de tule roçou em uma chama. Amaldiçoei quando o tecido pegou fogo.

Agarrei o tecido de cada lado e o bati na parte em chamas, pressionando-o contra meu quadril. Calor disparou pela minha pele, não o suficiente para queimar, mas o suficiente para me lembrar de que eu poderia derreter.

Com as chamas apagadas, continuei correndo, sentindo a ameaça formigante dos guardas às minhas costas. Eu me abaixei sob uma mesa de servir, então dancei ao redor de mais dois cozinheiros. A questão era que, apesar de toda a bagunça e caos que eu estava causando, ninguém realmente tentou me impedir. Na maioria das vezes, eles simplesmente me ignoravam. O que, sejamos honestos, foi o que fizeram por toda a minha vida. Ignore a garota que não se encaixa — até que ela tenha feito algo que possamos usar contra ela.

Parei na seção de sobremesas e examinei as cabeças em busca da minha melhor amiga.

— Hyacinth!

Ela parecia um esquilo com os olhos arregalados. Havia farinha no seu nariz.

— Alli, o que você está fazendo aqui? Não posso te dar mais cócegas. Estão acabando.

Balancei a cabeça e corri em direção a ela, ignorando os olhares que estava recebendo dos outros cozinheiros.

— Preciso que você me esconda.

— O quê?

— Por apenas dez minutos. Os guardas vão passar por aqui procurando por alguém. Preciso que você me esconda ou então me mostre uma saída secreta.

Ela olhou para mim como se eu tivesse enlouquecido, e talvez eu tivesse mesmo.

Eu a agarrei pelo braço e a arrastei para fora da seção principal, até uma despensa lateral.

— Os guardas estão vindo para, no mínimo, me colocar na cadeia, Cinth. Preciso evitá-los pelo menos até voltar para a minha casa e pegar minhas coisas.

Ela colocou os dedos cobertos de massa nas têmporas.

— Isso não faz nenhum sentido.

— Explico mais tarde. *Por favor.* — Eu me inclinei para mais perto. — Sei que tem lugares aqui atrás onde você e o Jackson...

Não queria falar isso porque Jackson tinha sido um dos amores de sua vida. Ela teve muitos. *Muitos.* E fez da cozinha cavernosa um lugar para trocar amassos mais de uma vez.

Com os lábios franzidos, ela me arrastou.

— Você acha que ninguém mais notou você correndo por aqui? Os outros vão dedurar você mais rápido do que uma criança gritando à procura de doces.

Corremos para as profundezas da cozinha, entrando cada vez mais fundo na imensa despensa, a luz diminuindo. Quando paramos, ela tirou as roupas.

— Vamos trocar. Os homens não vão pensar em verificar a cor do cabelo, tudo o que verão é o vestido. Vá em frente, fique nua, gata.

Pisquei. Não poderíamos ser mais diferentes no tamanho e na forma do corpo. Ela era curvilínea ao máximo, só peitos e bunda, e eu... não. Mas fiz o que pediu e tirei meu vestido, entregando-o a ela.

Ela arqueou uma sobrancelha para mim.

— Sério, botas de escalada e uma faca aí embaixo? Como você acha que vai pegar um homem assim?

Grunhi.

— Não estou muito preocupada em pegar homens agora. — Mas, se eu mudasse de ideia quanto a isso, Hyacinth era com certeza a pessoa que eu consultaria. Os homens surgiam para ela como moscas atrás de merda, apesar de sua cicatriz de queimadura e do fato de seus pais terem enlouquecido.

Cinth jogou suas roupas em mim. Claro que ficaram largas, mas eu as apertei com as tiras do avental.

Levantei os olhos. Meu vestido ficou, digamos, diferente nela. A parte de trás estava completamente aberta porque seu peito era muito maior, e sua bunda, mais redonda que a minha, espiava para fora. A frente era outra questão. O peito vazava tanto para fora do decote que eu definitivamente podia ver uma parte do mamilo. Complete com a bainha do vestido batendo no meio da panturrilha e imagine o visual.

— Você tem sorte que eu te amo — murmurou, apressando-se de volta por onde viemos. Ela parou em um cruzamento de especiarias e frutas. — Siga esse caminho. No final tem uma porta de serviço. Vai te levar para o lado oeste.

Dei um beijo na bochecha dela e, em seguida, um tapa na bunda para garantir, enquanto ela corria de volta para conduzir os guardas em uma pequena perseguição. Com o cheiro de especiarias no ar fazendo meu nariz coçar, continuei pela passagem estreita.

Que diabos eu ia fazer? Tinha dez moedas de ouro, e isso supondo que eu seria capaz de voltar para o número 666 do primeiro nível e pegá-las. Precisava mesmo fugir? Ou tinha sido uma reação instintiva de pânico? Havia uma chance de que os guardas estivessem me perseguindo por um motivo completamente diferente de Underhill, mas se fosse esse o caso, eu poderia facilmente culpar meu ato de correr pelo fato de ter vivido sob constante ameaça de morte nos últimos oito anos.

Só que eu não achava que teria a oportunidade de falar. Um dos Aprendizes havia roubado um frasco de bálsamo de cura de um tutor durante o treinamento. A caçada durou semanas, mas eles persistiram e finalmente pegaram o ladrão um mês depois. Drake não tinha mais a mão esquerda, e fora expulso da corte para viver como um feérico solitário no mundo humano. Ao norte, especificamente, no Triângulo.

Cheguei à saída e empurrei a porta com a mão. Estava bem lubrificada, não fez um único rangido quando saí da enorme despensa.

Segurando a calça emprestada para mantê-la no lugar, curvei o corpo e fingi arrastar a perna. De cabeça baixa, manquei lentamente ao redor do castelo, na esperança de parecer uma trabalhadora coxa e cansada.

Um barulho de armas e botas no caminho de paralelepípedos atrás de mim chegou aos meus ouvidos, mas não mudei o ritmo, apenas continuei me movendo da mesma forma.

A velocidade, especialmente explosões repentinas, chama a atenção. Bres podia ter me entregado a Adair, mas ainda me lembrava de seu treinamento.

— Onde você conseguiu esse vestido? — um homem gritou.

— Uma garota, mulher, na verdade, trocou comigo. É adorável, não é? Acho que posso fazer caber se soltar as costuras. — A voz de Hyacinth soou clara como o dia. — Ninguém na minha posição jamais conseguiria um vestido tão bom quanto esse, sabe.

— E o que você deu a ela?

Eu estava quase na esquina do castelo.

— Espere, quem é aquela?

Ah, pelo amor de Lugh, eu estava em apuros.

Precisei de todo o meu autocontrole para não reagir.

— Ei, qual é o seu nome?

Não, não vou responder.

Cheguei à esquina e me agarrei a ela como se mal pudesse me mover antes de dar a volta. Assim que estava fora de vista, eu *disparei*. Aquele lado do castelo estava coberto de plantações que alimentavam os ricos e que ajudariam a esconder os desesperados.

Fui direto para o milharal. Os caules e folhas verdes brilhantes tinham facilmente três metros e meio de altura, e a folhagem era mais espessa do que a de plantas humanas, mais parecidas com palmeiras do que com milho.

Entrei no campo e logo em seguida me agachei, diminuindo o ritmo para um rastejar, para garantir que não balançaria um único talo.

As plantações davam para a bunda do castelo — também conhecida como meu lado das coisas. Só tinha que chegar ao outro extremo, e estaria livre.

Vozes ondularam pelo ar, e uma explosão de luz iluminou o céu. Faíscas de busca.

— Merda — resmunguei. Eles não empregariam todo aquele esforço se só quisessem uma conversa amigável a respeito de minha escolha de vocação.

Todos sabiam que eu tinha desempenhado um papel na queda de Underhill, mesmo que eu não tivesse noção do que tinha feito. Essa era a desculpa que Adair estava esperando por toda a minha vida — uma razão para acabar comigo.

As faíscas de busca desceram, e observei a trajetória delas. Se uma delas caísse sobre uma pessoa, ela a iluminaria totalmente. Kallik, transformada em um bastão luminoso ambulante, não conseguiria sair dali porque iluminaria uma sala inteira sozinha.

Perto da base dos talos de milho, o solo tinha sido recentemente revirado para tirar as ervas daninhas. Virando de costas, joguei terra sobre minhas pernas, tronco e braços. Segundos. Eu tinha apenas *segundos* para agir, e fiz tudo o mais rápido que pude sem perturbar o milho e alertá-los da minha posição.

Cinth ficaria chateada. Ela odiava sujeira em suas roupas.

Segurei uma risada enquanto me deitava na terra e colocava camadas sobre meu pescoço e rosto, terminando por enfiar meus braços sob meu corpo. Isso era loucura. *Loucura.*

Deixei um olho descoberto para observar.

As faíscas de busca caíram ao meu redor, uma na minha cintura coberta de terra. Não ousei respirar.

Mas a luz azul brilhante desapareceu depois de alguns segundos e não penetrou na minha cobertura protetora.

— Ela não está no milharal — disse uma voz rouca.

— Então verifique o limite da floresta na ponta sul. E fale com aquele guarda Unseelie de ontem.

Eu congelei de novo. Eles estavam indo para onde minha mãe estava enterrada, e sabiam que Faolan estivera me seguindo. E me interrogando. A única razão de eles saberem qualquer uma daquelas coisas era que já estavam me observando.

Bres deve tê-los colocado na minha cola por precaução.

Mas por que me deixar andar livremente então? Só para ver o que eu faria?

Rolei, e a terra caiu de mim enquanto eu corria pelo milharal, tomando menos cuidado agora que os guardas tinham voltado sua atenção para outro lugar. Na parte de trás da plantação, havia um enorme muro de pedra. Seis metros de altura, pelo menos, talvez mais. Uma vez que começasse a escalar, ficaria totalmente exposta.

Tirei as botas de caminhada, amarrei-as uma na outra e pendurei no ombro. Os dedos das mãos e dos pés seriam necessários.

Encontrei apoios para os pés e para as mãos com bastante facilidade. Eu enfrentara subidas muito mais difíceis enquanto treinava em Underhill. Mais uma vez, Bres pode ter me traído, mas seu treinamento estava me ajudando.

No meio da subida, ousei olhar para trás. O interior do castelo brilhava, as janelas se iluminavam enquanto eu me agachava e lutava pela minha liberdade, ali na escuridão.

Subi e passei por cima do muro, agachando-me do outro lado. Nunca estive tão feliz em ver a casa 666. Vai entender.

Não havia guardas na frente, mas não podia arriscar. Deslizei pelo beco atrás das propriedades mais próximas da minha casa.

Não, não minha casa. Não era mais minha.

Não agora.

Não ainda.

Não até eu consertar essa bagunça. *Se* pudesse consertar.

Com o coração acelerado, entrei no 666, mas não arrisquei acender a luz. Tirei as roupas de Hyacinth e peguei as minhas próprias, tirei as moedas dos esconderijos, enfiei seis na pochete e quatro em uma tira de pano para prender sob a camisa, e então juntei minhas armas.

Uma nova convicção queimou dentro de mim. Se não quisesse ser presa ou morta — ou ter minha mão cortada como Drake —, então tinha que deixar Unimak.

Um tremor subiu pelo meu corpo.

Estranhamente, essa decisão parecia certa de uma forma que minha vocação escolhida não parecia. Porque os ventos da mudança estavam me empurrando, gostando ou não, e parte de mim sabia que eu nunca seria aceita ali até descobrir ao certo o que havia acontecido com Underhill.

Por infelicidade, o único lugar que me restava era aquele que me ensinaram a temer desde a infância. O lugar que o orfanato tinha usado como pesadelo para nos manter sob controle. A parte do mundo que, nos últimos tempos, até os humanos aprenderam a temer.

O Triângulo.

7.

Aqueles ventos do destino que estavam me empurrando para fora de Unimak também empurraram um pouco de sorte para mim. Esgueirei-me em direção à pista de pouso de terra batida, onde o avião de carga estava carregando uma de suas remessas semanais de mercadorias para serem vendidas no mundo humano. Pronto para sair em questão de minutos, se o que eu estava vendo estivesse correto.

Os dois pilotos fecharam o compartimento de carga e subiram na cabine. Corri para a porta do compartimento de carga enquanto os motores se aqueciam e as hélices começavam a girar.

A porta estava sobre minha cabeça, a maçaneta bem fora de alcance.

— Merda.

Extraí magia das plantas ao longo da borda da pista de pouso e teci através do metal da porta, o que minha magia não gostou. Ferro, o avião tinha ferro, e estava recusando minha magia.

Isso porque achei que estava com sorte.

O avião começou a taxiar, e saltei na ponta dos pés como uma criança tentando pegar um pote de biscoitos fora de alcance. Joguei minha magia com força no sistema de travamento da porta, esperando que um pouco de força bruta me ajudasse.

Não. Nada.

As rodas estavam ganhando velocidade, o que significava que eu realmente tinha que me mexer se quisesse fazer algo acontecer. Deslizei de volta para baixo do avião, agachada, correndo com aquela coisa estúpida. Sim, era a minha carona para fora dali, mas só se eu pudesse me colocar dentro dela.

O corpo do avião passou por cima de mim e, de repente, eu estava olhando para a traseira dele.

E a porta do compartimento de carga estava bem ao meu alcance — supondo que eu pudesse acompanhar o avião em taxiamento.

Aumentei a velocidade e pulei, agarrando a maçaneta. Girei com força e a porta se abriu, jogando-me para o lado.

— Deusa! — sibilei pendurada na porta, meus pés mal tocando o chão enquanto eu pulava e lutava para me levantar e entrar no avião.

Desse jeito eu seria vista, pega e jogada na cadeia.

Não, eu não podia deixar isso acontecer. Com as pontas dos pés, impulsionei meu corpo para cima em direção ao compartimento de carga, como um daqueles saltadores humanos. Agarrando a parte de dentro da porta, eu a fechei e tranquei bem.

O pedacinho de ferro que estava entrelaçado no metal ardia nos meus dedos, mas era um preço pequeno a pagar pela liberdade.

Tropecei em um galho de árvore e caí de bunda.

— Árvores?

Encontrando meu caminho em meio às sombras, minha barriga revirou quando o avião decolou. Tinha conseguido bem em cima da hora.

Meu alívio foi breve quando encontrei uma pilha de cobertores tricotados também sendo enviados para venda. Puxei um e me cobri. O compartimento de carga ia ficar frio, e o ar, rarefeito.

Agachando-me entre os galhos de árvores, fechei os olhos. Precisava dormir enquanto podia, ou pelo menos descansar um pouco. Mas minha mente estava a todo vapor com todos os desafios que enfrentaria pela frente. Primeiro, como diabos encontraria a entrada para Underhill. Ficava escondida dos Aprendizes no caminho para o treinamento, na ida e na volta.

Mesmo quando Bres nos levou para longe da cabana após a destruição de Underhill, estávamos com os olhos vendados.

De olhos fechados, passei a primeira hora perseguindo meus pensamentos como uma raposa atrás de um coelho que corria rápido demais. O que aconteceria quando eles — meu pai e Adair — anunciassem que fui eu quem destruiu Underhill? O que Cinth pensaria? O que Faolan pensaria? Balancei a cabeça.

— Por que diabos a opinião dele importaria? — murmurei. — Não importa. Tudo o que você pensou que ele era, é uma mentira. — Fechei os olhos como se isso ajudasse a desligar meus pensamentos.

Em algum momento da segunda hora, o ronco pesado dos motores, o cheiro das árvores e o ar rarefeito me levaram a um leve cochilo.

— *Nós vamos para a seleção?* — *Puxei a camisa de Hyacinth e, sem querer, descobri um seio. Aos catorze anos, ela já chamava a atenção dos meninos com seu busto maior que a média. Ela pegou minha mão e arrumou a camisa.*

— *Não, não temos permissão para ir até que tenhamos idade suficiente, você sabe disso.*

— *Mas o Lanny vai estar lá, eu quero vê-lo participar* — *choraminguei baixinho. — Ele disse que me procuraria.*

Hyacinth passou a mão na minha cabeça.

— *Ele virá te ver depois, tenho certeza.*

Fiz uma careta e tentei não ser petulante — *essa era a palavra que a babá do orfanato usava com as outras crianças. Não seja petulante, é impróprio.*

Segui Hyacinth pelo orfanato até a cozinha, onde ela pegou alguns ingredientes e começou a misturá-los.

— *Você está quieta, Alli* — *Cinth observou enquanto esmagava algumas sementes com um almofariz e um pilão.*

— *Sinto que deveria estar lá. E se alguma coisa ruim acontecer?* — *Mexi em algumas pétalas de flores.*

Uma batida suave à porta da cozinha nos fez virar.

Faolan estava ali, vestido da cabeça aos pés com mais elegância do que eu já o tinha visto. Uma camisa branca com amarração, calça cinza-escuro enfiada em botas de couro até o joelho e um manto azul profundo que pendia de seus ombros. Seu cabelo estava preso na nuca, fazendo parecer que o tinha cortado curto.

— Vim me despedir — ele disse, a voz diferente. Não gostei. — Meu tempo com o programa de orientação acabou; outra pessoa virá ler para vocês agora.

Dei um passo em direção a ele, e Hyacinth colocou a mão no meu ombro, me parando. Olhei para ela, que balançou a cabeça.

— Lanny...

— Faolan — ele me corrigiu. Ele nunca tinha falado comigo assim.

— Pensei que você fosse meu amigo — sussurrei.

Ele ergueu uma sobrancelha e olhou para mim, não havia nem uma única gota de emoção nas profundezas de seus olhos.

— Amigo? — Ele riu, o som áspero cortando meu coração sensível. — Sou neto de Lugh e cumpri meu dever ajudando aqui, no orfanato. Nada mais.

Meu lábio inferior tremeu, e Cinth entrou na minha frente.

— Você não precisa ser um idiota. Sabemos qual é o nosso lugar.

— Sabem mesmo? — ele perguntou. — Não acho que ela saiba. Acho que ela acredita que eu vinha aqui por ela, quando poderia estar aqui por qualquer um dos órfãos.

As lágrimas deslizaram pelo meu rosto, quentes, escaldantes, e um soluço começou a crescer no meu peito.

— Mas você disse que eu era...

— Especial? — Ele revirou os olhos. — Isso é porque treinamos o que dizer, Órfã.

Cambaleei para trás como se ele tivesse me dado um tapa. Aquilo era tudo que eu era para ele. Um caso de caridade para quem ele tinha que ler todas as semanas, de quem tinha que fingir gostar. Com quem tinha que ser gentil.

Cinth agarrou um rolo de massa.

— Saia!

— Não — ele disse. — Prometi a ela que diria adeus, então aqui estou. Adeus, Órfã. Que a deusa cuide de você. — Ele se curvou, e olhei para o jovem rapaz que havia se tornado meu salvador.

— Você me salvou do rio — soltei. — Por quê?

Ele levantou a cabeça e virou as costas para mim, falando por cima do ombro.

— Eu não deixaria um cachorro se afogar naquele rio se pudesse salvá-lo, por que não salvar uma mestiça? Talvez um dia você ainda faça alguma coisa útil.

Cinth jogou o rolo de massa nele, mas ricocheteou no batente da porta. Faolan se foi.

Os soluços finalmente saíram de mim, grandes soluços pesados que encontraram consolo no ombro de Cinth.

— Ah, Alli, não dê ouvidos a ele.

Mas como eu poderia fazer isso? Ele era quem eu queria ser. Tinha ouvido a babá dos órfãos sussurrar palavras de adoração a heróis ao meu redor. Lanny — Faolan — tinha sido meu herói. Salvara minha vida. Tinha sido meu amigo durante o programa de orientação. Sempre fora um pouco distante, um pouco quieto, mas nunca cruel.

Ele pensou que eu não seria útil.

Minhas lágrimas diminuíram quando me agarrei a Hyacinth.

— Vou mostrar a ele, Cinth. Um dia, vou mostrar a ele.

Eu me afastei de seus braços e vi que ela estava chorando, e enxuguei suas lágrimas.

— Nós duas mostraremos a ele do que somos capazes. Então ele vai se arrepender de não ser mais nosso amigo.

Hyacinth sorriu, e pude ver que ela acreditava em mim, sabia que eu não era inútil.

— Sei que você vai.

8.

As mudas de árvores farfalharam e bateram nos meus ombros quando a aeronave pousou. Fiquei agachada no compartimento de carga, dentes batendo, enquanto o piloto taxiava. Mesmo com aquele cobertor grosso, eu tinha passado bastante frio.

Sabia aonde queria chegar, mas não tinha ideia de onde estava. Minha principal preocupação era sair de Unimak antes que o rei fechasse a pista de pouso para me prender na ilha.

Pelos meus cálculos, tínhamos viajado cerca de quatro horas.

Isso sugeria que eu ainda estava no Alasca, e a temperatura gélida no compartimento de carga reforçava essa ideia.

A aeronave havia parado, e o barulho estrondoso dos motores diminuiu para um gemido e depois o silêncio. Concentrando-me, tentei ouvir o barulho do transporte de bagagens e dos outros aviões.

Me esgueirar *para* o avião não tinha sido tão difícil (se não considerasse que quase não tinha aberto a porta) em um pequeno aeroporto regional em que ninguém estava à espreita de pessoas fazendo coisas suspeitas e obscuras.

Onde quer que tenhamos aterrissado parecia maior e mais movimentado, o que significava uma segurança mais rigorosa.

Um ressoar de metal foi seguido por uma luz entrando no compartimento de carga.

Eu me abaixei, tomando abrigo atrás de um grupo de mudas prateadas e vermelhas que algum humano rico deve ter encomendado.

— O que temos? — um dos carregadores gritou.

A voz do homem subindo no compartimento ecoou.

— Mais coisas feéricas estranhas.

— Glitter?

— Sim. Essa merda tá todos os lugares.

Ambos os homens xingaram.

Enquanto começavam a descarregar as mercadorias, encostei na parede, atrás de caixas de mel feérico e trufas condimentadas. Uma vez enchidos os carrinhos, eles partiram, e me aproximei para espiar lá fora.

Planícies ondulantes preenchiam o horizonte à minha esquerda, cobertas de árvores altas, mas não conseguia enxergar além do prédio do terminal para ver o que havia à direita.

Aeroporto Internacional de Fairbanks, dizia uma placa no prédio.

Espiei talvez sete portões — não tão grandes quanto temia. Durante metade da viagem, fiquei preocupada pensando que pousaríamos em Anchorage. E então, que o avião estava seguindo para os estados contíguos.

Fairbanks me colocava ao leste do Triângulo do Alasca, que cobria a área de terra entre Juneau a leste, Anchorage ao sul e Barrow no extremo norte do estado.

Até pouco tempo, o Triângulo continha Underhill.

E muito mais do que isso: continha todos os feérico rejeitados, expulsos do nosso mundo.

Fiquei no compartimento de carga enquanto outro voo decolava e o balizador voltava para onde quer que ficassem quando não estavam sinalizando aterrissagens.

Os carregadores estariam de volta em breve, o que significava que eu tinha que me mexer. Bati nas coxas, levando um pouco mais de sangue para os músculos. O frio do voo me entorpeceria se eu não tomasse cuidado.

Levantando meu capuz, coloquei-me na ponta dos pés, silenciosa como uma leve brisa.

Aqueles pinheiros eram minha melhor aposta. Não poderia passar pela segurança.

Andei escondida pelas sombras das aeronaves. Então, depois de olhar em volta procurando por companhia, voltei-me para um jato solitário a cinquenta metros de distância.

Agora vinha a parte mais difícil.

Caminhei rapidamente até o prédio do terminal, buscando passar uma sensação de "eu pertenço a este lugar". Talvez o capuz desencorajasse essa imagem?

Tarde demais.

Com o coração acelerado, cheguei ao terminal. Mal tinha começado a contornar a lateral do prédio quando as portas se abriram e cinco seguranças saíram.

Eles pararam ao me ver.

Puxei o capuz para baixo.

— Este é o terminal? Não tinha ninguém para me mostrar o caminho...

Um deles sorriu e começou a levantar o braço, mas uma mulher corpulenta de olhos estreitos o interrompeu.

— Não havia nenhum outro passageiro no avião que acabou de chegar — ela disse, olhando para sua prancheta. — Piloto, copiloto e um passageiro. Só isso.

Droga.

— Exato, então é aqui que passo pela segurança?

Os guardas se espalharam.

Ela pôs a mão no coldre.

— Seria. Se o passageiro já não tivesse passado. Você precisa vir com a gente, garota.

Considerei sair correndo ali mesmo. Cinco humanos realmente não se comparavam aos monstros com os quais lutara em Underhill. Não me interpretem mal, humanos *são* um perigo para os feéricos devido ao seu maior número, suas armas e a enorme quantidade de ferro à sua disposição. Foi por isso que não resistimos quando eles nos colocaram em pedaços de terra estéreis espalhados pelo mundo após a Segunda Guerra Mundial, mas em uma luta um contra um — ou uma luta um contra cinco, por assim dizer — um humano não tinha a menor chance. Nem poderiam nos alcançar a pé.

Eu poderia sair correndo, *ou* poderia deixá-los me levar pelo terminal e depois correr para onde houvesse mais civis humanos para me esconder.

Balancei a cabeça.

— É claro. Estou tão ansiosa para esclarecer isso quanto você.

Minha mochila bateu em minhas costas enquanto os seguia pelo portão deserto e entrava no terminal. Passamos pela segurança, entre os trabalhadores noturnos de olhos turvos, e olhei para onde meus acompanhantes estavam me levando.

Infelizmente, era ali que precisávamos nos separar.

— Ah — uma voz rouca disse. — Vocês encontraram minha assistente.

Eu?

Olhei para trás, meus pés imitando o movimento, e me vi cara a cara com um gigantesco caribu.

Dentro do aeroporto. Que raios era aquilo?

— Essa é sua assistente? Ela veio no voo para você? — a guarda feminina perguntou ao grande animal.

Percebi ela empalidecer. Aparentemente, aquele feérico não era alguém para irritar.

O que não era o ideal para mim.

O caribu ergueu um casco e o abaixou, depois ergueu a cabeça. Meus olhos se voltaram para seus majestosos chifres e o pelo branco como leite que cobria seu pescoço musculoso e grosso.

— Correto. Podemos prosseguir? Já passei a papelada dela para a segurança. — A voz retumbou estranhamente através do animal.

Era um metamorfo ou um feérico controlando aquele caribu de longe. Esse último seria mais fácil de escapar.

Os guardas não estavam convencidos, e eu me preparei para fugir.

O toque suave e retumbante de uma harpa parecia fluir do caribu, e todos os cinco humanos adquiriram uma expressão vidrada, suas bocas ficando suspeitosamente moles.

Lancei um olhar para o caribu, que o retribuiu como se quisesse dizer algo, indicando com a cabeça para que eu me movesse.

Logo atrás dele, caminhei sob a faixa que dizia FAIRBANKS LHES DÁ AS BOAS-VINDAS!, atravessei as portas automáticas e saí no ar fresco além do terminal.

— Devo agradecer? — perguntei com delicadeza.

— Provavelmente — o animal de cascos respondeu enquanto caminhava a passos largos. — Você parecia estar com um... como os humanos dizem? Um pepino.

Não tinha ideia do que isso significava. Apesar de ser meio humana, passei pouco tempo com eles desde a infância, e mesmo assim éramos só eu e minha mãe.

— Posso saber o nome do meu salvador?

Ele deu uma risada suave.

— Nós dois sabemos que uma feérica poderosa como você não precisava de resgate, mas prefiro fazer as coisas do jeito certo sempre que possível.

Eu? Uma feérica poderosa? Eu não era uma completa fracote, e fiz questão de fortalecer quaisquer sinais de fraquezas que surgiam, mas minha magia não era nada tão incrível assim. De qualquer forma, eu não ia dizer isso a ele.

O caribu parou ao lado de uma SUV prateada.

— Meu nome é Rubezahl. Como todos de nós que vivem aqui, sou um pária feérico. Enviei essa criatura para participar como meu avatar de uma reunião com um embaixador Seelie, mas quando soube que uma jovem feérica estava fugindo de Unimak, adiei minha reunião para te ajudar.

Ouvir sobre um feérico fugitivo foi o suficiente para desviá-lo de sua reunião?

Dado que os animais falantes não eram mais raros no mundo humano, a resposta dos humanos ao avatar dele indicava que ele ou seus contatos eram importantes e bem conhecidos. Se este homem enviou um animal para se encontrar com um feérico Seelie do alto escalão, então ele certamente era alguém com quem devia ter cuidado.

— Obrigada pela ajuda, Rubezahl. — Abaixei a cabeça. — Também prefiro o jeito certo.

O que era lamentável, porque eu estava prestes a roubar um carro. Para descobrir o que tinha acontecido, precisava examinar o que restava da entrada de Underhill. Claro, a entrada não estava mais lá desde que Underhill se fora, mas era o ponto de partida mais lógico, sendo a parte mais fraca do véu entre os reinos humano e feérico.

Havia apenas um problema.

Normalmente, tudo que um feérico precisaria fazer para encontrar o portão era seguir os fios de poder à medida que eles se engrossavam e se acumulavam.

É quase certo que esses fios desapareceram com Underhill... e nunca nos disseram exatamente para onde estávamos indo ou por onde estávamos voltando. Nunca foi permitido ver o caminho.

Abri a boca.

— Você precisa de mais assistência, feérica de Unimak? — o caribu perguntou com educação.

É claro que eu precisava, mas deveria confiar nele? A reunião cancelada poderia ter sido com meu pai. Ou Adair. Pelo que eu sabia, ele já se encontrara com eles, e foram eles que lhe disseram que eu estava fugindo.

Se ele sabia da minha fuga, então tinha contatos em Unimak.

Embora ele realmente não parecesse se importar com o motivo de eu ter entrado em um avião — nem sequer perguntou... E então havia dito que ele mesmo era um pária — um feérico exilado por uma das duas cortes.

A pária que, naquele momento, eu também era.

— Na verdade, estou procurando a entrada para Underhill.

— Você quer dizer a antiga entrada para Underhill? — ele respondeu em um tom suave.

Ele sabe. Mas, como? Porque ele conversara com o rei Aleksandr sobre isso, ou porque todos os feéricos provavelmente sentiram seu reino cair?

95

— Você poderia me dizer onde fica? — Olhei rapidamente ao redor. Ainda estávamos sozinhos.

— Melhor ainda. Posso te mostrar. Você precisaria dirigir para me encontrar. Esse avatar não liga para veículos.

Seria um grandessíssimo *não*.

— Parece ótimo — menti. — Onde devo encontrá-lo?

— Nós nos encontraremos perto do portão — ele respondeu com rapidez. — Dirija para o sul na Parks Highway, rota 3, Alasca. Pare em Healy. Pergunte por mim.

Perto do portão. Algo me disse que ele havia escondido de propósito a localização exata. O que significava que era inteligente... e também que queria alguma coisa de mim.

Eu encontraria o meu caminho para aquele lugar e descobriria o próximo passo a partir daí.

— Por que você está me ajudando, Rubezahl?

O caribu me olhou. Como era aquele cara pessoalmente? Lábios grandes e flácidos e olhos castanho-claros tristes?

— Pode me chamar de Ruby, jovem — ele disse. — E não quero nada de você, mas seu poder me interessa.

Era a segunda vez que ele mencionava meu poder. Eu realmente não tinha nada a mais do que um feérico comum. E precisava me esforçar cinco vezes mais porque meu lado humano continuava se intrometendo a cada dois segundos.

— Eu não sei o que você está vendo, mas não é um poder além do comum.

Seu grande olhar dourado se fixou em mim.

— Além do comum. Que frase interessante de usar. Talvez, nesse momento, eu possa descrevê-la como incomum. Independentemente disso, seu poder é algo que eu gostaria de ver em ação. Você agradaria um velho feérico? Eu ficaria feliz de, em troca, te contar o que sei do que aconteceu no meu território nos últimos dias.

O nó de cautela se desfez um pouco com suas palavras. Não totalmente, no entanto.

— Isso soa como uma troca justa, mas já aviso que você ficará desapontado.

O caribu olhou para o céu noturno.

— Acho que não.

Está bem, então. Não seria nenhum sacrifício da minha parte se isso era tudo o que ele queria em troca.

— Sugiro que você entre no carro logo — ele aconselhou de um modo que soou como uma ordem — Sinto chuva e granizo.

Fiz uma careta. *Ele* sentia chuva e granizo? Ou o ar dava a sensação? Olhei para o veículo à minha frente.

— Já vou entrar.

Acho. Qual seria a melhor forma de invadir?

— Dentro do veículo tem um mapa; nós o deixamos aqui para qualquer feérico recém-pária, então você pode levá-lo sem preocupação. A chave está na ignição. — Assim que as palavras saíram de sua boca, o caribu soltou um gemido e estremeceu.

Balancei a cabeça em perplexidade enquanto observava o animal correr pelo estacionamento.

Assim que me virei para o Subaru Outback prateado, uma grossa gota de chuva caiu em meu nariz. Coloquei a mão na porta e ela se abriu suavemente. Dei uma rápida olhada no interior e vi um molho de chaves pendurado na ignição, um par de catanas em miniatura pendurado nele. Bufei. Lâminas rastreadoras, como se aquela subespécie de sobrenatural fosse real.

Eu me acomodei no assento e abri o porta-luvas.

De fato, havia dentro um mapa grosso intitulado *Milepost*.

É, talvez aquele cara não emitisse uma vibração perigosa, mas seu nível de poder era um aviso que só uma tola ignoraria. Isso me fez pensar em como diabos ele acabou no Triângulo, dentre todos os lugares.

Balançando a cabeça mais uma vez, concentrei-me na tarefa em mãos. Dominar a tecnologia humana fazia parte do nosso treinamento em Underhill, e, depois de me familiarizar com os controles, dei ré sem muitos problemas.

Healy.

Parks Highway.

Apertei o volante com força e respirei fundo.

— Underhill, aqui vou eu.

Ou pelo menos o que havia restado de Underhill.

9.

A estrada para Healy estava deserta, felizmente. Apenas alguns veículos passaram por mim durante a primeira uma hora.

Com o rádio baixo, tamborilei os dedos no volante enquanto dirigia, minha mente em um turbilhão. Escapei de Unimak com pouco esforço, encontrei ajuda de um feérico mais velho no aeroporto e peguei um carro que esperava lá por mim. Livre e desempedido.

Tudo se resolveu com muita facilidade, considerando o que eu tinha feito — ou supostamente feito —, e isso me deixava nervosa pra um caramba. Com a ansiedade me percorrendo, concentrei-me na estrada e mexi no rádio, tentando encontrar algo relaxante. A estática crepitou entre as estações, e me peguei parando ali. O que eu tinha acabado de ouvir?

Tinha parecido *muito* com uma voz sussurrando meu nome.

Arrepios subiram e desceram pelos meus braços, e aumentei um pouco o volume, a estática arranhando meus ouvidos enquanto vinham pedaços de palavras.

— *Que diabos, Alli?* — A voz de Hyacinth estalou no rádio.

Virei o volante para um lado, quase saindo da estrada. Um carro que passava na outra direção buzinou, e o motorista me saudou com um dedo.

Com o coração martelando, eu não sabia se deveria responder ou...

— Cinth?

— *Não posso ouvir você, se é que está falando comigo* — ela disse. Sua voz entrava e saía da estática. — *Mas prometi refeições ao Jackson por uma semana se ele me dissesse como entrar em contato com você. Ele disse que é assim que as ordens são passadas para os Guardiões da Tempestade enviados para o Triângulo, que aparentemente é onde você está, sua palerma! Você perdeu a cabeça e decidiu jogar toda a sua vida fora?* — Ela estava gritando, mas eu conseguia ouvir a ponta da emoção crua em sua voz.

Eu a havia machucado indo embora sem dizer adeus.

Se tivesse contado sobre Underhill e a Oráculo, talvez ela não estivesse dizendo aquelas coisas, mas eu não quis fazer isso porque...

— *Estou a caminho* — Cinth avisou. — *O Jackson conhece os pilotos e eles disseram que viram você. Então ele me arranjou um voo, e estarei em Fairbanks ao meio-dia do dia 5. É melhor você estar lá, porque não vou fazer aquela coisa humana de esticar o polegar para pegar uma carona.*

Verifiquei as horas, virei o volante com força para a esquerda e girei a suv, deslizando pela estrada. A mensagem se repetia a cada poucos minutos, e deixei o rádio ligado enquanto corria de volta pelo caminho em que tinha vindo.

— Droga, Cinth.

Parte de mim sabia que era idiotice voltar para a cena do crime — sim, nós assistimos a programas policiais em Unimak também —, mas eu jamais deixaria Cinth desamparada.

Nunca foi minha intenção que ela se envolvesse nessa bagunça. Mas, de novo, eu não tinha a intenção de que *houvesse* uma bagunça.

Deusa do céu e da terra, ela deve ter vindo rápido para chegar logo em seguida. Eu tinha menos de uma hora para voltar para ela. Meu coração aqueceu, embora soubesse que ela gritaria um monte quando nos víssemos.

O aeroporto apareceu, e ali estava ela na calçada com duas malas e um longo manto verde-escuro feito de pele animal, que se enrolava em torno de suas pernas.

Pisquei.

100

Ela estava de calça. Jeans, para ser mais exata, o que era... bem, eu não tinha certeza se já a tinha visto sem saia ou vestido alguma vez.

Provavelmente não era a coisa mais importante para se pensar agora.

Deixando de lado sua aparência incomum, parei e abri a porta. Ela olhou feio para mim — *nossa* — e jogou as duas malas no banco detrás antes de deslizar para o banco do passageiro.

Não se incomodou em pôr o cinto de segurança, e senti que relatar estatísticas de acidentes de carro poderia não ser interessante naquele momento.

Voltei para a estrada e continuei — de novo.

Quando era mais jovem e esperava que Cinth me desse um sermão por algo que eu tinha feito, ou não feito, dependendo da situação, eu mordia o interior da minha bochecha.

Agora, apenas soltei um suspiro pesado.

— Por que você me seguiu? Não queria que você fosse expulsa, Cinth. Você trabalhou muito duro para chegar onde está na cozinha real.

— Não é sua escolha, Kallik. — Seu tom estava afiado, e o uso do meu nome inteiro me dizia quão chateada estava. — Você é a minha irmã de coração, droga, e não abandono família. Achei que você também soubesse disso.

Ai, isso foi um soco direto no estômago.

— Não abandonei você — eu corrigi, e então abri um sorriso. — Corri como se estivesse pegando fogo e minhas roupas fossem inflamáveis.

Seu olhar se inclinou na minha direção, e vi um brilho de divertimento ali.

— Você não pode correr quando está pegando fogo; tem que parar, cair e rolar, e deixar as pessoas ao seu redor ajudarem a apagar. Só para você saber.

Eu desatei a rir.

— É a sua cara falar isso. Cinth, eu... — Apertei o volante, e qualquer que fosse o material plástico do qual ele era feito rachou com minha força. A breve alegria entre nós foi esmagada sob o peso da realidade. — Você sabe que Underhill foi... destruída?

Ela respirou fundo.

— Sei, como disse outro dia, ouvi rumores de que alguma coisa tinha acontecido. Então é verdade?

Balancei a cabeça afirmativamente.

Cinth estendeu a mão até meu antebraço.

— É um ardil para te mandar consertar Underhill? É isso? *Sabia* que você era a melhor de todos aqueles Aprendizes. Sabia! Ah, você vai poder esfregar isso na cara do Faolan também! Você, a única heroína! Podemos consertar Underhill juntas e voltar para Unimak como heroínas, nós duas. Pelo dedo mindinho esquerdo de Lugh! O Jackson vai ficar tão...

— Eu destruí Underhill. — Essas três palavras cortaram a fantasia que ela estava criando, e que interrompi com medo de ser pega nela também.

A temperatura estava caindo, e a chuva que caía contra o para-brisa começou a bater, grossa e parcialmente congelada, contra o vidro. Cinth ficou em silêncio enquanto a chuva continuava sua transformação em neve, e logo estávamos dirigindo por uma nevasca. O fim de fevereiro no Alasca estava em pleno andamento.

Minutos se passaram enquanto esperava que ela falasse, e cada segundo me custava mais um grama da minha esperança de que ficaria ao meu lado. Não podia *não* contar a ela meu segredo. Cinth estava certa, nós éramos irmãs por escolha — muito mais do que amigas e, de muitas maneiras, mais próximas do que irmãs ligadas pelo sangue. Olhei para ela, que estava olhando pela janela, os dedos pressionados contra o vidro.

— Cinth?

— De propósito? — ela sussurrou.

— Deusa, não — gemi. — Eu não... Aconteceu durante a cerimônia de juramento. Fiz o juramento, e a Oráculo tomou meu sangue e então enfiou a faca de cristal no chão. Daí tudo... merda, tudo simplesmente se despedaçou. — Não ousei tirar a mão do volante, mas queria muito passar os dedos pelo cabelo, um velho tique da infância.

— Então, o que você... Acha que pode consertar isso? — Cinth se recompôs, e não gostei de como ela pareceu se afastar de mim com o mesmo movimento.

Underhill era sagrado para os feéricos. Era a fonte de nossa força, nossa magia, e o único lugar onde nenhum humano podia ir. Não me interpretem mal, os humanos podiam passar pelo Triângulo do Alasca — se ousassem, como Gary e Gord —, mas não tinham realmente acesso ao reino feérico.

— Cinth, não tenho escolha. Preciso consertar, ou nunca terei uma vida livre. Sempre vão me caçar. Além disso, quero fazer isso direito; é o nosso reino, pelo amor de Lugh. Não fiz isso de propósito, eu nem mesmo... — Lutei para encontrar as palavras certas. — A rainha consorte Adair sabe, e tenho certeza de que foi Bres quem contou a ela. A Oráculo também sabe. Acho que ninguém mais. Ainda. — *Exceto talvez meu pai.*

A traseira da suv derrapou na fina camada de branco, e ajustei o curso enquanto Cinth dava um gritinho. Derrapamos um pouco para o lado antes que eu conseguisse endireitar o carro. Olhei de novo para Cinth, e ela estava agarrada à maçaneta da porta, os olhos bem fechados.

— Odeio essas caixas de metal. Não me sinto segura com todo esse ferro ao meu redor — ela resmungou.

Assenti com a cabeça.

— Agora é menos ferro e mais plástico, mas estamos bem, Cinth. Eles nos fizeram praticar direção como parte do treinamento para aqueles de nós que quisessem ser guardas de embaixadores.

Como o que eu tinha deixado escapar como minha vocação escolhida.

Já parecia outra vida. Uma impossibilidade.

Ela abriu um olho e observou a neve.

— Então, para onde vamos e como vamos consertar Underhill?

— *Nós* não vamos nada, *eu* vou — eu disse. — Não quero que você seja expulsa para sempre. Você pode voltar. Ter uma vida, casar com o Jackson e...

— Não, isso não vai acontecer. Ele me ajudou mais por culpa do que por qualquer outra coisa, e com a esperança de que eu esquecesse o que ele fez.

Olhei rápido para ela.

— O que ele fez?

— Você sabe que ele me colocou em uma armadilha, não sabe? — Ela soltou a maçaneta da porta para alcançar e agarrar meu antebraço.

— Armadilha? — repeti meio sem entender.

— É, ele soltou um peido, então enfiou os cobertores na minha cabeça e disse: "Respire fundo, baby, e vai ser mais rápido" — ela imitou a voz grave de Jackson, e eu não pude deixar de rir.

— O quê? Você não gostou de conhecê-lo em um nível *mais* profundo? — provoquei.

Ela fez um barulho de vômito.

— Me poupe. Essa é a última coisa que eu queria conhecer, e pare de mudar de assunto.

Tenho certeza de que foi ela quem trouxera isso à tona.

— Como vamos consertar as coisas para que possamos voltar para Unimak? — ela continuou.

— Você acredita que não fiz isso de propósito? — tentei.

Hyacinth ficou quieta por um instante.

— Conheço você desde que os guardas do rei te deixaram no orfanato, cinco anos de idade e com lágrimas congeladas nas bochechas. Você não é destrutiva, Alli. Não era naquela época, e não é agora. O que quer que tenha acontecido, bem, acho que o destino decidiu que você devia deixar Unimak, e houve um movimento para garantir que isso acontecesse. E aonde você for, eu vou. Você sabe.

Olhei para ela, com um nó na garganta que eu não tinha havia mais de oito anos.

— Amo você, Cinth.

— Também te amo, pirralha. Agora, mantenha os olhos na estrada, não quero testar os limites dessa engenhoca de plástico e ferro.

— Eu tenho quase cem por cento de certeza que a Oráculo fez isso e colocou a culpa em você.

Eu tinha acabado de fazer um relato muito mais detalhado do que acontecera na Iniciação. Cinth se acomodou melhor em seu assento, os braços cruzados sobre os grandes seios, o que apenas fazia seu decote formidável aparecer mais. Seu olhar e sua postura indicavam que ela havia se decidido, e nenhum ser terreno poderia mudar isso.

— Não sei o porquê, mas eu apostaria dinheiro nela. Ela sempre foi uma estranha, e o Merc — Merc era o chef na cozinha real há mais de setenta anos — disse uma coisa sobre ela uma vez. Ela vinha na cozinha pedir chá e, depois que ela saía, ele a chamava de distorcionista.

Fiz uma careta.

— Que diabos é distorcionista?

Ela deu de ombros.

— Não sei, mas a maneira como ele dizia me fez pensar que não era nada bom. Quer dizer, tem a palavra *distorcer*. Talvez seja uma pista. — Sua expressão se iluminou. — Ah, isso é como naqueles livros humanos de detetives. — Ela bateu palmas. — Vamos resolver um mistério!

Eu não estava tão animada quanto ela, principalmente porque era minha a cabeça na reta, e a dela também poderia estar *por minha causa*.

Olhando para o mapa, senti um aperto no peito.

— Estamos a poucos minutos de Healy.

— Espere, por que aqui?

Contei a ela sobre a ajuda que recebi de Rubezahl e seu pedido para que o encontrasse perto do portão.

— E você está me contando agora, depois de duas horas? — Arregalou os olhos. — Quem é esse cara que pode controlar um alce?

— Mas não era um alce. Era um caribu.

— Tudo a mesma coisa — ela rebateu, balançando a mão —, mas é sério, você acha que pode confiar nele?

Sua pergunta era pertinente.

— Não tenho escolha agora. — À frente, a neve havia coberto uma ponte. A construção feita pelo homem se estendia por um rio caudaloso, cheio até a borda com água gelada, que fluía pesadamente com o início do degelo da primavera.

A um lado de nós estavam as ruínas enferrujadas do que devia ser a ponte original.

105

Estremeci e lutei para engolir em seco.

Atravessamos a ponte e, ao fazermos a travessia, pude sentir o imenso e bruto poder da força elemental abaixo de nós. Podia sentir a força da água, até certo ponto, mas não conseguia controlar o medo de que o rio transbordasse e inundasse a ponte. Houve um barulho à minha direita, e uma pequena onda fez exatamente isso.

Com os batimentos cardíacos aumentando, pisei mais forte no acelerador, apesar do risco de escorregar e derrapar na estrada. Sair da ponte era o único objetivo — antes que a natureza a levasse.

Um suspiro de alívio escapou de mim quando atravessamos.

— Ainda não gosta de água? — Cinth indagou, gentilmente. — Me perguntei se eles fariam você superar isso com o treinamento.

Balancei a cabeça.

— Não, o treinamento não ajudou com a questão da água. — Ela não traria à tona meu trauma de infância de quase me afogar a menos que eu o fizesse, e eu não queria reviver essa memória novamente.

De um lado da estrada havia um grande prédio marrom-avermelhado com uma placa simples. Ruby não dissera onde encontrá-lo em Healy, mas a cidade não era exatamente enorme.

Meu estômago roncou, como se finalmente tivesse lembrado que eu quase não tinha comido nada nas últimas doze horas. Também não tinha dormido muito. A falta de sono poderia levar a decisões ruins... ou, no meu caso, bem ruins.

Havia apenas um hotel na cidade: um prédio de dois andares de aparência triste.

Cinth deu uma olhada e comentou:

— Não é bem um hotel cinco estrelas.

— Estamos no meio do nada. Apenas fique feliz por não ser uma barraca. E tem restaurante. — Estacionei a suv e enfiei as chaves no bolso.

Saí para o vento cortante do Alasca, e ele sugou o ar dos meus pulmões. Cinth deu um guincho enquanto corria para a porta principal do hotel, e eu a segui em um ritmo mais calmo para poder entrar no lugar.

Não porque sentira algo especial — não era esse o caso —, mas porque havia uma sensação no ar de que eu não estava gostando nada.

Um formigamento que subiu pelas minhas costas e pelo meu pescoço me fez dar meia-volta lentamente.

Não conseguia ver ninguém na tempestade de neve, e foi isso que piorou o formigamento incômodo. Poderia ter vinte feéricos me observando a menos de trinta metros, e eu não os teria visto.

Eu estava sendo observada. Disso, não tinha dúvidas.

Sorrindo, fiz uma reverência nas quatro direções, acenando de um jeito amigável.

— Avisem Rubezahl que cheguei. Vou esperá-lo no restaurante por duas horas. — Tempo suficiente para comer e descobrir meu próximo passo.

O sono precisaria esperar, por mais arriscado que fosse adiá-lo.

Senti uma infinidade de olhares perfurando minhas costas, mas reprimi a vontade de me virar novamente e caçar meus perseguidores; em vez disso, caminhei até a porta do restaurante.

Uma lufada de ar quente me envolveu, derretendo os flocos de neve que haviam pousado no meu cabelo e nos meus cílios longos e escuros.

Olhei para um barman de pele azulada que limpava o longo balcão de madeira do bar na frente dele. Parecia bastante humano, se não fossem a cor da pele e o tamanho dele.

Devia ter mais de dois metros e meio e era muito musculoso, e tinha piercings no lábio e nas orelhas.

— Hum. Olá? — Tinha ouvido falar de ogros, mas nunca conhecera um. Eles podiam ser muito violentos e malvados, e gostavam apenas de duas coisas na vida: sexo e luta.

Meus dedos se contraíram para pegar minha faca. *Apenas uma precaução.*

Ele deu um sorriso largo e tranquilo.

— Meu nome é Dox, senhora. Bem-vinda a Healy. O que vai tomar?

Procurei Cinth e a encontrei em uma mesa cercada por quatro homens. *Quatro.* Em menos de quatro minutos. Isso tinha que ser um recorde. Os ovários dela devem funcionar como um farol para homens, ou algo assim.

Suspirei.

— Uma coisa forte o suficiente para aliviar a tensão, por favor, e o cardápio.

Dox sorriu e deslizou um cardápio pelo balcão.

— Vou trazer para você um pouco da minha bebida caseira. Apenas avisando... pode te derrubar.

— Sou feérica. Difícil conseguir me embebedar. — Peguei o cardápio, sem responder ao seu sorriso. A energia dele não era ruim, mas eu não estava ali para fazer amigos.

— Cerveja de ogro, então — disse ele. — Não diga que não avisei.

10.

Porra.

Tirei minha língua do céu da boca e gemi, segurando a cabeça. A mais leve contração dos músculos da minha testa fazia uma lança de náusea provocar minha garganta ressecada.

— O que aconteceu? — perguntei com a voz rouca.

A risada suave de Hyacinth foi minha resposta.

— O que não aconteceu? Achei que já tinha visto você bêbada. Mas você provou que eu estava errada.

A realidade me deu um tapa com a força de um kraken apertando minhas entranhas.

— Cerveja caseira de ogro. Droga.

— Isso aí. Obrigada, aliás. Se eu não tivesse visto como você ficou, eu mesma teria provado esse negócio. — Ela riu de novo, o som vibrando contra meu crânio.

Eu queria que minhas pálpebras se abrissem, e elas chiaram, chiaram mesmo, em protesto.

— Lembro do primeiro drinque. Quantos eu tomei?

Hyacinth estava sentada a uma mesinha perto de uma janela com barras inclinadas sobre o vidro. As cortinas, provavelmente brancas em uma vida passada, estavam abertas. A colcha dourada e azul contrastava agressivamente com o tapete prateado e vermelho. Papel de parede roxo e bronze não ajudava em nada. Deusa do céu e da terra, quem tinha decorado aquele lugar *não* levara em conta potenciais hóspedes de ressaca. Embora eu não soubesse onde estava, presumi que tínhamos pegado um quarto no único motel de Healy.

Minha amiga riu novamente.

— Isso foi tudo que você tomou.

Sério? Um drinque só?

— Ele me avisou. — Disso eu me lembrava.

Eu me ergui para sentar na beirada da cama toda irregular.

— O Rubezahl veio, a propósito — ela informou casualmente.

Senti um soco no estômago. *Merda.*

— Veio? E o que ele disse?

— Eu disse a ele que não era o melhor momento. Ele não parecia estar com pressa. Deu uma espiada pela janela e percebeu rapidamente o seu estado; você promoveu um evento noturno de karaokê ao qual só você compareceu.

Observei com os olhos turvos. Uma coisa a respeito de uma ressaca tão ruim: era difícil sentir vergonha.

— Pela janela?

— É, o *Rubezahl* — ela enfatizou, embora eu achasse Ruby muito mais fácil de dizer — é um gigante. Tipo, o chão treme quando ele anda, e ele limpou a neve com apenas um movimento da mão, então olhou pela janela e sorriu. Ah, e ele carrega uma harpa.

Lembrei do suave soar da harpa que tinha feito a segurança do aeroporto vacilar.

— Ele mesmo. — *Droga, Alli.* Eu só tinha uma obrigação: esperar esse cara aparecer e não ficar bêbada.

Cinth me passou um copo d'água, e bebi com cautela.

Nota para mim mesma: nunca mais beber cerveja de ogro.

— O Ruby vai encontrar você daqui a duas horas em... onde mesmo? Ele tinha falado... — Ela folheou alguns papéis sobre a mesa.

Sentei-me na beirada da cama, segurando a cabeça com as mãos enquanto a ouvia balbuciar por um tempo.

Ela se empertigou, acenando triunfantemente uma nota adesiva no ar.

— A última travessia do rio antes da mina de carvão Usibelli! Eu procurei. Fica a cerca de quinze minutos de carro daqui.

Precisava me recompor antes de conhecer aquele cara de verdade. Só tinha ouvido falar de um gigante — o protetor dos Perdidos —, e eu tinha a sensação de que ele e Rubezahl eram a mesma pessoa. Que sorte a minha, visto que os gigantes não eram conhecidos por serem particularmente inteligentes ou fáceis de lidar. Torci para que ele fosse para os gigantes o que Dox era para os ogros. Uma exceção.

— Estarei no chuveiro se você precisar de mim.

— Ok, acho que eu devia...

Fechei a porta na cara da minha amiga. E daí? Estava deprimente e de ressaca. Inclinando-me no pequeno chuveiro, mudei a temperatura para fria e tirei minhas roupas e armas. Quando entrei, alguns segundos depois, respirei fundo e quase aumentei a temperatura.

Mas a água fria atingiu seu objetivo: o pior da ressaca passou.

Passei um tempo lavando meu cabelo comprido e removendo o caos do último dia — dois dias e duas noites, na verdade. Estávamos no segundo dia desde a noite do jantar.

Quando saí, senti-me mais no controle da minha mente e do meu corpo.

Deixaria Hyacinth aqui (quer ela quisesse ficar ou não), encontraria aquele tal de Ruby e inspecionaria o que restava da entrada de Underhill para ver aonde isso me levaria.

Embrulhando-me em uma toalha surrada, que serviria melhor como toalha de mão, abri a porta do banheiro.

— Alli — Cinth murmurou.

Seu tom estranho me fez olhar para cima, diretamente nos olhos escuros que com certeza não eram dela.

Faolan olhava fixamente para mim.

— Órfã.

Tinha deixado minha maldita faca no banheiro.

— O que você está fazendo aqui?

Um sorriso lento se espalhou por seus lábios carnudos, e seus olhos escureceram.

— Eu disse ontem à noite. Logo antes de você dançar na minha frente por uma hora.

Fiquei boquiaberta, e olhei para Cinth. *Aquilo* deveria ter sido arquivado em "dizer a Alli no momento em que ela acordar". Faolan tinha me rastreado ou estava ali pela mesma razão que eu? Não era comum Seelies e Unseelies trabalharem juntos, seria mais normal trabalharem em paralelo com um objetivo semelhante, mas também não era uma coisa *inédita*. Ele poderia fazer parte de um esforço conjunto para me capturar.

Hyacinth arregalou os olhos e mirou fixamente para baixo.

Olhei para baixo e morri por dentro ao ver meu mamilo rosa aparecendo por um buraco na porra da toalha. Graças ao banho frio, parecia capaz de furar o olho de alguém.

Arrumei a toalha, e Hyacinth emitiu um ruído alarmado.

Olhando para baixo novamente, vi que toda a parte superior das minhas coxas e o que havia entre elas estavam à mostra. Devo ter nove vidas, porque morri de novo.

A voz encorpada de Faolan encheu a sala mofada.

— Eu desistiria se fosse você. Esse pedaço de toalha não vai cobrir tudo nunca. Não se preocupe, não estou olhando. Você não é meu tipo, nem perto disso.

Mestiça. Órfã. Meio-sangue. Palavras não ditas, mas eu as ouvi mesmo assim, e endireitei as costas.

Eu me forcei a encontrar seu olhar e franzi o cenho para o redemoinho de arco-íris ali, quase invisível nas profundezas escuras. Ele baixou os olhos e os passou pelo meu corpo, contrariando o que tinha acabado de dizer.

— Faolan, diga logo por que você está aqui. Não estou com vontade de fazer parte dos seus joguinhos — eu disse, sentindo a água escorrer do meu cabelo em pequenas gotas pelos meus braços.

Ele deu um passo para dentro da sala e ergueu uma sacola.

— Como uma pequena oferta de paz, trouxe o café da manhã.

Eu rosnei.

— E — ele enfatizou, arqueando uma sobrancelha —, como disse ontem à noite, estou aqui com um grupo de Unseelies investigando o que aconteceu com Underhill. Seria mais fácil se você me dissesse o que sabe. O que aconteceu quando você e os outros Aprendizes fizeram seus juramentos. Isso nos daria um ponto de partida.

— Ah, é? — eu perguntei com cuidado. — O que essa sua investigação implica?

— Underhill deve ser restaurada. Você já ouviu os rumores do que pode acontecer com a gente sem ela. — Estendeu o saco de comida para mim enquanto falava. Não toquei nele.

Hyacinth olhou para mim e depois para ele, levando uma mão ao peito.

— Pensava que era apenas uma coisa que a realeza dizia para nos manter na linha.

Absorvi o medo e a dor em sua voz antes que ela pegasse a sacola de café da manhã de Faolan e passasse pela cama até a pequena cozinha.

— Você está insinuando que os feéricos realmente enlouquecem sem Underhill? — questionei.

Ele deu de ombros, e não pude deixar de dar uma olhada em seu uniforme de couro preto. Uma perfeita lua crescente em vermelho decorava o espaço sobre seu coração — um sinal da corte Unseelie.

— Seríamos tolos em descartar essa possibilidade.

Apertei os lábios, pensando em voz alta:

— E se Underhill já estivesse se deteriorando lentamente por anos ou até mesmo décadas? Talvez os feéricos estejam ficando loucos há mais tempo do que imaginamos.

Isso explicaria a situação dos pais de Hyacinth. Suas ações não combinavam com os pais de que ela se lembrava.

O silêncio vibrou entre nós, e quando Faolan dirigiu a atenção para baixo novamente, tive um sobressalto, mas me recusei a demonstrar.

— Tenho certeza de que você está ocupado. Obrigada pelo café da manhã e desculpe por... bem, pelo que aconteceu ontem à noite.

Deusa me ajude que eu não tenha beijado seu outro olho.

— Pelo que você quer se desculpar, exatamente? Fez algo que não devia?

Eu não tinha certeza se ele estava falando sobre a noite passada ou outra coisa qualquer. Como meu papel na queda de Underhill. Não fiquei bêbada o suficiente para contar tudo, fiquei?

Fiz força para não me mexer, me contorcer ou mesmo engolir.

— Encher a cara é um luxo que muitos de nós não têm, Órfã. Apesar do juramento que fez, você escolheu o exílio — ele disse suavemente, um fio de ameaça nas entrelinhas. — Isso te torna... imprevisível.

Como um descendente de Lugh, o herói feérico Seelie, que surpreendeu a todos quando foi selecionado para a corte *Unseelie*, Faolan provavelmente invejava esse fato. Era, e sempre seria, mantido em um padrão mais alto, não importava aonde fosse.

Minha face corou quando peguei minha mala de uma maneira estranha, tentando limitar a quantidade de bunda que mostraria.

Estava com um pé no banheiro quando ele falou novamente:

— Vista-se, Órfã. Estarei aqui quando sair, e você poderá me dizer por que está convenientemente na entrada de Underhill também. — Sua voz baixou. — Tenho certeza de que você tem uma boa razão.

— Porra — murmurei baixinho.

Ele mencionou que participava de uma investigação Unseelie, mas não havia como os Seelies não estarem por perto pela mesma razão. De alguma forma, deixei de considerar isso na pressa de limpar meu nome. E estava propensa a apostar que o contingente Seelie também estava me procurando.

Vesti uma calça de couro forrada de pele e uma túnica limpa verde-floresta, depois peguei uma capa com capuz para mais tarde. Embainhando minhas armas, pensei em como lidar com Faolan, segura de que Hyacinth — apesar de sua disposição alegre — era inteligente o suficiente para evitar seu interrogatório e não dar muitos detalhes.

Deixando meu cabelo solto para secar, voltei para o quarto.

— E então? — Ele se acomodou no assento que Cinth havia desocupado.

Eu me sentei em frente a ele e aceitei um *bagel* envolto em cream cheese oferecido por minha amiga. Seu rosto estava corado e seus olhos distraídos, distantes. Minha observação anterior tinha, sem dúvida, enviado seus pensamentos de volta para seus pais.

O propósito pulsava dentro de mim. Se o destino deles realmente tivesse sido desencadeado pelo enfraquecimento de Underhill, eu pretendia limpar seus nomes.

— Estou esperando, Órfã — Faolan disse com um leve estalo em sua voz.

Dei uma grande mordida no meu *bagel* e mastiguei, fazendo o belo bastardo esperar.

Se tinha expectativa que ele ficasse com raiva, fui surpreendida. Detectei uma pequena pitada de bom humor nas profundezas escuras de seus olhos. O desafio o animava, não é? Interessante. Não que eu me importasse.

Ergui um ombro.

— História simples, na verdade. Eu mesma me expulsei.

Faolan se recostou na cadeira e cruzou os braços sobre o peito. Merda, dava para dizer que ele estava vendo por trás das cortinas das minhas mentiras.

— Sério? Acho isso difícil de acreditar.

De repente, tive dificuldade de tirar os olhos do meu *bagel*.

— Expulsei a mim mesma — repeti.

Faolan se inclinou para a frente, os cotovelos nos joelhos, as mãos abaixadas.

— Por que você faria isso, Órfã? Você saiu do treinamento fazendo parte da Elite. Teve a sua escolha. Parece muito estranho jogar tudo fora assim. A menos que você tivesse outro motivo para fugir.

Merda, merda, merda.

— Nada parecia certo — soltei. — A casa que eles me deram não parecia certa. A área de treinamento que escolhi não parecia certa. Estar perto de feéricos Seelie de alto escalão não parecia certo. Então fui embora. Foi uma escolha também, mesmo que não tenha sido obviamente oferecida.

Pronto, isso era mais do que meia verdade. Dei outra mordida no *bagel*, sentindo seu olhar fixo no meu rosto. Me lendo. Tentando desvendar o que eu disse e identificar mentiras na verdade.

— Pode ser difícil se ajustar depois do treinamento em Underhill, pelo que entendi — ele disse finalmente. — Mas aqui, de todos os lugares? Você quer viver no Triângulo, onde não tem nada além do pior que nosso mundo pode oferecer?

Olhei para ele.

— Não pode ser tão ruim.

Pela primeira vez, vi traços reais de raiva em seu rosto.

— É pior do que você pensa, Órfã — ele observou brevemente.

Estreitei os olhos.

— O que você quer dizer?

Ele continuou a me estudar, e tive a sensação de que estava pensando no que dizer. Balançou a cabeça e se inclinou para mais perto.

— Os humanos estão desaparecendo aqui. E não estou falando de apenas um ou dois. Ao longo das décadas, foram mais de trinta e cinco mil, nossas fontes dizem. Humanos acreditam que está mais para dezesseis mil. Essa região sempre teve uma superstição tipo o Triângulo das Bermudas, e isso costumava ser suficiente para aplacar os superiores do mundo humano. Mas o número de desaparecimentos humanos aumentou nos últimos anos. Os oficiais do governo sabem que os feéricos párias estão aqui, e agora eles querem respostas das cortes. Respostas que nenhuma corte tem.

Merda, para saber tanto, ele realmente tinha a confiança da rainha.

Amaldiçoei baixinho.

— Não sabia. — Tantas mortes... Eu conhecia muito bem a perda e a dor, só conseguia imaginar as pessoas que perderam pais, filhos, irmãos. Minha garganta apertou, a empatia crescendo em mim.

Isso era ruim. Muito ruim. Além do horror óbvio das mortes, humanos furiosos não eram bons para nossa espécie. Havia muitos deles para enfrentarmos. Nossa magia só aguentaria até certo ponto.

Faolan agarrou minha cadeira e me puxou perto o suficiente para baixar a voz, seu corpo e rosto preenchendo meu campo de visão.

— As cortes já estão investigando certos párias com a ajuda de alguns dos Perdidos mais amigáveis.

Rubezahl. É por isso que ele estava indo para uma reunião; talvez até estivesse indo para Unimak.

— Você acha que existe uma ligação nisso tudo? Talvez os desaparecimentos humanos tenham a ver com o que aconteceu com Underhill.

Ele não respondeu.

— Aqui não é um bom lugar para você estar, Órfã, especialmente se você estiver aqui como pária de verdade.

Não, aquele não era mesmo um bom lugar para se estar. Não queria ser pega no fogo cruzado de qualquer ação que as cortes tomassem contra os párias, mas não havia outro lugar aonde pudesse ir.

— Você deveria voltar para Unimak — Faolan disse. — Volte para a segurança, onde você não colocará a si mesma e aos outros em perigo.

Babaca pomposo.

— Sei me cuidar, Lan — rebati.

— Duvido muito. — Olhou duro para mim. — Você não mente muito bem, Órfã. E não vai matar só a si mesma.

Seu olhar disparou para onde Hyacinth cantarolava baixinho na cozinha, fingindo nos dar uma privacidade que o pequeno espaço realmente não permitia. Ele baixou a voz.

— *Ela* está aqui por sua causa. Ela pode cuidar de si mesma? Acha que pode protegê-la? Não pode. Você ainda é aquela garotinha do orfanato.

Engoli a vontade de socá-lo no nariz.

— Ela me seguiu até aqui. Quero que volte, mas ela não quer. Porque nós duas somos adultas e podemos fazer o que quisermos.

Sua mandíbula se contraiu, e ele assentiu lentamente.

— Um grupo Seelie também está investigando Underhill — ele informou, mantendo seu tom baixo. — Suponho que ela poderia se juntar a eles como cozinheira. Pode proteger...

— *Proteger quem?* — A voz de Cinth chicoteou sobre nossas cabeças. Sorrindo, descansei na cadeira de madeira.

— O Faolan está tentando ligar você a outra pessoa. Acha que sou má influência para você.

Os olhos escuros dele iam de uma para a outra.

— É para o seu próprio bem. Você sabe tão bem quanto eu que não é uma lutadora. Pelo menos, a Órfã tem alguma experiência em cuidar dela mesma. Mesmo que não seja suficiente para essa região.

Hyacinth se espertigou e ficou mais alta.

— O que é bom para ela é me ter por perto. *Tente* nos separar para você ver. Apenas tente. Você verá de que lado ela está. Você pode ter um pinto, mas eu sei cozinhar. Pintos ficam moles com o tempo; cozinhar bem é para sempre.

A mandíbula dele travou, e eu lutei para não rir. Só mesmo Cinth para colocar Faolan em seu lugar com uma metáfora envolvendo pinto.

Limpei a garganta.

— A Cinth fica comigo. Eu escolho, digamos, alguém que cozinha bem. — Eu não tinha tanta certeza assim de que ela estaria mais segura com os Seelies. Sabiam que estávamos perto, e se a encontrassem aqui, iriam interrogá-la a respeito do meu paradeiro.

— Então, qual é o seu plano, apenas correr para a floresta? — ele perguntou, claramente zombando de mim.

Meu plano. Meu plano, tal como era, ficou complicado com a presença de ambas as cortes no Triângulo, e ainda mais com minhas novas suspeitas sobre os feéricos párias.

Faria bem em ficar de olho em tudo, mas com certeza não mostraria minhas cartas para ele.

— Tenho que ficar aqui. Eu me exilei, então não tem outra opção para mim agora. Entrarei em contato com os outros feéricos párias o mais rápido possível, mas se eles estiverem sob investigação, vou precisar ser cuidadosa. Então, obrigada pelo aviso. — Fiz uma pausa. — Acho que vou correr para a floresta e construir uma cabana de madeira se o pior acontecer.

Até parece.

Hyacinth me deu uma olhada, então voltou cuidadosamente a sua raiva furiosa para Faolan. Sim, ela sabia o tom de voz que eu estava usando e o que isso significava.

Eu estava prestes a mentir para Faolan outra vez — só um pouco —, o que me fazia sentir estranhamente culpada.

Para mim, tinham sido oito anos. Para ele e Hyacinth, apenas quatro. Ainda assim, quatro anos era muito tempo, e as pessoas mudavam. Ele havia mudado no dia em que se despediu de mim no orfanato.

Quaisquer traços de suavidade que eu via nele naquela época se dissiparam. Era melhor eu me lembrar disso. Ele não era mais meu herói.

Hesitei.

— Existe algum jeito de você me dar um novo aviso se um ataque ou alguma coisa assim estiver acontecendo? Não quero ter que acabar brigando com você e machucando seu lindo rosto. Se isso acontecesse, tenho certeza de que as mulheres Unseelie colocariam uma recompensa pela minha cabeça.

Ele me surpreendeu ao se levantar e sorrir para mim, fixando os olhos nos meus de modo que eu não conseguia desviar o olhar.

— Órfã, eu queria ver você tentar.

Um desafio não era a melhor maneira de me fazer recuar. Eu me levantei e o encarei, nossos narizes quase se tocando.

— Não me tente, Lanny — eu provoquei, e as cores em seus olhos giraram um pouco mais rápido.

Por apenas um segundo, uma fração de segundo, pensei que ele poderia fazer algo realmente estúpido — como me beijar.

Alguém limpou a garganta.

Pisquei duas vezes, repentina e ferozmente ciente de Cinth. Dado quão absorta ela parecia, tudo o que precisava era de um pouco de milho crocante para completar sua experiência como espectadora.

Faolan se recuperou primeiro. Deu um passo para trás, seus olhos indo de mim para ela.

— Estarei de olho em você. Em vocês duas. — Não consegui fazê-lo nos dizer quando os ataques aconteceriam. Em vez disso, teríamos que nos proteger tanto dele quanto dos Seelies que procuravam por mim.

— Se você puder me encontrar. — Levantei o queixo e me peguei olhando para seu rosto, traçando com os olhos suas maçãs salientes e o tom quase azul de seu cabelo preto.

Seu sorriso era afiado e mais do que um pouco predatório.

— Eu nunca tive problemas para encontrar você. Tenha isso em mente.

O que ele queria dizer com aquilo?

Ele abriu a porta e o ar gelado entrou. Olhando para trás, ele me estudou por um segundo.

— Tenha cuidado, Órfã. Você não está mais em Unimak.

Hyacinth foi até a porta.

— Ela pode chutar seu traseiro Unseelie, Lan. Saia daqui antes que eu diga para ela cair em cima de você.

Não tinha certeza se eu poderia apoiar suas palavras nesse quesito, mas apreciei o voto de confiança.

Lan franziu a testa para ela, mas suavizou quando olhou para mim novamente, aquela ligeira contração da boca dele — quase um sorriso.

— Dê a Rubezahl meus cumprimentos.

11.

Olhei para a porta fechada por dois segundos antes de correr e abri-la, esperando ver Faolan sorrindo para mim por cima do ombro. Mas uma camada intocada de neve se estendia à minha frente, sem uma única pegada.

— Ele se foi — constatei com a voz rouca, minha mente girando como a neve que ainda caía do céu. A habilidade de desaparecer era um truque Unseelie. Vendo-a em ação, imediatamente a quis também. Mas, embora alguns Seelies pudessem *se camuflar*, não conseguíamos dominar o truque de ficar completamente invisível. Para isso, era preciso o tipo de poder que estava ligado à morte, não à vida.

A grade de madeira da qual Faolan havia retirado energia para desaparecer tinha apodrecido e enegrecido, e havia um monte de ervas daninhas mortas e recém-murchas entre os ladrilhos. Morte era um sinal claro de que magia Unseelie tinha sido desencadeada.

— Merda, Cinth. Esse é um truque que preciso aprender.

Fechei a porta e me virei para a minha amiga.

Ela estava inquieta na cozinha e me olhou rápido.

— Isso foi intenso. Não consigo dizer se ele te odeia ou se quer te comer com raiva. Talvez ambos?

Revirei os olhos. Com Hyacinth tudo era comida ou sexo — talvez ambos, mas eu não queria saber. De fato, minha amiga não era muito diferente de um ogro. Sorri com o pensamento.

Ela me devolveu o sorriso, interpretando mal a direção do meu divertimento.

— Então você *ainda* o quer? Ah, Alli, ele é gostoso, admito, mesmo que seja um baita idiota. Ainda queria que minha mira tivesse sido melhor com aquele rolo de massa. Ele poderia ser um pouco mais humilde. — Ela enxugou as mãos no jeans e se sentou em uma das cadeiras da mesinha.

Levantei ambas as mãos, simulando uma rendição.

— Não quero ele. Oito anos, Cinth. As pessoas mudam muito em oito anos. E mesmo que apenas quatro anos tenham se passado para você e para Lan, tive muito tempo para crescer. Não quero um *bad boy*. Eles não... são bons parceiros.

Seus olhos se estreitaram.

— O que você não está me dizendo?

Um único erro infantil com Yarrow em Underhill tinha sido suficiente para me convencer a nunca mais querer um *bad boy* de novo... não que eu sentisse vontade de admitir isso.

Pigarreei.

— Vamos para a mina. Mina de carvão Usibelli, certo? Quero chegar lá antes do Ruby, e inspecionar.

Peguei meu casaco e o vesti, calcei botas de cano alto, forradas de pele, e então verifiquei minhas armas. Toquei cada uma para ter certeza de que estavam em seu lugar; uma lâmina curva curta no coldre em cada coxa, uma besta dobrável com mira amarrada em meu peito e vinte virotes da arma em dois cintos pendurados em cada lado do quadril.

Enfiei uma adaga de dez centímetros na bota direita. Só para garantir.

— E eu? — Cinth indagou. — Devo levar uma arma?

Olhei ao redor da sala, e meus olhos pousaram na faca de chef na tábua de cortar.

— Você está acostumada com essa, então seria a melhor escolha.

Se ela podia correr em uma cozinha agitada com aquela coisa enquanto os chefs gritavam com ela, então não precisava me preocupar que fosse se machucar.

Ela a pegou e olhou para mim.

— Como escondo?

Peguei a faca e a enrolei em um pano de cozinha.

— Coloque debaixo do braço, assim. — Coloquei a lâmina embrulhada debaixo do braço para que o cabo ficasse para fora. — Fácil acesso.

Ela fez como eu disse. Era estranho estar na liderança agora. Estava acostumada à Cinth ser mais velha, mas agora tínhamos a mesma idade, e eu era a responsável. Não que minha liderança tenha nos levado a algum lugar bom até agora.

— Cinth? — murmurei.

— Oi.

Procurei as palavras certas.

— Você está bem? Aquela conversa trouxe alguns sentimentos sobre seus pais e a loucura deles.

Cinth parou de se mexer e, depois de uma longa pausa, suspirou pesadamente.

— Sempre me perguntei se acabaria como eles um dia, então, sim, o fato de Underhill ter acabado me deixa com medo de sucumbir mais cedo. De ter herdado a... fraqueza dos meus pais, eu acho.

Colocando a mão em seu ombro, eu disse solenemente:

— Nunca vou deixar isso acontecer com você.

Lágrimas brilharam em seus olhos, uma escorrendo sobre a marca de queimadura em seu rosto.

— Promete?

Não sabia como cumpriria essa promessa, mas descobriria, se isso significasse salvar minha amiga.

— Prometo. Sua mente não vai a lugar nenhum. Não sem mim.

Ela fungou e assentiu.

— Obrigada, Alli.

— Não precisa agradecer. Agora se recomponha, temos um gigante para encontrar.

Cinth riu, e nós duas corremos para o carro no frio. Puxei a SUV para a estrada, seguindo as direções do GPS para a mina de carvão Usibelli. Quinze minutos com tempo bom, mas eu teria de ir devagar por causa da neve.

No carro, Cinth mexia no rádio, passando pelas estações.

— O Jackson disse que tentaria falar comigo se pudesse.

Sua voz não veio pelo rádio.

Não.

A estática sibilou e zumbiu, e depois *múltiplas* vozes, de homens e mulheres, sussurraram em uníssono. Não em inglês, mas em tlingit, a língua de minha mãe. Uma língua que eu ainda falava fluentemente, embora não tivesse mais com quem conversar.

— *A morte está crescendo entre nós, Kallik. Impeça os filhos da lua antes que eles destruam a todos nós. Os espíritos estão com raiva, mas vão guiá-la.*

Senti um nó na garganta e apertei o volante enquanto o rádio voltava à estática sibilante e ao ruído branco.

Cinth se inclinou para a frente, forçando-me a olhar para ela.

— Que raio foi isso? Pensei ter ouvido seu nome. Você entendeu alguma coisa?

Balancei a cabeça.

— Apenas barulho, Cinth. Ruído de rádio.

Limpei a garganta, pensando na lua crescente no peito de Faolan, o emblema Unseelie. É isso o que as vozes queriam dizer com "filhos da lua"? Pelos fragmentos de conversa que ouvi, a rainha Elisavana não parecia saber o que estava acontecendo com Underhill, mas poderia ser um blefe.

Como os espíritos sabiam usar o rádio para entrar em contato comigo? Ou até mesmo quando eu estaria ouvindo? Mais importante, como diabos eles sabiam que eu entenderia aquele idioma?

Arrepios percorreram minha espinha.

Não tive muito tempo para pensar nisso porque Usibelli apareceu de repente.

Com a neve cobrindo a mina, os picos pareciam uma cordilheira em miniatura. Os vales onde os humanos estavam cavando pareciam limpos pela neve fresca, que escondia a maior parte dos sulcos profundos na terra.

Fiz uma careta. Os humanos adoravam massacrar a natureza. Por que diabos Rubezahl iria querer se encontrar comigo ali, um lugar que era quase um cemitério para os feéricos?

Estacionei a SUV e saí. O vento cortante me atingiu no rosto, e puxei o capuz do casaco sobre a cabeça. Quando Cinth colocou a cabeça para fora, fiz sinal para que ficasse no veículo.

— Só vou dar uma olhada — eu avisei. — Não faz sentido nós duas passarmos frio.

Ela entrou de volta. Não a culpei, o frio ali era de outro nível, entrando em mim como um animal escavando o chão para se aquecer.

Desci por uma ladeira até o fundo de uma seção da mina. Algumas máquinas estavam paradas. Elas se destacavam, amarelas e laranjas brilhantes, contra a neve. Por que os humanos não estavam trabalhando? Era o meio da semana, não era? Claro, o clima estava brutal, mas era quase sempre assim por ali.

Como se fosse uma deixa, um cara saiu cambaleando de uma construção portátil, vestindo o casaco enquanto corria pela encosta.

— Ei, você está bem? — gritei para ele. Seu rosto estava tão pálido quanto a neve.

Ele tropeçou.

— Senhora, que diabos está fazendo aqui? Houve uma ordem de evacuação. Temos que sair daqui!

Ordem de evacuação?

— O que aconteceu?

Deixei meus pés me levarem para mais perto dele, tentando de todo jeito usar algum charme feérico.

A três metros, pude ver que o humano estava tremendo demais para fechar o zíper do casaco. Cheguei perto e gentilmente afastei as mãos dele para fechá-lo. Ao fazer isso, lancei minha magia índigo. Perto assim, era fácil despejar energia no charme, um tipo de magia que não era meu forte. Mas com um humano talvez fosse mais fácil.

— O que aconteceu? — perguntei de um jeito suave. — Por que todo mundo está evacuando?

— Gigantes — ele sussurrou. — Os gigantes estão chegando. Temos drones para ficar de olho nas coisas. Da última vez que estiveram aqui... eles... mataram toda a equipe.

Seu lábio inferior tremeu, e uma lágrima se formou no canto de um olho. Um homem adulto chorando de medo. Dos feéricos. Caramba.

Devia ter medo também? Ruby era um cara grande — um gigante, segundo Cinth. Merda, toda a sua gangue de gigantes estava vindo me buscar?

Dei um tapinha no ombro do humano.

— Então é melhor você ir.

— E você?

Sua preocupação me tocou, e eu pisquei.

— Já estou indo. Pode ir na frente.

Ele se virou e correu, sem olhar para trás uma única vez. O que prova-velmente foi o melhor. Enquanto a magia Unseelie deixava a morte em seu rastro, a magia Seelie fazia o oposto. Amarílis brotaram do chão em suas pegadas, brancas como a neve e visíveis apenas por seus finos caules verdes.

Voltei para o centro do poço de mineração e olhei por cima do ombro para a SUV, fazendo sinal de positivo com as duas mãos para Cinth. Ela sorriu, mas seu sorriso desapareceu quando ela olhou para algum ponto acima do meu ombro.

Não precisei olhar para saber o que estava atrás de mim.

O chão tremeu sob meus pés como um terremoto. Galhos e rochas estalavam como trovões.

Os gigantes estavam ali.

Fiz sinal para Cinth se abaixar, e ela se sentou novamente. Virando para trás, tive minha primeira visão real dos gigantes do Alasca.

— Filhos da puta — murmurei. Quer dizer, não havia uma palavra boa para aquelas... criaturas.

Dez deles se aproximaram, saindo de entre as árvores com facilidade, como se elas fossem mato, e não uma enorme e antiga floresta. Tinham três metros e meio de altura, talvez mais, e cada um segurava o que parecia ser um pedaço de tronco de árvore, que havia sido alisado e transformado em um porrete, com pregos no lugar de galhos.

Nada ameaçador, não é mesmo?

Usavam roupas tingidas em cores naturais, e seus cabelos longos e emaranhados representavam todos os tons, do loiro mais brilhante ao preto profundo e fosco. Se não fosse a forma como eles se concentraram em mim, poderia tê-los confundido com árvores.

Como se tudo isso não bastasse, seus dentes quadrados e sem corte estalavam enquanto eles moviam as mandíbulas para a frente e para trás, o som subindo e descendo pela minha espinha. Suas cabeças balançavam de um lado para o outro ao ritmo de seus passos, como se não pudessem evitar o movimento.

Tinha que ser cuidadosa.

Não me mexi, não flexionei os dedos em direção às minhas facas. Movimentos rápidos apenas atraíam os olhos de um predador. Meu coração acelerou, e olhei para o líder, fazendo contato visual firme com ele.

Com a voz em tom neutro, gritei:

— Estou aqui para falar com Rubezahl. Ele é um de vocês?

O que estava na liderança, macho se o que pendia de um buraco em suas calças era alguma indicação, soltou um rugido e correu para mim.

Muito cuidadosa, eu...

Segurei as duas espadas curtas amarradas às coxas, esperando. Ele veio na minha direção, e puxei as duas espadas no último segundo.

Mergulhei entre suas pernas, desviando da coisa pendurada, girei de joelhos e cortei seus tendões.

Um grito estrondoso saiu dele, transformando-se em um guincho tão agudo quanto o de qualquer porco no abate, então suas pernas cederam e ele caiu de cara no chão.

Ele tinha começado, mas eu terminaria. Outro ensinamento de Bres.

— Estou aqui para falar com o Ruby. Ou vocês ficam bonzinhos e me contam onde ele está, ou as coisas vão ficar tensas.

Coloquei a ponta da espada na nuca do gigante caído. Eu o mataria se fosse preciso, mas apenas como último recurso.

Os outros me cercaram, rangendo os dentes, as clavas caseiras levantadas no ar. Com cuidado para não me cortar com o fio perfeito da minha segunda lâmina, visto que não baixaria nenhuma das espadas a não ser que fosse preciso, levei uma mão em direção à besta pendurada no meu peito. Um estalar de dedo a arrancou e, tirando fios azuis de energia da neve, deslizei uma lança de minha magia índigo na arma, ouvindo quando ela se encaixou no lugar, preparando a besta para uso. Flores silvestres surgiram na neve, parecendo mais deslocadas do que nunca, mas não fiz nada além de agradecer a elas enquanto observava os gigantes, em busca de algum movimento.

Pensei que o impasse duraria mais tempo, mas eu estava errada.

Os gigantes se moveram em massa, atacando-me simultaneamente. Enfiei a espada no pescoço do que estava no chão, depois rolei e levantei com a besta e virotes prontos para disparar.

Disparei duas vezes, acertando dois dos nove gigantes que restavam, ambos no olho esquerdo. Caíram para trás, uivando, mas não mortos.

Como não estavam mortos? Isso com certeza mataria *a mim* e a qualquer outro feérico que eu conhecia.

Evitando os grandalhões e desejando, não pela primeira vez, ter uma das armas lendárias de Lugh nas mãos, continuei atirando.

Eles não seriam derrotados. Aquele no chão, cujo pescoço eu tinha literalmente cortado, estava *se levantando*.

— Lugh, me ajude — sussurrei.

Mas não foi Lugh quem me ajudou.

12.

—O que está fazendo aqui? — perguntei, enquanto me esquivava de uma clava e cortava o tendão do gigante mais próximo.

Um sorriso tenso foi minha única resposta enquanto Faolan se esquivava do forte aperto de outro gigante e chutava os joelhos dele — ou dela. O gigante de gênero duvidoso caiu no chão e berrou de fúria, debatendo-se de costas como uma tartaruga virada.

— Como diabos você irritou *gigantes* trinta minutos depois de eu te ver pela última vez? — ele disparou em vez de responder minha pergunta.

Fugi entre as pernas grossas, por pouco não batendo a cabeça na *terceira perna* do gigante. Girando, pulei nas costas do feérico, procurando um ponto fraco. Cada feérico tinha uma fraqueza secreta. Só precisava encontrá-la — e rápido —, aqueles gigantes não estavam morrendo.

— Eles me atacaram — ofeguei sem necessidade, minha mente humana assumindo o controle por enquanto. — Não fiz nada.

— Aham. Gigantes não atacam pessoas do nada, Órfã — ele rosnou enquanto se esquivava de outro golpe.

— Atacam se ficarem loucos, seu idiota.

Houve uma breve pausa enquanto Faolan e eu compartilhamos um momento de compreensão.

É claro.

Talvez eles *estivessem* ficando loucos. Mas, naquele momento em particular, não importava. Quaisquer que fossem suas motivações, ou a falta delas, claramente pretendiam matar nós dois.

— Suponho que você não saiba nada realmente útil que ajude a detê-los.

Chutei as costas do gigante logo antes de outro acertar a clava em seu amigo com um estalo brutal.

Ai.

O primeiro se virou e se lançou para o outro gigante com um rosnado, e eu me afastei enquanto lutavam, nos esquecendo por um momento.

— Vire-os um contra o outro — gritei para Faolan. — A menos que você tenha um plano melhor.

— O cérebro deles é pequeno e fica na base do crânio. O resto da cabeça são só ossos. Apenas uma lesão direta no cérebro deles irá ferir ou matá-los. Todo o resto se regenera com uma rapidez extraordinária.

Hmm. Isso *sim* era útil.

Quão pequeno seria esse cérebro? Não tínhamos certeza se estavam confusos, então matá-los não parecia certo. Quer dizer, Underhill suposta-mente se foi por minha causa — mesmo que não tenha sido intencional. E eu sabia por Hyacinth como era difícil perder pessoas para essas circunstâncias.

Fosse por causa disso ou porque não queria sujar suas botas com cérebros de gigantes, Faolan também não atacou para matar.

Ele atraiu outra criatura e deslizou suavemente para fora do caminho quando a clava dela se conectou com outras duas. O trio de feéricos enormes começou a lutar, e quando um deles caiu para trás em outros dois, uma briga *de verdade* começou.

Ofegante, afastei-me dos dez gigantes furiosos que se dilaceravam em um emaranhado de membros. Estremeci quando um punhado de cabelos compridos foi arrancado do couro cabeludo da menor criatura na briga.

Faolan agarrou meu braço.

— Ferida?

— Não. Você?

— Estou bem — ele disse, seco. — Como isso aconteceu?

Não. Era minha vez de fazer perguntas.

— Por que você está aqui? Está me seguindo?

Ele apertou a mandíbula.

— O que estou fazendo é investigar uma chamada de evacuação feita pela mina de carvão. Relataram ter avistado gigantes. — Faolan praguejou. — Preciso trazer minha equipe aqui para manter os gigantes longe das áreas mais povoadas por humanos. Os Guardiões da Tempestade estão ocupados em Juneau, lidando com o início da temporada turística.

Apostava que só metade daquilo era verdade. Ele definitivamente estava me seguindo. E eu não tinha notado nada, caramba.

Ele se virou para mim, mas qual fosse o comentário idiota que ele sem dúvida pretendia fazer foi interrompido por um tremor no chão muito mais forte que o efeito dos dez gigantes.

Os gigantes em questão se separaram em resposta à nova ameaça.

Eu me agachei e olhei para a floresta ao lado. Se estivéssemos olhando para mais de cinco recém-chegados, precisaríamos sair até a hora marcada por Rubezahl.

Mas era apenas um se juntando a nós.

Meu queixo caiu quando o gigante com cerca de seis metros saiu da linha das árvores. Sua barba grisalha estava desgrenhada ao extremo e chegava aos joelhos. Enquanto os gigantes menores tinham coxas grossas e musculosas, aquele era magro, as articulações dos joelhos nodosas, e possuía um ar de fragilidade que eu seria negligente em dar qualquer valor.

Era, basicamente, muito velho.

Uma túnica de lã grossa, marrom e de mangas compridas, se estendia até abaixo dos joelhos, e um colete azul-escuro repousava sobre ela, preso ao meio com uma videira trançada. Suas calças grossas e botas quase desapareciam ao lado da harpa dourada e reluzente presa ao seu quadril — cerca de metade do meu corpo — e do cajado retorcido que ia de seu ombro até o chão.

Rubezahl.

O gigante passou seus olhos azuis por nós, e então se concentrou nos outros gigantes, ainda congelados no meio da luta.

— Eles atacaram você? — Ruby indagou suavemente.

Mesmo que Hyacinth não tivesse me avisado, eu teria reconhecido sua voz. Era a voz do caribu do aeroporto.

— Atacaram. E não foram provocados.

Não queria brigar com esse cara.

Ele assentiu como se não estivesse surpreso.

O maior dos gigantes lutadores rosnou para Rubezahl, murmurando palavras sem sentido e agitando as mãos no ar. Ele simplesmente desenganchou sua harpa e dedilhou algumas notas.

Uma melodia calmante pairou no ar e, embora a mágica não estivesse direcionada a mim, senti o efeito dela, minha adrenalina diminuindo e minha respiração desacelerando.

O gigante maior piscou algumas vezes e então olhou para o feérico ao seu lado.

— Ruby?

Gemidos encheram o ar enquanto as criaturas esparramadas lutavam para ficar de pé.

— Lembram o que aconteceu? — Rubezahl perguntou a eles.

Todos os dez balançaram a cabeça, e eu troquei um olhar intenso com Faolan. Isso tinha que estar relacionado a Underhill.

Colocando a harpa de volta no lugar, Rubezahl falou baixinho com os gigantes no que parecia ser alemão ou holandês — eu não estava por dentro de muitas línguas humanas.

Quando as criaturas maltratadas começaram a caminhar para as árvores, Faolan deu um passo à frente.

— Rubezahl, vou precisar falar com esses feéricos antes que eles vão embora.

— Você pode falar com eles assim que cuidarem de seus ferimentos e recuperarem a compostura, neto de Lugh.

Faolan estremeceu ao ouvir aquilo.

Dei um passo à frente.

— Posso entender que sua interferência significa que você não enviou aqueles gigantes para me matar, Rubezahl?

Ele deu um passo adiante na clareira coberta de neve, agora salpicada de sangue. O protetor dos párias olhou ao redor da mina e, embora sua expressão não mudasse, a leve tensão em seus ombros indicava que não estava satisfeito com o que os humanos tinham feito na área.

Eu concordava com ele.

— Pode, Kallik de Casa Nenhuma — ele respondeu. — Estou feliz que minha chegada foi oportuna. O fim de Underhill afetou a todos nós, muito mais rápido do que eu pensava ser possível.

— Quantos mostraram sintomas semelhantes na última semana? — Faolan perguntou. — E durante o ano passado?

Rubezahl o encarou e, pela primeira vez, um lampejo de irritação apareceu em suas feições. Uma névoa começou a pairar sobre o espesso chão de neve. Era isso que Hyacinth quis dizer sobre Ruby afetar o clima?

— Você pode transmitir à sua rainha que, se ela deseja informações de mim, precisa passar pelos canais apropriados. Como sempre, estou disponível para ajudar tanto os Seelies quanto os Unseelies, mas meu povo vem em primeiro lugar, como o rei e a rainha sabem muito bem.

Esperava que Faolan continuasse, mas ele recuou e assentiu.

— Vou passar essa informação.

Ele esperava aquela resposta de Ruby? Se sim, por que perguntar? Para tentar forçar o limite do que era permitido. Cuzão.

E era por isso que eu me recusava a sair com *bad boys*. Minha vida era muito complicada sem ter que questionar constantemente os motivos de outra pessoa. Preferia um cara despreocupado e doce, com um sorriso fácil e sem segundas intenções.

— Kallik, tínhamos um compromisso. A menos que esteja ocupada, meu tempo é mais curto do que eu gostaria nesse clima. — Rubezahl inclinou a cabeça e, pelo canto do olho, notei a carranca repentina de Faolan.

Ergui o queixo.

— Não estou ocupada.

Faolan pegou meu braço, os dedos envolvendo meu punho.

— Órfã...

Mas não lhe dei a chance de terminar. Eu me libertei com um puxão brusco, indo até o gigante.

Rubezahl olhou para o caminho pelo qual eu tinha vindo.

— Saberei se você nos seguir, neto de Lugh. Ela não sofrerá nenhum dano enquanto estiver comigo.

— Em sua companhia, é menos provável que ela se mate — foi a resposta afiada de Faolan.

Cerrei os dentes e olhei por cima do ombro.

— Já pode fazer sua magia e sumir, neto de Lugh.

Assim que entramos na floresta, olhei para cima.

— Os gigantes retornarão à mina de carvão?

Rubezahl olhou para mim, cada um de seus passos valendo cinco dos meus.

— Sua amiga está segura dentro do carro.

Claro que ele sabia que Hyacinth estava lá. Aquele cara parecia saber mais do que os governantes Seelie ou Unseelie.

— Você é o líder dos párias, então? — não pude deixar de perguntar.

— Protetor. — Ele gentilmente tirou um galho de árvore de seu caminho. — Nunca procurei ser o líder.

O que apenas o tornava mais inteligente, na minha opinião.

Ele parou em uma grande clareira, e olhei para o urso preto comendo frutinhas nas moitas do lado oposto. Rubezahl se abaixou para se apoiar em um enorme pinheiro, e eu entendi a dica, empoleirando-me em um tronco próximo.

— Você se lembra por que estava interessado em conhecê-la, Kallik de Casa Nenhuma? — sua voz retumbou, olhando para mim com olhos azul-claros.

Uma ruga se formou entre minhas sobrancelhas porque, com toda a sinceridade, eu tinha me esquecido daquilo até aquele momento.

— Você disse que minha magia era incomum.

— Incomum — ele cantarolou. — Uma boa palavra para você.

Legal. Obrigada?

— Você se lembra por que eu estava particularmente interessada em *conhecê-lo?* — instiguei.

O esboço de um sorriso pairava em seus lábios, visível apenas entre sua barba e seu bigode despenteados.

— Você, como muitos outros nos últimos dias, quer inspecionar a entrada de Underhill. A antiga entrada para Underhill, suponho. Achei prudente, dada a natureza de sua chegada a Fairbanks, que nos encontrássemos mais longe da entrada do que inicialmente previsto.

Foi prudente. Isso significava que eu confiava nele? Não.

— Quando podemos ir para a entrada? É constantemente vigiada?

Merda, isso pode ser um problema. Se as equipes Seelie e Unseelie tivessem pisado por todo o lugar, eles poderiam ter arruinado quaisquer indícios e pistas.

Fechei as mãos em punho.

— As equipes vão sair em breve. Podemos ir depois de escurecer. O que nos dá tempo para falar do seu poder.

Tinha prioridades maiores agora.

— Se as equipes estiverem saindo em breve, prefiro ir agora para chegar à entrada o mais rápido possível.

Rubezahl me olhou com seus olhos azuis.

— Não sei por que você está no Triângulo, Kallik. Nem vou perguntar. Isso é algo que eu nunca exigiria do feérico que escolhe fazer daqui sua casa. Procuramos esse lugar por uma série de razões, cada um de nós em sua própria jornada. O que os anos têm *me* mostrado é que nossas jornadas estão muitas vezes ligadas à nossa magia. Ao entender melhor nossa magia, somos mais capazes de entender a nós mesmos e o que nos trouxe a esse lugar maravilhoso. Você deseja ver a entrada para Underhill, posso supor que com urgência. Então, preciso te fazer uma pergunta. — Seu rosto suavizou. — Acredita que sua magia está ligada ao motivo pelo qual você está no Triângulo?

Congelei.

Desde aquele dia, não queria admitir que isso poderia *realmente ser* minha culpa. Quer dizer, a lâmina que a Oráculo mergulhou no chão tinha meu sangue nela, e o sangue é um condutor de magia. Obviamente, *alguma coisa* mágica despedaçara Underhill.

Mas *minha* magia?

Queria que fosse uma coincidência do momento — talvez Underhill estivesse pronta para ir e escolhera aquele momento.

Considerei a possibilidade de a Oráculo ter feito algo desonesto e me usado como bode expiatório, ou mesmo que os treinadores estivessem em uma trama armada pela rainha consorte Adair, que decidira se livrar de mim de uma vez por todas.

Pensar que eu havia desempenhado um papel maior, um papel mágico, não me assustaria tanto, talvez, mas essa noção *me encheu* de pavor.

Se eu tivesse causado isso, então talvez o que fiz pudesse ser desfeito. No mínimo, eu deveria seguir esse caminho junto com minhas outras investigações.

— E se estiver? — respondi com firmeza.

Rubezahl sorriu com gentileza.

— Então eu faria minha segunda pergunta. Gostaria de ajuda para entender sua magia? Orientações desse tipo são uma paixão minha, mas não precisa ser eu. Há muitos na rede de Perdidos que podem ajudá-la a encontrar as respostas que procura, bem como ajudá-la a se estabelecer nessa área. Somos versados em abrigar recém-chegados e em lhes dar um emprego.

Rubezahl foi o primeiro que não tentou me convencer a voltar para Unimak.

Ao contrário, em menos de uma hora me ofereceu orientação, moradia e um emprego. Por um lado, esse era o seu trabalho como protetor dos párias. Por outro, esse tipo de coisa não costumava vir sem obrigações. Amarras invisíveis, provavelmente, mas, ainda assim, amarras.

O que eu *sabia* era que os párias estavam sob investigação, e eu não poderia me aliar a eles se estivessem em um barco afundando.

Rejeitar a ajuda deles poderia me assombrar mais tarde se eu não pudesse voltar para Unimak. O pensamento me abalou. Tinha que voltar. Apesar do que eu disse a Faolan, pensar em nunca mais retornar à terra natal de minha mãe me encheu de uma estranha tristeza.

Respirei fundo.

— Não estou pronta para me estabelecer aqui, mas gostaria de ajuda com minha magia. E preferia que isso viesse de você, se sua oferta foi sincera.

O gigante colocou a mão sobre o coração em um antigo costume feérico que raramente tinha visto em minha vida.

— Minhas palavras foram sinceras, jovem. Vou ajudá-la, e com prazer.

Ele parecia estar falando sério, então decidi arriscar e perguntar a ele sobre algo que tinha ficado em minha mente desde que Underhill se despedaçou.

— Você sabe onde a Oráculo mora? Queria falar uma coisa com ela.

Para falar bem por cima. A velha me devia algumas respostas.

O gigante ergueu uma sobrancelha.

— A Oráculo vem e vai quando quer, jovem. Não tenho conhecimento de ninguém que saiba dela.

Eu estava esperando aquilo. E não reviraria aquele reino atrás dela em uma busca tola a menos que não tivesse outra pista. Suspeitei que ela se mostraria quando estivesse pronta, como de costume.

Rubezahl falou novamente:

— Se você mudar de ideia sobre se juntar a nós, é só pedir. Nós protegemos os nossos. Sempre fizemos isso. Você também é bem-vinda para ser nossa hóspede até que faça uma escolha em relação ao seu futuro.

Aquele cara parecia mesmo comprometido em ajudar feéricos excluídos e, independentemente de qualquer intenção que ele pudesse ter — porque todo mundo tinha uma intenção —, tinha mais informações do que qualquer outro feérico que encontrara até aquele momento, e seria estúpida ao ignorar isso.

Era o único a seguir.

Então ficaria com ele.

13.

Rubezahl se levantou e fez sinal para que o seguisse. Ele me levou de volta à entrada da mina de carvão.

— Aqui devo deixá-la, jovem. Mas não sozinha.

Ele virou a cabeça por cima do ombro e soltou um assobio agudo que soou como o crocito de um falcão. O som ecoou pelas árvores e pareceu ser carregado pelo próprio vento.

Fiquei ali, esperando pacientemente. Outra lição que aprendi em Underhill foi a importância de manter a boca fechada. Não que sempre me lembrasse daquela pequena lição, mas tentava.

Minha paciência foi recompensada. Alguns momentos depois, uma figura camuflada surgiu como um fantasma por entre as árvores ao nosso lado, uma única arma pendurada em seu quadril. Não uma espada; uma pistola, de um tamanho decente.

Fiquei tensa, levando as mãos para minhas armas.

— Calma — Rubezahl disse. — Ele está comigo.

Já que Rubezahl parecia conhecer o humano armado...

O humano tirou sua balaclava, cortando meu pensamento.

Um emaranhado de cabelos castanhos se erguia em todas as direções, revelando um nariz afinado que aparentemente havia sido quebrado pelo menos uma vez. A barba por fazer em seu rosto era uma nova adição, mas... eu o *conhecia*.

Eu o encarei, de boca aberta.

— Drake? Você... quer dizer, é você mesmo?

Claro, eu sabia que ele estava em algum lugar do Triângulo, mas não esperava encontrá-lo. Não conversamos muito durante nosso treinamento em Underhill. Ele fora expulso e punido em apenas alguns meses. Havia muitos de nós no começo, mas sua boa aparência o fez se destacar. Isso, e o que haviam feito a ele.

Ele franziu a testa e balançou a cabeça.

— Eu conheço você?

Eu tinha mudado tanto ao longo do treinamento? Acho que a resposta dele dizia tudo.

— Kallik. Estivemos juntos em Underhill por um tempo antes de...

Eu me obriguei a não olhar para onde estivera sua mão esquerda.

Seus profundos olhos verdes me olharam de cima a baixo.

— Você conseguiu terminar o treinamento.

— Por muito pouco — eu disse, assentindo com a cabeça. — O Yarrow continuou tentando me expulsar.

Todo o corpo de Drake ficou rígido, mas Rubezahl bateu no chão com o pé.

— Crianças, devo atender a outros assuntos. Drake, garanta que Kallik e sua amiga sintam-se em casa. Elas serão nossas convidadas por um tempo.

O gigante se virou e se afastou, desaparecendo entre as árvores com uma força de abalar o chão.

Ergui a mão em um aceno.

— Obrigada.

Rubezahl continuou como se eu não tivesse falado nada. Drake, no entanto, era outra questão.

— Que porra você está fazendo aqui? Se terminou o treinamento, por que não aceitou um emprego? — Drake perguntou. — Quer dizer, geralmente esse é o objetivo, não é?

Eu entendia. Tínhamos começado com a mesma idade, mas agora era quase quatro anos mais velha que ele. Pela sua aparência, ele tinha apenas um pouco de sangue humano, apenas o suficiente para ser enfiado no treinamento em Underhill em vez da corte Seelie.

Suspirei.

— Eu me expulsei.

— Você... — Ele piscou algumas vezes e então balançou a cabeça. — Isso não pode estar certo. Me lembro de você agora. Foi intensa logo de cara. E era magricela, sem peitos. — Ele sorriu de repente, exibindo dentes brancos e brilhantes. — Veja só, eu também pensei que você ia morrer na primeira semana, então estamos quites.

Ele saiu da linha das árvores, e comecei a acompanhá-lo, mais uma vez dando meu melhor para não olhar para a ponta do braço mais próximo de mim.

— É demais esperar que o Yarrow esteja morto?

— Pensei que vocês dois fossem amigos... — falei. — Quer dizer, todo mundo queria ser amigo dele no começo. — Incluindo euzinha, por mais que odiasse admitir isso agora.

Drake lançou um olhar na minha direção.

— É, nem tanto. — Ele ergueu o braço esquerdo. — Isso é culpa dele. Ele colocou toda a culpa em mim. Foi ele quem roubou o bálsamo de cura.

Meu queixo caiu.

— O Yarrow fez isso?

Porra, é claro que fez. Aquele bastardo, mentiroso.

— Sinto muito, Drake. Ninguém merece o que fizeram com você. Você tinha apenas dezesseis anos. É quinhentas vezes pior que tenha sido punido por uma coisa que não fez. Que merda isso.

Ele colocou a mão direita no cabo da arma.

— É passado. Estou tentando seguir em frente. O Ruby... é um cara legal, Kallik. Cuidou de mim mais do que meu próprio povo. Ele me ajudou a descobrir o que quero na vida e a como seguir em frente mesmo com isso. — Ele bateu no cotoco com a outra mão.

Fiz uma careta.

— Você fala dele como se fosse de uma espécie diferente. Ele é feérico também, assim como nós.

— Sim e não — Drake disse, e ficou quieto.

Ele nos levou de volta à mina, onde os grandes buracos no chão eram a única evidência da luta entre gigantes.

— Esse é o seu carro? — Drake apontou para a SUV.

— Por enquanto. Uma pessoa está aguardando lá dentro. — Assim espero. Exceto para cozinhar, Hyacinth não era do tipo paciente.

— Você trouxe seu namorado com você? — ele bufou.

— É minha amiga — eu corrigi.

— Não pensei que você jogasse para esse time; não depois do tanto que você ficou caída pelo Yarrow — Drake comentou.

Não havia nada de errado em ele dizer aquilo — o comentário era simplesmente a verdade. Lembrar a minha estupidez naquela época, que eu felizmente tinha abandonado ao crescer, ainda doía depois de todos esses anos.

— Presta atenção. — Coloquei a mão no peito dele, parando-o, mas também apalpando sua arma humana. Arma de plástico? Então foi assim que ele conseguiu segurá-la, embora tivesse que haver peças de ferro no interior. — O Yarrow tentou me matar em Underhill, então ele e eu dificilmente estamos no que eu chamaria de bons termos. Se eu tivesse a chance, eu o mataria assim. — Estalei meus dedos no ar.

Drake deu um sorriso.

— Acho que vamos nos dar bem, então. Mesmo você não jogando para o meu time.

Houve algum mal-entendido, mas apenas balancei a cabeça e deixei que ele nos conduzisse até a SUV, de onde Cinth espiou pela janela para verificar o barulho. Assim que me viu, ela abriu a porta do carro e correu para mim, deixando cair a faca. Lá se foi sua proteção.

Peitos e bunda balançando, ela me agarrou em um baita abraço de urso e me levantou do chão.

— Droga, Alli! Você não pode fazer isso. Meu pobre coração não aguenta. Gigantes se arremessando, e você e o Faolan lutando contra eles como demônios encarnados.

Ela me pôs no chão e então me deu um soquinho no estômago.

Dobrei o corpo e fingi me engasgar.

— Não! Não me machuque mais!

Ela me deu um tapa na parte de trás da cabeça para finalizar, como se Drake não estivesse ali, olhando boquiaberto.

Eu me endireitei devagar.

— Drake, essa é minha irmã, Cinth.

As palavras escaparam — a gente se chamava de irmãs, mas não em voz alta perto dos outros.

Hyacinth me dirigiu um olhar antes de voltar sua atenção para Drake, confusa.

— Prazer, Hyacinth.

Pigarreei no silêncio que seguiu, ele tentou não olhar para a cicatriz dela, e ela tentou não olhar para o cotoco dele.

— Vamos indo, então?

— E para onde, exatamente, estamos indo? — Cinth perguntou.

Drake grunhiu.

— Para a casa do Ruby.

Ergui as sobrancelhas. A verdadeira casa dele? Achei que fazia sentido, com ele avaliando minha magia e tudo mais, mas esse arranjo me manteria bem mais perto dele do que eu imaginava.

Entramos na SUV e, seguindo as instruções de Drake, dirigimos para o leste — avançando mais além no Triângulo.

— Quanto tempo mais?

Virei à esquerda a pedido de Drake e olhei de soslaio para o homem de cabelo castanho que estava esticado e confortável no banco do passageiro. Tudo bem, tinha que admitir que ele era um colírio para os olhos.

— Pouco menos de uma hora de carro. Seria mais rápido com o tempo bom, mas tem muito mato e neve para atravessar — Drake disse.

Pelo jeito, não seria hoje que eu chegaria à entrada de Underhill. Fervilhei de frustração, mas me forcei a ficar calma. Realmente precisava inspecionar as coisas com luz, de qualquer maneira.

Em menos de dois minutos, Drake tinha se virado para conversar com Cinth, como se fossem melhores amigos havia anos. Entre isso e a maneira como ele ficava tentando olhar mais o decote dela, considerei espetá-lo nas costelas toda vez que chegava a um cruzamento, apenas para fazê-lo parar.

A hora passou rapidamente enquanto eles conversavam e eu dirigia, e logo contornamos uma colina curva e a "casa" apareceu.

Eu esperava que fosse grande — Ruby tinha seis metros, afinal —, mas não *aquilo*. Era um enorme castelo construído com uma bela madeira polida. A porta era larga o suficiente para acomodar um gigante do tamanho de Ruby e, após uma inspeção mais atenta, vi que, enquanto a ala esquerda do enorme edifício era de um único andar grande o suficiente para Rubezahl ou qualquer outro feérico gigante, o outro lado parecia ter três andares de tamanho normal.

Muito espaço para qualquer feérico aleatório que aparecesse.

— Santa cócega de beterraba! — Cinth soltou enquanto eu estacionava o carro ao lado do castelo. — Aposto que a cozinha é incrível. *Por favor*, me diga que é incrível. Se tiver bancadas de mármore, posso ter um orgasmo aqui mesmo.

Drake sorriu para nós duas, rindo dela.

— Vamos, eu te mostro tudo. Não sei nada sobre cozinhas, então você terá que julgar por si mesma.

A cozinha não me interessava tanto quanto o simples fato de que aquele lugar existia — e eu não tinha ouvido falar sobre ele até aquele exato momento.

Como os humanos não o encontraram?

As cortes sabiam disso?

Por que não ouvi nenhum boato?

Se achei o prédio impressionante por fora, fiquei ainda mais impressionada quando entramos pela porta principal. As paredes com revestimento de madeira, cobertas de intrincados entalhes de lobos, corvos, orcas e águias, me lembravam as casas comunais do povo da minha mãe. Algumas das portas eram formadas por costelas de baleias, e a madeira em toda a casa tinha sido polida até ficar com um brilho marrom-avermelhado. Aqui e ali, as janelas tinham bolhas por terem sido feitas à mão. Nada havia sido comprado na loja de materiais de construção.

O que mais me chamou a atenção foi a quantidade de ferro que havia no local; dobradiças de ferro forjado marteladas à mão, os amassados no metal dando ainda mais personalidade ao edifício.

Não pude resistir. Passei um dedo por uma das dobradiças e soltei um silvo baixo de dor.

— Os moradores locais nos ajudaram com isso — Drake disse. — É um lembrete de que não somos imortais ou infalíveis. Um sentimento que o Ruby diz ter trazido os feéricos a esse ponto baixo em nossa história. Muito orgulho.

— É mesmo? — murmurei. Em Unimak não havia ferro em lugar nenhum e, se havia, estava envolto em plástico ou alguma outra coisa para mantê-lo longe da nossa pele. Como a arma que Drake carregava.

Aqui, o ferro estava em todos os lugares para onde eu olhava.

Parte de mim ficou impressionada. Ok, fiquei toda impressionada. Era uma jogada ousada. Arriscada.

— Bem — Drake chamou nossa atenção. — Talvez ele esteja certo. Talvez não. Tudo o que sei é que as coisas acontecem por uma razão. Tem que ter uma explicação para o colapso de Underhill, certo?

Uhum, e ele estava olhando para ela.

— Concordo — eu disse suavemente, olhando para o ferro ao redor mais uma vez e pensando em como ele me queimava ao menor toque.

Orgulho e ferro. Ambos destrutivos para os feéricos de maneiras que eu conhecia muito bem.

14.

—Sou convidada aqui, lembra? — eu perguntei, brincando com as chaves do carro.

Drake caminhou ao meu lado em direção à suv — pelo menos era para onde eu estava indo. Ele e seus cachinhos castanhos pareciam pensar que eu deveria voltar para dentro.

Mas, segundo meu raciocínio, logo amanheceria.

O que significava luz.

O que significava que eu chegaria na entrada para Underhill, ele querendo me levar ou não.

— O Rubezahl queria te acompanhar — Drake repetiu.

— E eu quero uma cócega de cereja e beterraba — respondi.

Ele interrompeu o que estava prestes a dizer.

— Hã?

Meu rosto relaxou.

— Estamos falando sobre o que queremos, não estamos? Eu também queria um *chai latte*, se vamos continuar com isso. Leite integral, nada dessa porcaria de leite desnatado.

Drake revirou os olhos, um canto de sua boca se erguendo em um meio-sorriso que... me interessou. Não havia como negar que Drake era agradável aos olhos, e parecia que ele poderia ficar na minha vida por um tempo. E odiava Yarrow, o que mostrava bom senso.

Claro, aquele era o pior momento para me interessar por alguém, então deixei esses pensamentos de lado enquanto abria a porta da SUV.

Drake colocou a mão direita no metal frio, fechando-a logo em seguida. Movendo meu olhar de sua mão para seu rosto barbudo, levantei uma sobrancelha.

— É aqui que você me diz que sou realmente uma prisioneira e que a história de ser convidada era um golpe?

Algo cintilou em seus olhos, e seus lábios se contraíram.

— Não, a menos que você queira jogar esse jogo, Kallik.

Bem, certamente não lhe faltava autoconfiança.

— Saia do meu caminho e fique aqui, ou saia do meu caminho e se junte a mim. Depende de você — eu disse.

Já tinha conseguido tirar dele a localização da entrada na noite anterior com apenas um pouco de ajuda.

Cinth podia, ou não, ter trazido algumas garrafas da cerveja caseira de ogro com a gente, e eu podia, ou não, ter batizado a bebida de Drake.

Eu nunca diria, e Cinth ainda estava dormindo com a quantidade que havia ingerido — e, sim, também coloquei um pouco da cerveja de ogro em sua bebida para fazê-la dormir enquanto eu investigava.

Drake gemeu e aceitou minha segunda oferta. Esbarrando em mim, deu a volta no carro para se sentar no banco do passageiro.

— Estou feliz que fizemos um acordo — disse quando entramos.

Ele olhou para mim, e logo deu em uma risada triste.

— Você vai me colocar em apuros, isso está claro como o dia.

Aham.

— E a menos que você queira que eu comece a pensar seriamente que Rubezahl armou para mim e que você é realmente meu carrasco, é melhor ir explicando — eu disse.

Dando ré entre duas árvores, girei o volante e voltei pelo caminho pelo qual tínhamos vindo na noite anterior, chacoalhando pela trilha irregular.

Estávamos mais perto da entrada agora do que na noite anterior, e eu lutava para evitar que meus dedos batucassem de ansiedade. Não estava longe. O que abafou um pouco os sussurros de advertência me dizendo que sem querer eu havia me aproximado rápido demais dos párias.

Sem dúvida, Rubezahl de fato pretendia me acompanhar até a entrada mais tarde.

Indo sozinha, senti como se estivesse estabelecendo um limite claro.

Ele não era *meu* guia ou protetor, mesmo que agora eu realmente acreditasse que ele abraçava esse papel para os outros feéricos párias. Não tínhamos feito nenhum acordo além de sua oferta de treinamento em magia.

Drake se esparramou no banco do passageiro como fizera no dia anterior, afastando as coxas e esfregando o rosto com a mão. Sim, a ressaca foi séria.

— Olha, você sabe que fui designado para te ajudar a se instalar, o que significa que você é minha responsabilidade no momento. O Ruby pode ser do tipo paternal, mas ele não gosta de um trabalho malfeito, então, a menos que ele diga o contrário, interpretarei seu pedido como uma ordem para segui-la até a entrada. Não que você precise de minha proteção — ele murmurou. — Você tem armas suficientes para cuidar de si mesma.

Havia uma amargura em sua voz, e eu podia apostar que seus pensamentos se voltaram para o futuro que Yarrow havia roubado dele.

— Às vezes é bom ter um corpo extra por perto. Você sabe, se for cem contra um.

— E se for apenas noventa e nove?

Era tão raro flertarem comigo que quase perdi a cadência provocante em sua voz. Na verdade, se eu não tivesse testemunhado as, literalmente, centenas de cantadas dirigidas a Hyacinth, talvez não tivesse percebido que era isso o que Drake estava fazendo.

Na verdade, foi bem legal.

Eu o olhei de cima a baixo.

— Se tiver noventa e nove, não se preocupe em intervir. Não faz sentido nós dois suarmos.

Ele deu uma risada agradável.

— Bem, a menos que seja isso o que queremos.

Ele estava se referindo a sexo? Foi como soou para mim. E fiquei surpresa com quanto aquilo me tentou.

— Antes de ficarmos suados juntos, me conte um pouco sobre você.

Drake olhou para mim, um interesse brilhando naqueles olhos verdes. O quê? Não esperava que eu flertasse? Não tinha certeza se eu iria até o fim, mas, sendo sincera, não conseguia me lembrar da última vez que me divertira flertando assim. Eu era muito vidrada em Faolan quando era jovem, e após esse período me fechei para qualquer coisa que pudesse interferir no treinamento, depois do meu péssimo julgamento de Yarrow.

Talvez jogar um azeite não fosse uma má ideia.

— Para a esquerda — ele disse. Depois que fiz a curva, continuou: — Não há muito mais a dizer. Você sabe que fui treinar. Não podia voltar para a facção da Louisiana depois do que aconteceu, então fugi para cá com uma mão a menos. O Ruby me acolheu quando estava perdido. Para ser honesto, me orgulho disso. É uma vida simples; e pacífica. Nós nos ajudamos uns aos outros e trabalhamos juntos, nos mantemos sozinhos. Talvez não seja a vida a que eu aspirava viver, mas agora não teria outra.

Será que ele percebeu quão atraente sua vida descomplicada parecia? Nunca aspirei a mais do que um teto estável sobre minha cabeça. Sua situação parecia perfeita. Exceto pela amputação injusta da mão, é claro.

— Você nunca sente falta da sua corte?

Ele deu de ombros.

— Tem menos papo furado por aqui. As pessoas são melhores. Estamos muito ocupados sobrevivendo para ligar para joguinhos.

O céu era de um cinza profundo entre a noite e o dia, e enquanto eu observava o pequeno conjunto de árvores, refleti sobre suas palavras.

Havia muito papo furado na corte — em ambas as cortes, imagino —, mas nem todas as pessoas envolvidas eram ruins. E embora eu revirasse os olhos com a postura de alguns dos feéricos do alto escalão, não acho que estavam além da redenção também. Adair era outra história, é claro.

Me lembrei da matrona dos órfãos dizendo uma coisa, que repeti:

— O poder tende a corromper, e o poder absoluto corrompe por completo. Grandes homens e mulheres são quase sempre maus.

Drake olhou na minha direção.

— Bem profundo.

— Sou cheia de camadas. — Sorri para ele, embora minhas palavras ecoassem na minha cabeça.

— E você, Alli? — Drake perguntou em voz baixa. — Fale de você.

— Já estamos nos tratando por apelidos?

— Você não gosta?

Apertei os lábios.

— Preciso pensar.

— Faça isso. Enquanto pensa, pare aqui um pouco. Vamos estacionar aqui e andar o resto do caminho; suponho que você queira privacidade para o que quer fazer aqui.

Fiquei tensa, tentando não deixar transparecer.

— Por que você acharia isso?

Ele me olhou de lado.

— Você tem essa aura. Suspeita, tensa e misteriosa.

Bufei, estacionando a suv fora da vista da estrada principal.

— É mesmo?

— Não disse que era uma coisa ruim. A maioria dos recém-chegados fica assim um tempo. O Triângulo não tem a melhor das reputações, e os feéricos que vêm aqui, bem, geralmente não têm opção.

— Não brinca. Ouvi dizer que estão desaparecendo muitos humanos. É verdade?

Ele franziu a testa.

— É uma área isolada; e hostil até mesmo para aqueles que cresceram aqui. Clima imprevisível e criaturas mais poderosas que humanos. As pessoas nem sempre são espertas e, mesmo que sejam, a natureza ainda pode arrastá-las.

Fiquei refletindo sobre isso, seguindo Drake para as árvores, curvando os ombros contra o frio cortante que já penetrava nas camadas de roupa.

— Acha que todas aquelas pessoas desaparecidas foram levadas pela natureza? Ouvi dizer que os humanos atribuem isso a uma coisa tipo o Triângulo das Bermudas.

Ele suspirou.

— Claro que atribuem. Sempre procurando uma desculpa para sua própria estupidez.

Uau.

— Não é fã de humanos? — perguntei.

Drake olhou para trás, corando ligeiramente.

— Desculpe. Isso é apenas a amargura falando. Eu nem sempre quis estar aqui, lembra? Não é fácil ficar confinado a certas partes do mundo. Eu... não lidei bem com isso por um tempo, e é fácil cair nos velhos hábitos agora que Underhill se foi.

— Entendo isso. Deve piorar a sensação de estar preso, sabendo que você não pode mais escapar para o reino feérico.

Mesmo que Underhill fosse tão capaz de nos matar quanto de ser gentil, pelo menos era um lugar para todos os feéricos. Até para os excluídos.

Ele voltou a andar, os ombros tensos enquanto se curvava contra o frio. Um segundo se passou antes que ele respondesse:

— Acho que sim.

Estudei suas costas. *Então tá.*

— E a entrada, hein?

— Essa área ficou bastante movimentada com ambas as cortes verificando as coisas. Estão todos em busca de respostas.

E as chances de eu encontrar algo novo eram mínimas.

— O que acha que aconteceu com Underhill?

Drake diminuiu o passo, e eu me agachei ao lado dele um momento depois, em um conjunto de árvores ao redor de uma clareira. *Aquela* clareira, na verdade. Grande parte da grama estava carbonizada. Foi ali que tudo aconteceu.

Ele engoliu em seco e me encarou na madrugada fria.

— Essa é uma pergunta para Rubezahl.

— Por quê?

— Porque é ele que vai decidir quando você é digna de nossa confiança.

Merda. Parecia que ele sabia de alguma coisa. Significava que eu não tinha nada a ver com isso, afinal?

Enquanto o pensamento girava em minha mente, Drake virou a cabeça em direção à clareira.

— Mas uma coisa é certa: alguns dias atrás, o chão tremeu tanto que nós sentimos da casa. Seguimos as vibrações até a clareira, e a entrada para Underhill tinha desaparecido. Agora está dura como gelo. Entende o que eu quero dizer?

Eu tinha atravessado a entrada duas vezes. Qualquer humano que tivesse vagado por ali não teria notado nada fora do comum — apenas uma superfície sólida e com grama —, mas para um feérico era como entrar em um oceano. Aqueles com magia só precisavam continuar andando até ficarem submersos. O mundo então virava de cabeça para baixo, sacudia um pouco, e pronto: estávamos em nosso reino natal. A passagem era uma região onde os fios mágicos da Terra se encontravam, combinados do outro lado com um vórtex de magia em Underhill. Acho que, porque havia um grande poder em ambos os reinos no mesmo local, isso enfraquecia as barreiras naturais.

Examinei a área, procurando atentamente por alguma companhia indesejada.

Faolan poderia estar literalmente à espreita no meio dos restos carbonizados da entrada. Talvez não ter vindo com Rubezahl não tenha sido uma boa ideia.

Tarde demais.

— Fique aqui — eu pedi.

Saí sem esperar a resposta dele. Primeiro, o mais importante.

Sabia a resposta, mas não pude deixar de pagar para ver. Atravessei a antiga entrada.

A descrição de Drake era perfeita. *Dura como gelo*.

Parecia ser um solo normal, em outras palavras — no Alasca, solo congelado.

Comecei a inspecionar toda a clareira, procurando por qualquer coisa fora do comum. Nada saltou aos olhos, o que não me surpreendeu. As equipes de investigação já teriam removido qualquer coisa útil.

Exceto que certas evidências não podiam ser apagadas ou removidas. A magia sempre deixa uma marca.

Indo para o meio, fechei os olhos e estiquei os dedos, ao mesmo tempo me abrindo para a magia dentro de mim. Comecei pela área ao redor dos meus pés — a parte mais profunda da entrada fechada —, e fui lentamente expandindo o foco até a linha das árvores. Drake apareceu como uma massa de fios azuis vibrantes — quase um novelo de lã em forma humana.

As árvores não estavam emitindo a magia exuberante e verdejante que eu esperava devido ao seu isolamento e sua idade. Na verdade, a cor estava toda errada: verde-amarelo onde deveria ser verde.

As árvores mais próximas da entrada eram as mais fracas — seus fios quase como teias —, enquanto as mais distantes estavam em melhor estado.

Expandi meus sentidos para o mais longe possível, tentando avaliar a extensão do problema, e a mancha verde-amarela foi até onde meus sentidos podiam alcançar.

Em contraste, o solo sob os pés não tinha *nada* disso. Era um buraco negro mágico. A pura massa de magia que uma vez residiu ali havia sido, para todos os efeitos, apagada como um cigarro pisoteado.

Sinto muito que isso tenha acontecido com você. Não pude deixar de pedir inutilmente desculpas para a área esgotada. A falta de magia ali parecia tão... abominável.

A magia não apenas *some*. Havia uma sólida razão por que Seelies e Unseelies tivessem que coexistir. Quando Seelies usavam magia, eles criavam vida. Quando Unseelies usavam magia, eles a drenavam. A equação mágica se equilibrava quando habitávamos os mesmos lugares. Era por isso que as duas cortes sempre compartilhavam uma área.

Esse pensamento me trouxe de volta à questão: a magia podia ser equilibrada ou desequilibrada, mas não se *consumia* daquela forma, não sem deixar rastros, e também não explodia. Se a magia não estava ali, então tinha que estar em outro lugar. Mas se alguém a tivesse movido, fizeram sem deixar rastro — algo que deveria ser impossível.

Eu me agachei e empurrei a ponta dos dedos no chão preto, que estava mole depois da neve do dia anterior.

Eu tinha feito aquilo?

Será que eu havia *consumido* a magia de alguma forma?

Balancei a cabeça.

— Teve sorte? — Drake perguntou.

Sorte. Se ele quis dizer respostas, então não.

Agora eu tinha mais perguntas, na verdade, mas isso não era uma coisa ruim.

— Não. Você sente quão estranha é a magia residual aqui?

Os feéricos tinham habilidades variadas com magia. Alguns eram melhores em senti-la do que em praticá-la, e outros se destacavam em aprimorá-la em habilidades úteis, como a de desaparecer dos Unseelies. Drake podia não ver o que eu estava vendo, e se fosse esse o caso, eu não queria dar a informação.

Ele assentiu.

— A área parece drenada, você não acha?

Usei minha visão mágica novamente. *Drenada* era uma excelente palavra para isso. Era como se Underhill tivesse puxado o máximo de magia possível antes de se fechar.

— Até onde vai o dano às árvores?

— Até Healy.

Não consegui conter uma exclamação de surpresa. Nós dirigimos por uma hora desde Healy ontem.

— Até lá?

— Em todas as direções.

Houve um baque surdo a distância, e nós dois ficamos tensos. Eu mal tinha terminado de lançar minha magia; Drake foi mais rápido.

— Seelies — ele rosnou enquanto se virava, os olhos semicerrados. — Ainda não nos viram.

Se eu me concentrasse, poderia ver a magia deles — uma mistura feroz de azuis, verdes e dourados brilhantes —, o que significava que eles veriam meu índigo profundo se decidissem olhar.

— Rápido. Para as árvores — ele pediu.

Não precisava falar duas vezes. Eu me juntei a ele, que não perdeu tempo e me ergueu em seus braços como se eu fosse uma donzela em perigo.

Abri a boca para dizer que não precisava ser salva, mas ele fechou os olhos e um calor estranho deslizou pela minha cabeça até a ponta dos meus pés.

Meu olhar encontrou o dele, e estudei seu peito largo — procurando a base mágica.

— Onde está sua magia?

— Mascarada. Mascarei a sua também. Precisava de contato corporal.

Lancei um olhar duvidoso — porque, jura? Mas ele nunca pareceu mais sério. Andando silenciosamente, Drake nos levou de volta pelo caminho em que tínhamos vindo.

Vozes chegaram a nós, vindas da extrema direita.

— Já procuramos aqui. Qual é o sentido de voltar? — alguém resmungou.

Congelei. Drake também.

Yarrow.

Não havia como confundir aquela voz. A cabeça de Drake girou tão rápido que me perguntei se ela sairia batendo nas árvores. Sua respiração ficou superficial e rápida. A versão despreocupada dele tinha ido embora — uma luz selvagem entrou em seus olhos.

Uma que falava de erros futuros.

— Se recomponha, Drake. Não é a hora. Eles devem estar em grupo. — Mantive minha voz baixa e calma, e apertei a mão dele.

Aqueles feéricos lá fora, todos eles eram possivelmente, no mínimo, Elite ou Medianos. Não seria uma boa começar uma briga sendo apenas nós dois.

Drake parecia não ter ouvido. Suspirei e alcancei seu torso. Atravessando as grossas camadas de roupa, descansei minha mão gelada na parte inferior de suas costas.

154

Sua respiração alterou-se, e ele voltou a atenção para mim.

— Para que isso?

— Esse tipo de raiva não leva a coisas boas. Se concentre — sussurrei.

As profundezas de seus olhos tomaram um brilho assassino.

— Não o vejo desde...

Tirei minha mão da roupa dele e apertei seu braço.

— Eu sei. E quando for a hora certa, você pode ter sua chance com ele. Mas seria um erro tentar hoje.

Ele piscou algumas vezes e soltou um suspiro.

— Vamos voltar para o carro — eu disse baixinho.

De volta à casa de Rubezahl.

Porque ele estava certo. A resposta para aquele enigma certamente estava enterrada na magia, mas eu tinha a sensação de que minha magia era apenas uma peça do quebra-cabeça.

15.

Demos um passo para dentro da casa de Rubezahl, e suspirei de contentamento quando um aroma quente e glorioso expulsou as perguntas que rondavam pela minha cabeça. Pelo menos por enquanto.

— A Cinth está cozinhando. Vamos!

Agarrei o braço de Drake e o arrastei pela casa, seguindo meu nariz. Porque se eu estava certa, ela estava assando pão de fadinha e preparando algum tipo de geleia de frutas para acompanhar, e eu não ia perder uma única fatia.

Não tive que arrastá-lo por muito tempo.

— Glorioso Lugh, é o que eu estou pensando que é?

Ele olhou para mim, e então nós dois começamos a correr a toda velocidade direto para a cozinha, como crianças.

Cinth não estava sozinha. Ela estava — para nossa surpresa — no centro de um grupo de homens feéricos em vários estágios de completa adoração.

Sério. Como eles a encontravam tão rápido?

— Escutem, meninos, eu disse a vocês que tinha que guardar pelo menos um pouco para minha irmãzinha. Esse é o favorito dela, e ela teve uns dias difíceis.

Cinth olhou para cima enquanto Drake e eu lutávamos para chegar à bancada da cozinha.

A comida realmente cheirava muito bem. Por algumas coisas valia a pena matar, e o pão de fadinha de Cinth com certeza era uma delas.

Mal olhei ao redor, mas mesmo dando uma rápida olhada eu soube que Cinth estava no paraíso da culinária. Tudo era de alta qualidade, com acabamento em madeira envernizada e mármore — maldito mármore! —, e as panelas e frigideiras eram de cobre brilhante, polidas como espelhos. Eu não era padeira nem cozinheira, mas poderia dizer que aquele lugar rivalizava com a cozinha do castelo em Unimak, e Cinth não tinha que lidar com duzentos outros chefs. O cozinheiro anterior — um sujeito que não fazia nada além de feijão e salsichas para o grupo — cedera alegremente seu lugar para ela.

— Por favorzinho.

Dirigi a ela um sorriso bobo que sempre a fazia rir.

Rindo, Cinth empurrou um prato de pão de fadinha fatiado para mim. Já com manteiga e uma geleia vermelho-laranja brilhante. Olhei feio para Drake enquanto ele pegava um pedaço.

Era bom que ele parasse por ali.

O pão era feito em camadas — uma massa de pão simples, uma mistura de pó de fadinha e açúcar, e manteiga derretida, tudo enrolado em uma massa que precisava ser assada na temperatura correta. O pão era exuberante e um pecado antes mesmo da adição da geleia agridoce fresca.

— Isso é geleia de frutas silvestres. As frutinhas estavam tão pequenas. — Cinth apertou os dedos para demonstrar. — Consegui colher tão pouco delas que os meninos aqui se ofereceram para ajudar. Mas valeu a pena, não acha?

Ela sorriu, alheia às expressões sonhadoras que eram lançadas em sua direção. Inferno, eu babaria o ovo dela por mais uma ou duas fatias. Mas não igual ao grandão loiro.

— Incrível — murmurei, e enfiei outra fatia na boca. Não tinha tomado café da manhã, e já passava da hora do almoço.

Ter um metabolismo rápido era ótimo e tudo, mas significava que ficar sem comer não era uma opção. Mal me abstive de lamber os dedos.

Uma batida suave na porta interrompeu o barulho estrondoso na cozinha. Uma mulher magra, ainda menor do que eu, ficou parada na soleira.

— Rubezahl está aqui, e gostaria de falar com você, Kallik de Casa Nenhuma.

Lavei as mãos rapidamente e olhei para Cinth. Ela assentiu e me deu uma piscadela, feliz em sua cozinha cercada por homens adoradores.

Seguindo a mulher, eu a observei. Ela mal chegava ao meu ombro, mas seus longos cabelos brancos caíam quase até ao chão em ondas suaves. Suas orelhas eram inclinadas, pontudas, como as de uma única espécie de feérico que eu conhecia.

Uma espécie que não devia mais existir.

As boas maneiras me impediram de deixar a pergunta escapar, mas vi seus ombros tensos, como se ela tivesse adivinhado o que havia na ponta da minha língua.

Na verdade, foi provavelmente isso o que aconteceu. Os feéricos místicos liam mentes, razão pela qual o grupo de Elite feérico os havia matado na última guerra. Ou pelo menos foi o que nos ensinaram na escola.

Engoli em seco e me concentrei. *Amo o cabelo dela, é tão lindo.*

Então, antes que eu pudesse mudar de ideia, aproximei-me dela e olhei para baixo. Suas maçãs do rosto estavam rosadas, mas havia um sorriso suave em seus lábios. Ela olhou para mim, suas bochechas corando em um tom mais forte de rosa quando acenou para a enorme porta de seis metros bem à frente.

— Ele está te esperando.

— Obrigada. — Acelerei o passo. Não que eu tivesse medo dela, mas... uma leitora de mentes não era a pessoa ideal para ter por perto quando você tinha segredos.

Reprimi meus pensamentos rebeldes, pensando em pão de fadinha até que a mulher estivesse fora de vista. Ela nem se apresentou, o que foi bom, já que eu teria que evitá-la como uma praga.

Um pensamento solto sobre meu possível envolvimento na destruição de Underhill e eu estaria acabada.

— Que merda, Lugh — murmurei enquanto batia à porta.

— Entre — a voz de Rubezahl ecoou pela madeira grossa. Pisquei e olhei para a porta, meus olhos pousando nos entalhes feitos por uma mão experiente.

De um lado estava a lua crescente da corte Unseelie, cercada por animais noturnos. Morcegos, lobos, pumas e corujas, para citar alguns. E do outro, o sol da corte Seelie cercado por ursos, pássaros, veados e águias. Passei o dedo sobre os dois símbolos, uma pontada reverberando em meu coração quando os pensamentos sobre Unimak me atingiram. Mal senti falta da ilha durante o treinamento — tirando Cinth e minha mãe —, mas estava percebendo que era porque sempre esperei voltar.

Agora, talvez nunca mais volte lá. Não que a vida dos feéricos no Triângulo não me atraísse até certo ponto, mas também não queria abandonar meus antigos sonhos.

Um lugar só meu foi a única coisa que me fez continuar indo em frente nos últimos oito anos.

Suspirando, entrei no escritório de Rubezahl.

Ele estava sentado em um trono enorme esculpido em um toco de árvore. O chão era apenas isso — terra. Não havia piso, e minhas botas não faziam barulho na terra batida. O fogo que crepitava em uma lareira quadrada, feita de pedra de rio e tão alta quanto eu, afastava o frio.

Legal.

— Jovem, vejo que você foi até a entrada de Underhill por conta própria.

Não havia repreensão em sua voz: estava apenas contando os fatos.

— Fui.

Balancei a cabeça firmemente enquanto assumia minha postura de treinamento. Pés na largura dos ombros, mãos dobradas atrás das costas — uma mão segurando o outro punho —, olhar fixo para a frente.

— Pode ficar à vontade, Kallik. Não sou nem seu mestre nem seu senhor. Só queria ir com você para ver sua reação ao dano causado a Underhill.

Ele se recostou no trono e puxou um cachimbo de algum lugar sob suas roupas.

— O que você viu?

Foi aí que as coisas ficaram complicadas. Precisava de sua ajuda, mas não podia revelar todos os meus segredos.

— O Drake disse que parecia drenado, sem vida, e também achei.

— Ele me contou as impressões dele. Gostaria de saber as suas. O que você viu e sentiu?

Franzi a testa e olhei para ele. Espirais de fumaça saíam de seu cachimbo enquanto me observava.

— Parecia vazio — eu respondi. — Como se nunca tivesse existido nenhuma magia lá.

Ele tragou algumas vezes, sem deixar de encarar meu rosto.

— Interessante.

Lá estava aquela palavra novamente.

— As tropas Seelie chegaram, então não consegui ficar tanto tempo quanto gostaria. — Minhas palavras transbordavam frustração.

— Você pensou que poderia resolver a questão de Underhill em um dia? — Ele riu; baixinho para ele, eu suponho, mas para mim era um estrondo impressionante. — Jovens nunca mudam.

Ele fez um sinal para que eu me sentasse à sua frente, e me aproximei do banco de madeira áspera do tamanho de uma pessoa, perto da lareira. Vapor subia de uma caneca de pedra apoiada na madeira, e ele apontou para ela com seu cachimbo.

— Isso não é nada mais do que chá quente com ervas e mel. Eu tenho uma queda por ervas. Gostaria de sua opinião sobre a combinação.

Bem, foi uma mudança abrupta de assunto. Peguei a xícara e tomei um gole. Os sabores revestiram minha língua e minha garganta, aquecendo-me quase como um licor doce em uma noite fria. Meus músculos relaxaram, e meu primeiro pensamento foi que aquela seria uma bebida muito boa para a noite.

— Agradável. Gosto do toque de bordo. Compensa a camomila.

Ele sorriu.

— Você passou um dia com a gente, Kallik de Casa Nenhuma. Pensou mais sobre minha oferta para se juntar a nós? Poderia treinar nosso povo para se proteger e, em troca, eu a ajudaria a compreender melhor sua magia. Uma área que posso ver que não foi devidamente desenvolvida.

Tomei outro gole.

— E a Hyacinth?

Seu sorriso se alargou.

— Acredito que os feéricos aqui já caíram sob o feitiço dela e se revoltariam se eu sugerisse que ela fosse embora.

Eu ri, derramando um pouco de chá na minha calça. Limpei.

— Ela tem um dom.

— Tem mesmo.

Ele tragou seu cachimbo mais algumas vezes.

— O que você acha da minha oferta?

Sabia o que deveria fazer: pedir mais tempo. Enrolá-lo o máximo de tempo possível sem ter um compromisso sério. Porque sabia de fonte segura que os Perdidos estavam sendo vigiados, e não queria ser pega.

Mas não foi isso que eu disse.

— A Hyacinth precisará fazer sua própria escolha, mas eu aceito.

As palavras saíram de mim antes que eu pudesse pensar nelas. Apertei os dedos ao redor da caneca de pedra, o calor me acalmando. Aquela parecia ser a melhor escolha. E não era como se eu de fato tivesse outra opção. Era provável que Hyacinth escolhesse ficar também, e depois de falar com Drake... bem, ele estava certo. Simplesmente não havia nenhuma conversa fiada ali. Meu coração ficou pesado com a ideia de perder Unimak, de deixar o túmulo de mamãe para trás, mas as coisas que eu mais queria — uma casa, liberdade —, eu poderia tê-las aqui um dia.

Rubezahl se inclinou para a frente e estendeu a mão. Coloquei minha palma contra a dele e senti um formigamento entre nós. Não de uma forma sexual, mas sim como se sua magia estivesse encontrando a minha. Nossos olhares se encontraram e se fixaram um no outro.

— Vamos nos ajudar — ele disse. — Como uma família.

Com um nó na garganta, levantei-me rapidamente. Família não era pouca coisa para mim, então ele teria de esperar um tempo até que eu dissesse essas palavras de volta — talvez esperasse para sempre.

— Obrigada, Ruby.

Ele assentiu.

— Descanse, jovem. Nos encontraremos novamente em breve. Receio que haja muita coisa que requer nossa atenção.

16.

cordei no breu com o som de madeira rangendo levemente. O guincho veio de novo, uma lufada de ar frio noturno entrando junto com o som.

Não me movi, continuei respirando de forma lenta e longa enquanto fingia dormir. Uma tábua do chão rangeu do lado esquerdo da cama quando outra lufada de ar frio entrou pela janela.

Chutei com uma perna, satisfeita com um profundo *uff* de quando acertei o intruso na coxa. Ficando de joelhos, eu o agarrei pelo pescoço em um aperto mortal. Pelo menos esse era o plano. Teria dado certo sem problemas com qualquer outra pessoa, menos com *ele*.

Os olhos de Faolan brilharam à luz da lua quando ele se desvencilhou dos meus braços, me virou e me prendeu de volta na cama. Cruzei minhas pernas ao redor de seu corpo e quase consegui reverter nossa situação, mas ele empurrou o quadril para baixo e prendeu meus pulsos acima da minha cabeça.

— O que em nome da bola esquerda de Lugh você está fazendo aqui? — sibilei para ele como se ele não estivesse no controle.

Faolan fez uma careta, sem dúvida por causa da referência ao avô.

— Estou em uma missão de reconhecimento.

— E você encontrou *minha* janela assim, por acaso? — Joguei a cabeça para a frente, tentando pegá-lo com uma cabeçada. Ele saiu da zona de perigo, evitando-me com facilidade.

Droga, eu era uma das melhores lutadoras do meu grupo de treinamento. Por que ele estava constantemente me superando?

— Que tal você me deixar sair desse abraço fofo e fazermos disso uma luta de verdade?

— Não sou tão burro, e já te disse, Órfã: eu posso te encontrar em qualquer lugar. — Ele olhou para mim, e eu olhei para ele, tentando não notar as manchas de arco-íris em seus olhos, que pareciam brilhar mesmo no escuro. Tentando não pensar em quanto queria vê-lo assim, posicionado sobre mim, em circunstâncias muito diferentes.

— De novo, *por que* você está aqui? — rosnei, contorcendo-me embaixo dele, tentando encontrar uma maneira de tirá-lo de cima de mim.

Seu olhar se estreitou quando eu balancei e as molas da cama rangeram.

— Pegando uma geral da casa.

Isso não parecia ter nenhuma conexão com uma investigação do desaparecimento do reino feérico. Congelei.

— Você não está aqui por causa de Underhill, está?

Ele não desviou o olhar, mas sua mandíbula se apertou.

— Precisamos lidar com os Perdidos antes que causem mais caos.

Lidar. Sabia exatamente o que isso significava. Assassinar ou escravizar. Se as cortes decidiram fechar o cerco aos feéricos párias, deviam acreditar que Ruby e seu grupo eram a causa da queda de Underhill.

Em vez de tentar tirá-lo de cima de mim, mudei de estratégia. Em um movimento rápido, enrolei minhas pernas ao redor de sua cintura e o apertei firmemente a mim. Seus olhos se arregalaram, e eu ri.

— Não se gabe, Lan.

Apertei sua cintura com força, e ele tentou inspirar. Tentou e falhou. Graças aos grandes e fortes músculos da coxa humana. Sucesso. Posso não ter sido a mais rápida do meu grupo de treinamento, mas força e resistência sempre foram meus pontos fortes.

Ele estendeu uma mão para se libertar — mas foi um erro. O movimento liberou uma mão minha. Enfiei meu cotovelo em sua clavícula, e ele rosnou, nos derrubando no chão com um baque bem alto.

Eu não soltei, nem ele.

Faolan empurrou minha outra mão para baixo, deslizando o que parecia ser uma tira de couro ao redor dela. Meu queixo caiu quando ele *amarrou minha mão em seu cinto*.

Pelo menos dessa vez, quando tentei dar uma cabeçada nele, Faolan não conseguiu escapar. Bati minha testa na dele e vi estrelas.

Não, não estrelas. Minha magia explodiu inesperadamente, finas tiras coloridas saindo de mim e envolvendo Faolan. Sua magia respondeu, enrolando-se ao meu redor e apagando a luz.

Respirei fundo enquanto seus pensamentos enchiam minha mente.

Por que você está aqui? O que você está fazendo com os Perdidos? O que fez você fugir para tão longe de tudo o que sempre quis?

— Que porra é essa...? — Tentei me afastar dele, mas nossas magias continuaram... envolvidas uma à outra, cutucando, até que houve uma explosão de luz e uma cena passou pela minha cabeça.

Uma memória de não muito tempo antes, que eu repetia de novo e de novo.

A Oráculo estava diante de mim enquanto eu falava as palavras do meu juramento — minha felicidade e satisfação queimaram um buraco em cada coisa ruim que acontecera na minha vida. A última palavra do juramento saiu de meus lábios, e a Oráculo cobriu a lâmina de cristal com meu sangue, enfiando-a no chão.

Underhill explodiu e eu gritei com os outros.

— *Underhill não existe mais, Kallik de Casa Nenhuma* — a voz da Oráculo soou em minha mente. — *Você a destruiu.*

Engoli em seco, e Faolan grunhiu, nossa magia finalmente se soltando.

Eu me afastei dele, ou *tentei*. Ainda amarrada ao seu cinto, só consegui ajoelhar, trêmula. Faolan também se levantou, olhando para mim sem palavras.

— *Você...* foi você quem destruiu Underhill. — Em outra situação, eu poderia ter me divertido ao ver tanto choque e horror em um cara que não se emocionava. Mas não ali, não quando minha vida estava em jogo.

Balancei a cabeça freneticamente.

— Não... eu não sei o que aconteceu. A Oráculo sabe, talvez, mas ela desapareceu e ninguém sabe como encontrá-la.

Ele não acreditaria em mim. Trabalhava para a rainha Unseelie e era um de seus soldados favoritos. Ele me amarraria e me levaria de volta para a morte.

Não podia permitir que isso acontecesse.

Eu me obriguei a olhá-lo diretamente nos olhos.

— Não vou pegar leve, Lan. Não vou. Vou lutar com você a cada passo se você tentar me levar de volta. Estou aqui para... descobrir o que aconteceu. Tenho que consertar isso.

Seus olhos passaram sobre mim, e ele deu um passo para trás, arrastando-me com ele.

— *Porra.*

Isso resumiu tudo.

— O que, em nome da deusa, devo fazer com você agora? — Fez uma careta para mim.

Com essa pergunta pairando entre nós, a porta lateral se abriu. Hyacinth, que estava hospedada no quarto ao lado, enfiou a cabeça para dentro, os olhos ainda quase fechados.

— Se você e o Drake estão transando, podem fazer menos barulho? Uma garota precisa do sono de beleza dela.

A porta se fechou, e ela desapareceu.

Fechei os olhos, gemendo por dentro.

Assim que os abri, vi Faolan sorrindo para mim.

— Eu não estou... ah, minha deusa. Não é o que parece. — Eu queria me enfiar em um canto e morrer.

Talvez devesse apenas deixá-lo me levar de volta para Unimak, porque tinha certeza de que era isso o que esperava por mim.

166

Faolan passou a mão pelos cabelos negros.

— Órfã, você está em uma confusão muito maior do que eu jamais poderia imaginar.

Estou.

Encostei na parede, e ele se juntou a mim.

— Você não está me dizendo nada que eu já não saiba. Mas a questão é: você acredita em mim ou vai me arrastar para uma sepultura precoce?

— Opção C — Faolan respondeu, me desamarrando, desfazendo o nó em segundos.

Meus ouvidos latejaram. Talvez eu conseguisse escapar de Faolan. *Talvez*. Mas ele tinha truques que eu não tinha. E já tinha encontrado meu novo "lar", se esgueirado e de alguma forma tirado a verdade de mim com magia, algo de que eu nunca tinha ouvido falar.

— Qual é a opção C? E o que você acabou de fazer com sua magia para tirar essa memória de mim?

Sombras cobriam seu rosto.

— O que *você* fez?

— Eu? Não fiz nada. Nunca aconteceu comigo.

Olhei para ele, que falou baixo:

— A opção C é você me ajudar a descobrir o que aconteceu com a entrada de Underhill.

Esse era o melhor cenário para mim, mas não o deixaria saber.

— Depende. O que ganho com isso?

— Não arrasto seu traseiro para a rainha Unseelie, e você fica perto de mim. O que eu sei que você quer.

— Ah, por favor — zombei. — Você mudou, e eu também. Oito anos é muito tempo, Lan.

Ele empurrou a parede e me encarou.

— Continue se enganando, Órfã. O que você "ganha com isso" é que eu não vou, como você disse mesmo? "Arrastá-la para uma sepultura precoce". Dada a nossa história, estou disposto a te dar a oportunidade de provar sua inocência, talvez até ajudá-la, mas precisarei de uma coisa em troca.

Cruzei os braços.

— E o que seria?

No escuro, percebi a contração de seus lábios.

— Os Perdidos com quem você está hospedada. Quero detalhes sobre eles. Esse é o acordo.

Sobre Rubezahl e Drake e o harém de cozinha de Hyacinth?

Isso complicaria as coisas, mas a tola crença humana de que os feéricos não podiam mentir era apenas isso — uma tolice. Poderia enganar Faolan por uma semana ou duas. Não duraria para sempre, mas não precisava.

— Acabei de chegar aqui. Não sei nada sobre eles, e não me entregam informações de bandeja; não confiam em mim mais do que você.

— E você vai dar o seu melhor para descobrir detalhes insignificantes para me enrolar. — Ele acenou com a mão, impaciente.

Certo, talvez uma semana ou duas fosse muito.

Ele se aproximou.

— Estou falando sério, Órfã. Informações boas, é o que estou negociando. Se você não pode fornecer isso, então sabemos a alternativa.

Parte de mim queria perguntar se ele realmente me levaria, mas eu já sabia que não quebraria seu juramento à rainha Unseelie por mim. E eu nunca pediria isso a ninguém.

Respirei fundo.

— Fechado. Em troca, você guarda a memória que roubou de mim em segredo.

— Não roubei nada, Órfã.

Fiquei confusa.

— Então o que *foi* aquilo?

Faolan se aproximou, e meu olhar voou para o dele enquanto ele segurava minha mandíbula. Seus olhos escuros percorreram meu rosto, e ele se inclinou.

Deusa. Ia acontecer.

Deixei escapar um pequeno gemido quando inclinei a cabeça, fechando meus olhos em reflexo.

Ele ia me beijar. Ele...

Os lábios de Faolan pressionaram minha pálpebra esquerda, e então sua mão deslizou do meu rosto. Meu queixo caiu no chão enquanto eu olhava para ele desacreditada, limpando a umidade de seu beijo no meu *olho*.

— Sabia que você me queria — ele disse presunçosamente, já caminhando para a janela.

Gaguejei.

— Você beijou meu olho!

— Espero que isso te assombre também, Órfã. — Ele passou uma perna pelo parapeito e eu corri atrás dele, os punhos cerrados ao lado do meu corpo.

— Você entendeu completamente errado o que acabou de acontecer.

Ele olhou de volta para mim.

— Então por que está tão perturbada? Eu voltarei. Não se esqueça do nosso acordo.

— Não gosto de você nem um pouco — sibilei enquanto ele sumia de vista na noite fria e escura.

Sua risada irritante flutuou pelo ar.

Com as bochechas em chamas, bati a janela, por pouco não acertando um cruza-bico vermelho.

— O que você está fazendo acordado, carinha? — murmurei.

Uma voz grave ecoou do pequeno pássaro.

— Nosso visitante partiu, Kallik. É quase madrugada. Gostaria de encontrá-la para sua primeira sessão de treinamento, se esse for um momento conveniente para você.

Rubezahl. E ele sabia sobre a visita de Faolan. Claro que sabia.

O que mais ele sabia? Ruby não era alguém para irritar, e não ficaria feliz com o acordo que eu tinha acabado de fazer para salvar minha pele.

— Claro — eu disse ao avatar.

Ele estremeceu e gorjeou, e abri a janela para que pudesse sair novamente.

O sono foi embora depois da visita de Faolan, de qualquer maneira. Vestindo-me com uma calça leve, fechei-a na cintura por cima de uma blusa de lã apertada de mangas compridas, e prendi o cabelo em um rabo de cavalo alto.

Presumi que Rubezahl se referia ao tipo mágico de treinamento. Com aqueles joelhos nodosos dele, eu duvidava que fôssemos fazer uma corrida matinal.

Não muito tempo depois, bati à enorme porta de sua sala de estar e fui em sua direção.

— Bom dia — ele disse de seu trono.

Fiquei feliz pelo fogo. Ele mudara desde a noite passada? Seu cachimbo não estava à vista, mas sua harpa agora repousava em seu colo.

Fui para o banco.

— Dia.

Seus olhos azuis pousaram em mim.

— Estou certo em presumir que o neto de Lugh não te fez mal?

— Nada mais do que um susto por encontrá-lo em meu quarto. Não pedi para que viesse aqui.

Rubezahl baixou a cabeça.

— Eu imaginei. Achei melhor deixá-lo entrar e ver o que a rainha Unseelie está querendo.

Agora, sim.

O teste de lealdade. Teria preferido manter isso em segredo, mas talvez pudesse funcionar a meu favor.

— Ele tem uma coisa que pode usar contra mim, infelizmente. Fiz um acordo com ele para impedi-lo de me levar de volta até sua rainha para interrogatório. As cortes estão observando todos vocês, os Perdidos, e estão prestes a atribuir o fim de Underhill aos feéricos do Triângulo. O Faolan quer informações sobre todos vocês. Eu tinha planejado enrolá-lo, mas ele é inteligente e me conhece. Será mais fácil se você puder me ajudar a alimentá-lo com informações que pareçam importantes, mas, ainda assim, inúteis.

Um sorriso suave curvou os lábios do gigante, e eu sabia que tinha passado no teste.

— Uma solução sólida. Obrigado por me dizer.

Sim, bem, eu só queria que minha cabeça permanecesse em cima do meu pescoço.

— Você não ficou surpreso ao ouvir o que as cortes estão planejando.

— Eles nos cercam mais à medida que crescemos em número. Infelizmente, não é a primeira vez em nossa história que inocentes são usados como bodes expiatórios para encobrir as ações dos poderosos.

Fiz uma careta.

— Por que eles fariam isso? A menos que... — Minha boca secou enquanto as peças se encaixavam dentro da minha cabeça. — Você acredita que as cortes tiveram alguma coisa a ver com o desaparecimento de Underhill.

Ele cantarolou e as paredes vibraram. Inclinou levemente a cabeça em minha direção.

— Sim e não, jovem. Acho que podemos descobrir a resposta por nós mesmos. Para começar, vamos falar de sua magia. Me conte.

A mudança de direção me fez parar. Digo a ele o que aconteceu? Fiz uma careta e falei, hesitante:

— Magia Seelie. Cor índigo-profundo. Sou apenas metade feérica, então... — Dei de ombros. Ele saberia o que isso significava. Eu era mais fraca com minha magia, e foi por isso que trabalhei tão duro no meu outro treinamento.

— Então, sua eventual compreensão de magia será muito maior do que a da maioria dos feéricos de sangue puro — Rubezahl respondeu. Diante do meu silêncio, ele acrescentou: — Onde não há incentivo para entender, a maioria não se esforça para fazê-lo. A habilidade natural não equivale à excelência.

Nunca tinha pensado dessa forma.

— Estou disposta a trabalhar em minhas fraquezas, embora não saiba quanto isso fará bem.

Seu olhar suavizou.

— Posso ver que você está disposta, jovem, ainda que cheia de dúvidas. Vamos dar uma olhada mais de perto em sua energia.

Aproveitando meus sentidos mágicos, pisquei para ajustar o foco enquanto as paredes esculpidas ganhavam vida com um influxo de cores. *Uau.*

A casa de Ruby ficou ainda mais bonita assim. Fios de magia e energia nos envolveram, tecidos com uma perícia igual à das esculturas ornamentadas visíveis ao olho não mágico. Não à toa, ele detectou Faolan tão facilmente.

Virando as duas palmas para cima, abri minha torneira mental e deixei fios da minha essência índigo fluírem das minhas mãos.

— Roxo. É uma cor linda — o gigante disse. — Me diga, o que vem mais naturalmente para você quando usa sua magia?

Refleti um pouco.

— Nada. Posso dizer com segurança que cada tarefa mágica que aprendi levou tempo para dominar. Aprender a aquecer minha pele em temperaturas frias demorou tanto quanto me conectar à natureza e pedir sua ajuda. Alguns dos meus colegas levaram muito mais tempo do que eu para entender as tarefas, mas ao longo dos anos a velocidade deles melhorou, e a minha, não.

Ele assentiu algumas vezes.

— Na minha experiência, sempre há um elemento de magia que é inconsciente. Por exemplo, você é muito rápida em acessar sua magia.

Ele estava certo, eu mal precisava pensar nisso. Mas havia alguns que não precisavam "tirar proveito" de sua energia — pois ela era uma sobreposição constante em sua visão humana.

— Suponho que sim. É a parte de usar que requer prática e foco.

— Ou pelo menos da maneira que você foi ensinada. Como o sistema escolar humano, as cortes gostam de forçar estrelas através de espaços triangulares.

— Não entendo — eu disse. — Sempre uso minha magia com intenção.

— Então vamos fazer um experimento — Rubezahl sugeriu.

No mínimo, fiquei intrigada para ver o que exatamente ele quis dizer.

— Tudo bem.

Ele apoiou cuidadosamente sua harpa contra a perna de seu trono maciço e tirou o cachimbo do bolso de sua túnica. Segurando-o, sorriu.

— Você concorda que isso é um cachimbo?

Investiguei sua expressão, então estendi a mão para tocar o cachimbo de madeira.

— Concordo. É um cachimbo. — Minha magia encontrou apenas um pequeno pulso de energia verde, um resquício do que uma vez foi parte de uma árvore.

Rubezahl fechou os olhos e eu respirei fundo, olhando para o objeto em suas mãos.

— Você concorda que isso é um cálice? — perguntou-me em seguida.

Onde o cachimbo estivera um segundo antes, agora repousava uma taça de metal.

— Parece ser um cálice.

Não conhecia ninguém que pudesse alterar matéria. Um cachimbo de madeira pode se tornar um cálice de madeira. Fibras vegetais ou animais podem se tornar roupas. Mas mudar a essência de uma substância para outra? Aquilo era inacreditável.

— Tem a aparência de um cálice — repeti, imperturbável.

— A aparência, sim. Olhe mais de perto.

Ele claramente pretendia que eu olhasse para a magia, então apertei os olhos e me endireitei.

— A essência ainda é a mesma.

Os metais no solo geralmente emitiam uma energia azul-prateada. Se fosse uma taça de metal, deveria apresentar sinais da mesma cor. Mas ainda carregava a mesma energia verde sutil do cachimbo de madeira.

— É uma *ilusão*.

— Isso. A pergunta é o que pode acontecer quando essa energia *encontrar* sua magia.

Encontrar. Eu nunca tinha ouvido essa palavra ser usada em relação a magia.

— Tudo bem.

Era simples enviar fios índigo ao encontro do cálice de metal. Não esperava que algo acontecesse, mas um guincho ensurdecedor cortou o ar, e o cálice instantaneamente se transformou de volta em um cachimbo.

A ilusão se desfez.

Olhei para o cachimbo em sua mão.

— Por que aconteceu isso?

O gigante não respondeu, perdido em pensamentos enquanto também olhava o cachimbo.

— Ruby? — chamei calmamente.

Ele piscou e olhou para mim.

— Por quê? Essa é uma grande questão, jovem, e uma questão que devemos descobrir juntos. No entanto, sabemos que sua magia acabou de dissipar uma ilusão, naturalmente e sem esforço consciente de sua parte. Ou, dito de outra forma, destruiu uma *mentira* sem que você precisasse fazer esforço.

Interessante.

— Eu não sabia.

— Suponho que você não soubesse até, digamos, uma semana atrás.

Uma semana atrás? Minha mente não captou de imediato suas palavras, ainda estava pensando no que havia acontecido com o cachimbo. Quando a ficha caiu, parei e olhei para cima.

Uma semana antes, eu tinha destruído Underhill.

Meus ouvidos latejaram.

— Às vezes, os poderosos gostam de usar os inocentes como bodes expiatórios — ele repetiu seu comentário anterior.

Fiquei em pé.

No fim das contas, eu não tinha destruído Underhill.

— Eu destruí a *ilusão* de Underhill — eu disse em voz alta, os olhos arregalados.

Rubezahl baixou a grande cabeça.

— Underhill se foi há muito mais tempo do que qualquer um de nós fosse capaz de perceber. Há anos, na verdade.

Empalideci.

— O rei e a rainha sabem de tudo isso?

— Sabem, sim. E guardam bem o segredo. Muito bem. Foi por mero acaso que descobri o ardil — Rubezahl contou. — Não só isso, mas, se minha suposição estiver correta, foram eles que criaram a ilusão de Underhill para aplacar nossa espécie e manter a paz enquanto descobriam como restaurar o acesso ao verdadeiro reino feérico. Fiz questão de acompanhar seus movimentos. O rei e a rainha saem de Unimak com mais frequência do que gostariam que seus súditos acreditassem, juntos, e só visitam um local.

— A entrada — sussurrei, meu estômago revirando.

Ele assentiu.

— Abastecendo a magia na entrada para manter sua ilusão, sem dúvida. E escondendo o trabalho deles tão bem que não consegui encontrar um rastro depois. Seu domínio da magia é inegável, mas eles falharam em levar uma coisa em consideração: Kallik de Casa Nenhuma.

Eu tinha um palpite: não previram que uma "órfã" meio feérica acidentalmente revelasse sua mentira. Mas agora que eu o havia feito, eles tinham o bode expiatório perfeito para pacificar seu povo e o governo humano.

Isso era ruim.

Muito ruim.

Não era mais uma questão de limpar meu nome. Sabiam que eu era inocente, e isso era muito mais perigoso para mim.

— O que posso fazer?

O gigante suspirou.

— O que *podemos* fazer, jovem? Você não é a única que eles estão procurando, de qualquer maneira. Meu interesse, como sempre, está em proteger os feéricos do Triângulo de ameaças externas. Você viu o que aconteceu com os bebês da minha espécie quando a loucura os levou.

Ergui as sobrancelhas.

— Aqueles gigantes que me atacaram eram bebês?

— Crianças, na melhor das hipóteses.

Alguns deles tinham barba... mas tudo bem.

— Ficaram loucos — repeti.

— Consegui estabilizá-los, mas você está certa. Isso, como você deve saber, é o efeito de não entrar no reino feérico por muito tempo. Ou, no caso deles, nunca.

— Ouvi rumores.

— Underhill deve ser restaurada — ele disse gravemente. — Mas a trilha agora está tão fria... São anos, não dias ou horas. Não sei por onde começar.

Não admira que eu não tenha sido capaz de rastrear a magia do bosque. Aquilo poderia ter acontecido décadas antes. As cortes tiveram muitas oportunidades para eliminar as evidências de suas mentiras.

— Eu também não tenho ideia de por onde começar — falei honestamente. — Talvez seja melhor para mim e Hyacinth nos escondermos. — Mesmo quando essas palavras saíram dos meus lábios, eu sabia que isso nunca aconteceria. Não conseguiria escapar de um problema tão grande. Não quando Seelies e Unseelies estavam envolvidos. — Quer dizer, foi um acidente, mas o rei não me exilou. Fiz um juramento e depois o quebrei para vir aqui. Se me pegarem, não quero que me privem de minha magia.

— Você jurou por uma Underhill falsa. Você não fez nenhum juramento mágico naquele dia, jovem, porque sua magia desfez a ilusão deles. Você não tem senhor.

Não? Mesmo?

— Mas quando voltei a Unimak, fiz de novo o juramento ao rei.

O gigante apertou os lábios.

— Entendo. E ele lhe deu alguma ordem?

— Não.

— Então você ainda não quebrou seu juramento à corte. A menos que tenha mudado desde a última vez que ouvi, acredito que os jovens feéricos só juram obedecer às ordens do rei ou da rainha, nada mais. A menos que você interaja diretamente com o rei no futuro e recuse seu comando, então ele não tem motivo nenhum para privá-la de sua magia.

Parecia uma estratégia muito fraca para mim. Não conseguia imaginar meu pai vendo isso da mesma forma. E eu ainda tinha escolhido fugir...

— Não sei o que fazer, Ruby.

— Às vezes, em momentos como esse — ele murmurou —, é melhor não procurar uma solução, mas avaliar quem pode ter mais a perder.

— Eu. Especificamente, minha cabeça. — Fiz uma careta e coloquei os dedos nos pontos de pulsação nas laterais do meu pescoço.

Ele sorriu com sinceridade.

— Sim, e é do nosso interesse que ela continue aí. Mas estou me referindo às cortes. Nós só temos nossas vidas para proteger, mas eles têm uma imagem para manter. Essa imagem é o que lhes dá poder, então não podem imaginar um destino pior do que desmoronar.

— Você acha que vão tomar alguma providência?

— Acho que eles já estão desesperados, e logo vão agir com uma coisa bem parecida com pânico. O que a experiência lhe ensinou sobre aqueles que entram em pânico?

Suspirei.

— Que as decisões deles não são particularmente boas.

— Não — ele concordou, pegando a harpa. — Não são. Acho que chegará um momento em que as cortes mostrarão suas cartas. Caso contrário, pode ser prudente aplicarmos alguma pressão.

17.

Quando deixei sua sala de estar, as palavras de Ruby ressoaram na minha cabeça com um zumbido semelhante a uma daquelas máquinas de gravação humanas.

Aplicar alguma pressão.

Em nome de Lugh, que tipo de pressão ele queria aplicar? E como?

Ele não ofereceu mais nada, e eu não pedi — as palavras de Drake sobre ganhar confiança não passaram batidas.

Então, em vez de falar, escutei. E quando Ruby me ofereceu um mapa, em papel grosso caseiro, eu o peguei. O enorme castelo de madeira ficava no centro, e ao norte havia três lagos ligados por rios. Era onde deveria encontrar os Perdidos que ele queria que eu treinasse, que convocara via avatar.

Passei primeiro pela cozinha. Hyacinth balançava e dançava uma música que só ela parecia ouvir enquanto trabalhava em alguma massa de várias camadas.

— Cinth, estou indo treinar os Perdidos.

Ela me jogou um beijo farinhento.

— Não seja muito dura com eles. Eles têm medo de você.

Eu ri, mas ela não parecia estar brincando.

— Jura?

— Você treinou em Underhill, e eles não sabem se podem confiar em você, mesmo que o Ruby confie. — Ela colocou claras de ovo na mistura, polvilhando uma coisa rosa pálida e brilhante por cima. — Olha, apenas tenha em mente que muitos deles estão aqui há muito tempo e não confiam em pessoas de fora. E você é uma mulher.

Fiz uma careta.

— Você é uma mulher e eles confiam em você, porque...

Ela olhou feio quando coloquei as mãos em concha na frente do peito.

— Porque *comida* é o caminho para o coração de todo homem, quer ele admita ou não. Então, se precisar de ajuda, me avise. — Ela riu. — Olhe para mim, ajudando você a treinar os caras.

Revirei os olhos, peguei um saco de farinha vazio e o enchi com a primeira fornada das tortinhas que ela ainda estava assando.

— Dica aceita. Vai ser suborno, então.

— Essas são para o almoço!

Eu a beijei na bochecha e corri da cozinha, esquivando-me de sua tentativa de pegar o saco de tortinhas frescas.

— Obrigada, Cinth.

Nunca treinei ninguém. Nenhum dos treinadores havia me favorecido em Underhill. Yarrow ajudava com o treinamento de vez em quando, e eu odiava ainda mais aqueles dias.

Encolhendo-me, saí do castelo e olhei para a floresta ao redor, procurando a trilha que me levaria ao primeiro lago.

Eu tinha algumas ideias para começar e sorri, saboreando a ideia de que outros sofreriam aquele dia, em vez de mim. E tinha pensado em dar uma de boazinha com as tortas.

Talvez guardasse todas para mim.

Enquanto caminhava por entre altas árvores verdes, pensei no que Ruby havia me mostrado. Se a Underhill que eu conhecia fosse apenas um espaço provisório, uma construção, então onde estava a verdadeira? Escondida? Despedaçada? Fechada?

Não sabia.

Tive a impressão de que Ruby também não sabia, o que deixou um nó de preocupação em meu estômago. Ou talvez eu estivesse apenas com fome: havia isso também...

A neve rangia sob minhas botas enquanto eu caminhava pelo caminho estreito entre os pinheiros escuros. Em outro tempo e lugar, o ar fresco e o cheiro de seiva poderiam ter sido suficientes para expulsar minhas preocupações. A natureza era boa para os feéricos, nos trazendo paz e consolo em tempos de incerteza.

Até certo ponto, acreditava que fazia o mesmo com os humanos.

Mas naquele dia, não conseguia me aliviar inteiramente do estresse que pesava sobre mim.

Minhas orelhas se contraíram com o ruído mais suave da neve.

Larguei meu saco de tortinhas, girei e puxei minhas duas espadas curtas, pressionando a ponta delas na barriga do cara logo atrás de mim.

Drake tinha as mãos — me perdoe, *mão* e braço — no ar, seus olhos verdes arregalados.

— Caramba, Alli. Me lembre de chamar seu nome da próxima vez. Você está bem?

Soltei um suspiro.

— Sim. E não. Quer uma tortinha?

Peguei o saco e lhe ofereci uma. Ligeiramente esmagada, mas ainda quente.

Drake aceitou e caminhou ao meu lado, apesar do caminho estreito. Teria feito isso de propósito para que seu ombro ficasse batendo no meu?

— Quer conversar? — perguntou.

— Não é nada. Só estou um pouco preocupada em treinar os Per... caras. — *Quase, Alli, quase. Burra.*

— Eles querem aprender. — Ele lambeu os dedos, e me peguei observando sua boca um pouco de perto demais. — Não serão difíceis de treinar.

— Quanto tempo você ficou com a gente em Underhill? — indaguei.

— Três meses?

— Quatro. Por quê?

Suspirei, e o ar formou uma névoa ao redor do meu rosto.

— Houve uma espécie de expurgo no quinto mês. O treinamento ficou mais intenso, e aqueles que não conseguiram acompanhar foram mandados para casa. Mais da metade dos Aprendizes foi embora depois daquilo.

Do canto do meu olho, eu o vi franzir a testa.

— E?

— Vou usar o mesmo método de teste. Vai me dizer se eles têm coragem. Se posso realmente treiná-los.

Drake diminuiu o passo e colocou a mão no meu braço, me parando.

— Por que pressioná-los tanto no início? Até os treinadores de Underhill pegaram leve no começo. Eles querem aprender. Você poderia treiná-los com calma, ao longo de semanas, e ganhar a confiança deles.

Não era meu dever dizer a ele que uma luta estava chegando, que as cortes Seelie e Unseelie queriam atribuir seus próprios erros aos Perdidos. Que se não nos preparássemos para a tempestade no horizonte, todos seríamos atingidos por raios e encharcados pela chuva.

Dei de ombros.

— Eu... já discuti com o Ruby. Ele concorda que esse caminho é o melhor.

— Então por que você trouxe as tortas? — A expressão de Drake ficou mais preocupada.

— Não vou ser amiga deles, Drake. Serei a treinadora. Se não me respeitarem, se não derem tudo de si, não poderei trabalhar com eles. Qualquer um que não consiga pode encontrar outra vocação com o Ruby. — Puxei meu braço de sua mão. — E isso inclui você.

Eu o senti ficar rígido ao meu lado. Pois é, arranjando amigos aonde quer que eu fosse. Mas ele precisava acreditar que eu estava decidida a fazer isso dar certo. Todos precisavam.

Drake não disse mais nada até chegarmos ao final da trilha.

O caminho se abriu para uma vista deslumbrante com um lago congelado, uma montanha austera atrás. O gelo brilhava com o sol do final do inverno, fazendo meus olhos lacrimejarem. Coloquei o saco de farinha na neve.

Além de apreciar a visão natural, observei os homens que deveria treinar. Trinta e cinco? Contra quantos guerreiros Seelie e Unseelie treinados? Deusa, não seria uma luta justa.

Seria um puta de um massacre.

Me preparando, aproximei-me deles.

— Rubezahl me pediu para treinar vocês. Completei recentemente meu treinamento em Underhill e fui designada como feérica da Elite.

Fiz uma pausa e deixei que assimilassem o que eu disse antes de continuar.

— Quero ver do que são capazes antes de começarmos. Primeiro, preciso saber que farão o que eu disser, mesmo que não entendam o porquê. Que não vão discutir comigo quando eu der uma ordem. Que seguirão ordens no calor da batalha.

Sim, era repetitivo, mas também era importante. E foi o que Bres dissera para mim e para os outros Aprendizes que haviam sido designados a ele, antes de começar a trabalhar com a gente.

Os homens trocaram olhares antes de se voltarem para mim. Alguns assentiram, o resto apenas esperou em silêncio, o rosto ilegível.

Engoli em seco e levantei o queixo.

— Precisamos quebrar o gelo. Um buraco de dez por dez metros, o mais rápido que puderem. Sem magia.

Os homens pareciam em choque. Não se moveram. Coloquei a magia índigo em volta do pescoço e ergui as sobrancelhas.

— Agora! — berrei com a força de um canhão. *Ops*, provavelmente sentiram até os ossos.

Mas isso os fez se mexer.

Alguns tinham armas, e alguns, ferramentas, mas todos começaram a quebrar o gelo de dez centímetros de espessura, incluindo Drake.

Fiquei em posição de sentido, braços atrás das costas, pernas na largura dos ombros, enquanto os observava. O golpe de espada do homem de cabelo preto era desleixado; a metade direita do corpo do cara ao lado dele tinha algo errado; aquele com a cabeça raspada mal conseguia segurar o martelo que estava usando para quebrar o gelo. Deusa, era... pior do que eu pensava. Mas continuei assistindo. Esperando que alguém se destacasse.

O cara com o capuz sobre o rosto tinha potencial. Equilibrava uma picareta em um movimento suave que sugeria que seu corpo estava relativamente em boa forma. Isso poderia ser melhorado para equilibrar uma arma, com o treinamento certo.

O homem ao lado dele bufou com força, suas bochechas vermelhas de frio e esforço, a barriga saindo de sua túnica muito apertada.

Esqueci o frio enquanto os observava, catalogando seus pontos fortes ou a falta deles. O primeiro metro e meio por dez que cavaram no gelo não foi tão ruim, já que seus pés não ficaram molhados. Mas o seguinte... eles estavam na água gelada agora, até o meio das panturrilhas, gostando ou não.

Me lembrei de como a água tinha atingido impiedosamente minha pele e meus músculos. Não esqueci que poderia acabar com o sofrimento deles, e ainda assim era a única maneira de aprenderem. Não tínhamos tempo. Antes que percebêssemos, ambas as cortes estariam nos atacando. Não poderia afagar nem ninar ninguém.

Começaram a desacelerar.

— Quero vocês se movendo como se suas bundas e seus cabelos estivessem pegando fogo! Precisamos daquele bloco de gelo aberto *agora*! — Não me movi do lugar. Cinco dos trinta e cinco estavam tropeçando, tremendo de frio e fadiga enquanto mancavam de volta para a margem.

Estavam trabalhando havia menos de trinta minutos.

Estaria Faolan me observando? Sim, se tivesse sido enviado para ficar de olho nos Perdidos. Provavelmente, estava se sentindo muito bem com a sua sorte. Eu deveria perguntar a Ruby como detectar sua presença, já que ele soube no segundo em que Lan entrou na casa.

Minha aposta era um feitiço tecido nas paredes, que avisaria quando alguém que não era bem-vindo cruzasse o limiar.

Os que estavam na frente se alinharam ombro a ombro sob a direção de Drake, e continuaram, cortando o gelo duro como concreto, centímetro por centímetro. Trinta centímetros, depois mais trinta e mais trinta. Mais um metro e meio e estariam a meio caminho de seu objetivo.

Mais sete homens recuaram, tremendo tanto que seus dentes batiam alto o suficiente para serem ouvidos da costa. Suas ferramentas e armas escorregaram de seus dedos azulados, e eles desistiram.

A cada minuto que passava, mais deles se curvavam sob a dureza da tarefa. Eu sabia que era difícil, e esse era o ponto, mas não tinham, bem... era como se eles não tivessem coragem. Fracos eu poderia treinar, mas homens sem coragem? Sem bravura?

— Podemos acender uma fogueira? — O homem que balançava a espada de modo desleixado se aproximou de mim. Tinha sido um dos primeiros a desistir. — Estamos congelando aqui fora.

Eu olhei para ele, mantendo meu rosto cuidadosamente sem expressão.

— Quando a tarefa estiver concluída, todos vocês podem acender uma fogueira e comer o que resta da comida.

— Vaca — ele soltou.

Pronto. Bres nunca teria permitido que alguém o retrucasse. Senti todos fazerem uma pausa em seus esforços para ver como aquilo terminaria.

Ele pegou sua espada.

— Você é uma vaca sedenta por poder, vou dizer mesmo que os outros não digam. Deveria ser Drake nos treinando, não você.

Eu poderia recuar e ir embora. Poderia contar a Ruby e deixá-lo lidar com isso. Ou poderia ensinar àquele babaca uma lição sobre ser rude com mulheres fortes. Eu lhe dei um sorriso lento e deliberado.

— Você não tem ideia de quão vaca posso ser quando sou provocada. — Minhas duas espadas estavam fora da bainha antes que terminasse de falar, e bati uma após a outra contra a lâmina de sua espada, partindo-a ao meio com um guincho de metal quebrando metal.

Ele tropeçou, e bati o punho da minha lâmina esquerda contra sua mão, forçando-o a largar o toco de sua lâmina.

Com um rugido, ele veio até mim, de mãos nuas — pelas bolas de Balor, então ele estava fingindo estar exausto, né?

184

Girei debaixo de seus braços quando ele estendeu a mão para mim e, virando para longe as espadas que eu ainda segurava, dei um soco nas costas dele, bem em cima dos rins. Ele caiu de joelhos, e coloquei a ponta de uma espada em seu pescoço, a outra no meio de sua coluna.

— Renda-se.

Ele estava ofegante. Eu não tinha sequer suado.

— Nunca para uma mulher, muito menos uma forasteira. — Ele cuspiu para o lado, o sangue salpicando a neve.

Dei um passo para trás e estudei os homens ao redor, vendo raiva em seus olhos. Desconfiança.

E eu pensei que eles poderiam ser uma nova família para mim. Aquilo contrastou bastante com as boas-vindas e com a ajuda que eu tinha recebido dos Perdidos até aquele momento.

Não tinha percebido o quanto queria isso até aquele momento, quando ficou óbvio que não era para ser. Que mais uma vez eu não me encaixaria. Que seria uma pária entre os párias. Meu coração se partiu, velhas feridas se abrindo.

Mandíbula apertada, embainhei ambas as espadas e balancei a cabeça.

— Não vou treinar ninguém que não respeite o fato de que uma mulher pode lutar tão bem quanto qualquer homem. — Fiz uma pausa, não querendo decepcionar Ruby. — Saia agora. Qualquer um que não aceite a minha liderança. Saia.

O homem aos meus pés cambaleou para ficar de pé, me xingando em vários idiomas.

— Vamos, pessoal. Nós não precisamos dela. Vamos lá, rapazes.

Só que... ninguém mais se mexeu. Nem uma alma.

— Deixe disso, Ivan — outro homem disse. — Você está causando problemas, não o contrário.

Meu coração partido lentamente se curou um pouquinho. Talvez a desconfiança não estivesse em mim. Talvez estivesse naquele idiota.

O cara da espada, também conhecido como Ivan, rosnou e deu um passo para trás. Um passo. Depois outro e outro.

185

— Você vai pagar por isso.

— Diz o homem que venci em menos de trinta segundos — eu retruquei suavemente. — Vá. Antes que eu mude de ideia e termine o trabalho.

Ele se afastou, e continuei de costas para ele. Não valia a pena me preocupar.

Levantei as sobrancelhas.

— Esse gelo não vai se limpar sozinho.

O queixo de Drake caiu, junto com alguns outros, mas não tive que repetir.

Mais do que isso, os homens restantes — mesmo aqueles que já haviam abandonado a tarefa — voltaram para a água. Terminaram os últimos cinco metros enquanto eu acendia uma fogueira crepitante.

Talvez houvesse *alguma* determinação neles. Talvez não tivessem esquecido o que significava ter coragem e bravura.

Assim que terminaram de cavar, os homens saíram cambaleando da água gelada e tiraram as roupas. Era a coisa certa a fazer para não morrerem de hipotermia, mas não pude deixar de conferir o peito nu e esculpido de Drake — e observar com interesse o cara encapuzado à sua direita, aquele com o bom equilíbrio da picareta, que começou a tirar a capa.

Ah, porra.

Congelei, olhando nos olhos escuros de Faolan enquanto a capa caía no chão. Ele lentamente tirou a camisa, revelando não apenas o torso nu e os músculos que faziam Drake parecer um moleque, mas uma tatuagem gigante no peitoral direito e nas costelas. Um desenho celta de um homem empunhando uma lança de fogo em uma mão e uma espada reluzente na outra. A figura era cercada por faixas que se cruzavam na parte inferior, formando cabeças de lobos ferozes.

Drake pigarreou, atraindo meus olhos de volta para ele.

— Esse aqui é o cara novo, esqueci de contar. O nome dele é Lan.

Claro que é.

Com absoluta certeza.

Desgraçado.

Eu me recompus com um pouco de dificuldade.

— Eu o conheço, Drake, embora esteja surpresa de vê-lo aqui. — Fiz uma pausa e distribuí as tortinhas. Estavam frias, mas, caramba, a comida de Cinth era boa demais.

Olhei fixamente para Faolan.

— Você ainda está com o Pete e o Adonis ou terminou com eles antes que te expulsassem da Unimak? Porque ouvi dizer que não ficaram felizes quando descobriram que você não tinha colhões.

Seus olhos se estreitaram com o fluxo de mentiras, mas eu continuei sorrindo. Tome isso, guarda Unseelie. Se ele queria jogar esse jogo, então eu jogaria também.

Ponto para Kallik de Casa Nenhuma. Zero para o neto de Lugh.

18.

Voltei para a casa depois de instruir aqueles guerreiros patéticos — a maioria deles, pelo menos — a se reunirem no mesmo horário no dia seguinte para começar o treinamento *real*. Eles se espalharam atrás de mim, seus resmungos e gemidos enchendo o ar.

O mérito era de Cinth. Eles ficaram muito mais receptivos depois de comer suas tortinhas.

— Para onde você está fugindo tão rápido? — Uma voz baixa chegou aos meus ouvidos.

Nem olhei para o babaca — também conhecido como Lan.

— Para qualquer lugar onde você não esteja.

— E isso que eu me infiltrei nas fileiras dos Perdidos para ficar pertinho de você.

Tenho certeza de que esse foi o motivo, só que não do jeito que ele estava insinuando.

— Vá embora, Lan.

— Esqueceu nosso acordinho, Órfã? Você me deve informações.

Bufei.

— Nas poucas horas desde que te vi pela última vez, montei um dossiê bem completo. Incluí evidências do envolvimento dos párias no desaparecimento de Underhill. Fotos. Amostras de cabelo. Tudo. Você o terá em sua mesa às seis da manhã de amanhã.

Seus dedos se fecharam em volta do meu punho. Em vez de tentar me desvencilhar, eu puxei, passando a perna nele.

Faolan cambaleou para a frente.

Não caiu, filho da puta ágil. Mas não vou mentir, foi bom quebrar o passo sempre seguro dele.

Seus olhos se estreitaram quando ele se virou para mim no caminho estreito.

— O que te deixou tão irritada?

Minha ira aumentou quando a pergunta deixou seus lábios. Ele claramente não compreendia as mulheres.

— Não deve ser porque o babaca que está me usando para reunir informações para a corte Unseelie acabou de me pegar de surpresa, outra vez. Quer dizer, certeza que não.

A expressão de Faolan esfriou.

— O babaca que escolheu não te entregar, você quer dizer.

Olhei fixamente naqueles olhos escuros dele.

— Porque ele viu uma oportunidade, não pela bondade de seu coração. Não somos amigos, Lan. Não sou tão tonta assim.

Ele se aproximou e, para não ficar atrás, fiz o mesmo. Ficamos nariz com nariz.

Ele cerrou os dentes.

— O que você quer que eu faça? Jurei obedecer e servir minha rainha.

Sorri sem um pingo de humor.

— Aprendi que tentar controlar o que os outros fazem é inútil. Só posso controlar minhas reações.

Faolan enrijeceu.

— O que isso significa, Órfã?

— Significa que eu gostava muito mais de você antes de você ser selecionado. Antes que você dissesse adeus e fugisse para a corte Unseelie para ser o garoto-propaganda dela.

Antes de começar a me chamar de inútil.

Pela primeira vez desde meu retorno a Unimak, vi uma raiva verdadeira inundar suas feições.

— A corte *Unseelie?* — Ele deu uma risadinha, andando para longe de mim antes de se virar. — Você fala de coisas sobre as quais não sabe nada.

Suas palavras me cortaram.

— Tem que haver uma razão pela qual você se tornou isso. — Acenei com a mão na direção dele porque eu não conseguia colocar em palavras. Ele passou de quieto e taciturno para... duro e ilegível. — Se não é a corte Unseelie, então é o quê?

Seus lábios se torceram em um sorriso cruel. Faolan abriu os braços.

— Esse é quem eu sempre fui. Você escolheu ver o que queria. Todo mundo escolheu. E quando finalmente viram a verdade, bem, *daí* descobri quem eram meus verdadeiros amigos.

Ele estava falando em ser selecionado para a corte Unseelie? Abri a boca. Ele abaixou os braços.

— Achei que você poderia ser diferente do resto, admito. Engraçado. Acho que nós dois estávamos errados.

Faolan se afastou, e o observei ir embora até desaparecer de vista, com uma curiosa mistura de confronto e culpa agitando minhas entranhas. Se queria que eu o tratasse diferente do "resto", então ele deveria me dar algo. Ser um pouco mais honesto.

Mesmo assim, a dor que residia em mim sentia nele um companheiro de sofrimento. Isso não deixou de chamar a atenção.

— Alli?

Tive um sobressalto e olhei para cima quando Drake chegou ao meu lado.

— Ei.

— Perdida em pensamentos de novo? — perguntou enquanto eu voltava a caminhar em direção à casa.

Neguei com a cabeça.

— Achei que não, mesmo — ele continuou. — Às vezes também paro no meio da floresta sem motivo.

Olhei feio para ele.

Seus lábios se contraíram.

Suspirei.

— Ok, tudo bem, estava pensando em algumas coisas.

— Algo em que eu possa ajudar?

— Não. Nada que eu não possa cuidar.

Drake ficou em silêncio por um momento, nós dois andando lado a lado.

— Então, pelo menos, me permita distraí-la. Você provou que eu estava errado. Os homens precisavam de um chute no traseiro hoje. Você pôs de lado os difíceis e, ao fazê-lo, mostrou à maioria de nós quão mal equipados estaríamos contra os guerreiros das cortes.

O nó no meu peito afrouxou um pouco.

— Estou feliz que eles tenham recebido a mensagem como pretendido. Senti a mudança quando perceberam a gravidade da situação.

Drake assentiu.

— Eu também. Então, qual é o veredito?

Eles não teriam chance. Não em número tão inferior.

— Temos trabalho a fazer.

Senti seu olhar pousar em mim por um segundo antes de ele gargalhar.

— Está sendo muito otimista, Alli.

Meus lábios se abriram em um pequeno sorriso.

— Talvez.

A floresta clareou e a casa de Rubezahl apareceu.

— *Definitivamente* — Drake disse, ainda rindo.

Ri com ele, mas falei:

— É importante que todos entendam a seriedade da situação, mas não quero que sejam derrotados antes mesmo de o treinamento começar.

Ele ficou sério.

— Entendo. Não se preocupe. Isso é só entre nós. Você parecia...

— Tensa? — eu sugeri secamente, pegando emprestada sua descrição de mim no dia anterior.

— Estressada.

E muito.

Drake piscou.

— Mas você ainda é impressionante.

Arqueei uma sobrancelha para ele.

— Então eu pareço estressada e impressionante?

Ele esfregou a parte de trás da cabeça.

— Não foi meu melhor elogio — ele disse.

— Ah, era para ser um elogio?

— Devia ser. Achei que devia tentar depois da olhada que você me deu mais cedo. Se bem que você poderia ter perdido o interesse se eu tirasse as calças. A água estava fria pra cacete.

Sorri largo quando entramos na casa.

— Não foi a pior visão que já tive. Bom, a metade superior, pelo menos. Não vou falar da inferior.

— Obrigado. Ela deve receber um julgamento justo: em um ambiente com uma temperatura morna, no mínimo, e talvez na companhia de uma mulher bonita.

O riso derramou dos meus lábios novamente.

— Bem, vamos pegar a Cinth então. Ela pode fornecer ambos.

Drake respirou fundo, ignorando meu comentário.

— Notei você olhando para o Lan também. Não deu para saber se ele chamou sua atenção, para ser honesto.

Quase quebrei o pescoço me virando para encará-lo.

— Não. Não chamou. De jeito nenhum.

Droga. Isso soou defensivo.

Drake, no entanto, apenas inclinou a cabeça para mais perto.

— Fico feliz em ouvir isso. Ele é difícil de ler.

Olhei para seus olhos verdes. *Certo*, talvez eu pudesse admitir a verdade para mim mesma. Com Faolan, havia história. Uma antiga atração da qual eu não tinha certeza se algum dia me livraria. Quando estava com ele, sempre sentia *algo*. Desde a primeira vez que o vi no limite da fronteira, antes de saber o que eram os feéricos, havia algo nele que eu não conseguia identificar.

E esse era exatamente o problema.

Em dez minutos, Faolan me deixou louca o suficiente para soltar comentários ácidos toda hora. Nos dez minutos seguintes, Drake me fez rir mais do que eu ri em uma semana. Diminuiu minhas preocupações.

Ele era o que eu aspirava a ser.

Livre e feliz.

Drake podia me ver como prêmio, mas não poderia saber quão atraente achei sua honestidade — assim como as vantagens físicas óbvias.

Abaixando o olhar, aproveitei o momento para fazer um balanço dessas vantagens. Um calor se agitou sob minhas costelas.

Vantagens, definitivamente.

Ao me aproximar dele, ergui a cabeça.

Ele respirou fundo, e eu sorri, segurando a frente de sua túnica meio seca.

— Este está prestes a ser meu dia de sorte? — ele sussurrou.

Eu cantarolei.

— Pode ser.

Ficando na ponta dos pés, puxei sua cabeça na minha direção e suavemente rocei minha boca contra a dele.

Ele gemeu, e eu o beijei mais forte. Drake tinha lábios bonitos, macios e quentes. Ele rapidamente captou o ritmo dos meus movimentos e colou nossos corpos, passando um braço em volta da minha cintura; o outro ele pressionou na parte superior das minhas costas.

Passando os braços ao redor de seu pescoço, cedi ao beijo, deixando meu sangue esquentar de uma forma que não tinha permitido por um *longo* tempo, e nunca daquela forma.

Essa não era uma paixão não correspondida.

Não era um erro vergonhoso como eu tinha cometido com Yarrow.

Erámos dois adultos desfrutando um momento.

Isso foi maravilhoso, talvez até mais do que o beijo em si.

Parei o beijo e continuei bem perto dele, observando Drake conseguir recuperar o fôlego. Seus olhos verdes estavam baixos, as pupilas um tanto quanto dilatadas, e eu podia adivinhar que seu ânimo beirava o "muito excitado" mesmo sem poder sentir o contorno firme de uma ereção contra minha coxa.

— Isso foi... — Ele sorriu amplamente.

Dei um tapinha em seu peito e me afastei pelo corredor.

Drake me chamou:

— Aonde você vai?

Não respondi, em vez disso falei:

— Você passou no teste. O ambiente estava morno o suficiente para você, não estava?

Meio exultante por ter conseguido aquele momento, com um comentário de despedida atrevido e tudo, entrei na cozinha.

— Como foi hoje? — Cinth murmurou, salpicando algo roxo nas laterais de um bolo de três andares.

Meu estômago roncou, e eu roubei um bolinho de queijo ainda quente do balcão.

— Vai dar um pouco de trabalho. Um cara teve um ataque e o mandei embora.

— Preciso espancá-lo até a morte com meu rolo de massa? — Ela nunca tirava os olhos de sua tarefa.

Não queria que ela se preocupasse, na verdade.

— Vai ficar tudo bem. Suas tortinhas foram bem recebidas.

— Claro que foram. — Ela nem estava se gabando. Cinth sabia o seu valor. Eu ainda queria ser ela quando crescesse.

— Então... o Lan está farejando.

— Farejando suas partes? Ou farejando em geral?

Revirei os olhos e baixei a voz.

— Em geral. Ele descobriu o que eu fiz com Underhill e, para impedi-lo de me arrastar de volta para a rainha, concordei em lhe dar informações sobre os Perdidos.

Cinth parou e finalmente olhou para mim.

— Isso é uma coisa inteligente?

— Não. Foi por isso que contei para o Ruby. Ele vai me dizer o que passar para nosso amigo bisbilhoteiro.

Sua expressão se desanuviou.

— Essa é minha garota.

— O Lan também estava no treinamento.

A confusão de Cinth se igualou à minha.

— Como assim?

— Ele disse que era para ficar de olho em mim. Acho que para se certificar de que eu cumpra nosso acordo. Ou talvez porque não confia em mim para passar boas informações.

Ela murmurou.

— Isso é passar dos limites, eu diria.

Foi o que eu pensei também.

— Ele tem outro ponto de vista.

— Sei que você não vai aceitar isso, mas não poderia ser por *você*? — Ela piscou para mim, depois voltou a olhar para a decoração do bolo. Roubei um pouco de glacê e enfiei a pasta adocicada na boca. Mel e alecrim irromperam em minha língua enquanto eu refletia sobre a pergunta dela.

Poderia? Eu não fazia ideia. Não deveria *desprezar* a possibilidade, mas...

— Eu... não estou entendendo ele. Tudo o que me preocupa agora é convencer o Rubezahl de que estamos do lado dele. Não tenho certeza de como o Faolan começou a treinar, mas ele deve saber.

Suas mãos se moviam rapidamente enquanto ela juntava uma série de pétalas de rosa para o topo do bolo.

— Bom plano. Não vamos irritar o enorme gigante. Você não tem ideia de quão melhor eu trabalho sozinha nesta cozinha. Gosto daqui.

Eu estava vendo.

— Estou indo encontrá-lo agora.

— Então leve um bolinho de queijo com você. Aqueça-o um pouco.

Pegando dois, mordisquei um enquanto andava para o outro lado da cozinha. Drake não apareceu, e sorri ao pensar no que poderia estar fazendo. Pela forma como eu o deixei, algum tempo sozinho poderia ser necessário.

Mastigando meu último pedaço, bati nas portas de Ruby.

— Entre — ele falou.

Dessa vez, ele estava diante da estante de madeira rústica que ocupava a maior parte da parede direita.

Ele olhou para mim.

— Kallik. Como posso ajudá-la?

— A Cinth fez isso para você. — Estendi o bolinho. Talvez devesse ter trazido alguns a mais para ele.

Rubezahl pegou cuidadosamente o bolinho de queijo e o devorou em uma mordida.

— Meus agradecimentos. A Hyacinth traz um calor esquecido para nossa casa.

Sim. E era uma magia que ninguém mais poderia replicar.

— Aconteceu uma coisa no treino de hoje — eu contei.

Rubezahl levou consigo um livro que provavelmente tinha metade do meu tamanho de volta para seu trono e se sentou.

— Você se refere à presença de nosso amigo Unseelie?

Meus olhos arregalaram.

— É... Você já sabia?

— Ele abordou um ogro conhecido meu em Healy com uma história. Achei prudente dar trela para ver o que ele poderia fazer.

Um ogro.

— O ogro com a cerveja caseira de arrasar?

— O mesmo. — Os olhos azuis do gigante brilharam.

Sentei no banco em frente a ele.

— Você espera que Faolan revele alguma informação? Não faria sentido mantê-lo à distância?

— O que te preocupa com a presença dele?

O que *não* me preocupava com a presença dele?

— Ele é inteligente, Rubezahl. Sua lealdade e sua habilidade de luta o tornam perigoso. Ele levará o que descobrir aqui de volta à rainha Unseelie. Não é alguém para quem quero virar as costas, digamos assim. E se ele estiver por perto, não será mais difícil para eu alimentá-lo com informações falsas críveis?

Rubezahl me ouviu sem interrupção.

— Você tem instintos excepcionais, Kallik. Esse parece ser o ponto crucial de sua hesitação em relação a Faolan, mas é por isso que permiti que ele se infiltrasse em nossas fileiras. Seus instintos são páreo para os dele. É um risco, estou bem ciente disso, mas devemos correr alguns riscos para sobrevivermos nos próximos meses. Preferiria ficar de olho na rainha Unseelie por intermédio dele. A alternativa é ficar cego para o que pode vir.

Refleti.

— Ok. Entendo. E se ele se tornar um problema?

— Então vamos reconsiderar nossa posição, certamente. — Ele hesitou. — Estou pensando em outro curso de ação. Um que pode ser agradável para você. Acredito que é prudente que os feéricos do Triângulo se reúnam. Embora prefiramos nos espalhar, se houver um ataque, seremos mais fortes juntos.

Ele não estava errado.

— O outro benefício é que ficaria mais difícil para nosso convidado Unseelie reportar ao grupo dele. Os líderes designados de nosso rebanho já têm um local em mente e trarão seu povo de várias partes do Triângulo. Chegar lá levaria algum tempo, mas eu me perguntei se essa seria a oportunidade perfeita para treinar sua força na estrada. Eu precisaria espalhar a ordem enquanto viajamos, mas eu pararia para continuar nossas aulas de magia sempre que possível.

Deixar aquela região ajudaria a manter Hyacinth e eu seguras, e um número maior de Perdidos era um bom presságio para nossa proteção também.

Isolar Faolan de seus amigos Unseelie era a cereja do bolo.

Além dos benefícios para mim, meu esquadrão de treinamento teria a chance de realmente conhecer os pontos fortes e fracos de seus companheiros, e isso era uma parte crucial de qualquer força de combate sólida.

— Gostei. — Sorri. — Gostei muito. Quando partimos?

19.

—Preciso dizer outra coisa antes de sairmos — Ruby disse com suavidade, a pele ao redor de seus olhos enrugando com preocupação. Fiquei tensa, sentindo que uma bomba estava prestes a ser lançada.

— O quê?

— O equinócio de primavera está chegando. — Ele olhou para mim, a fumaça de seu cachimbo apenas um fio agora, até mesmo o cheiro desaparecendo do quarto.

Fiz uma careta.

— Eu sei. Final de março, como sempre. — Faltavam cerca de duas semanas para o equinócio.

Ruby baixou a cabeça.

— O rei Seelie enviou uma missiva dizendo que, se Underhill não for restaurada até o equinócio de primavera, ele enviará seu exército para acabar com aqueles que vivem no Triângulo.

Lutei para encontrar palavras.

— Então, não estamos apenas reunindo todos, estamos fugindo?

— A rainha Unseelie enviou uma missiva similar. As duas cortes vão unir forças para cumprir a ameaça. — Ele ergueu os olhos. — Então, sim, estamos fugindo. Para um lugar que nenhuma corte conheça. Um lugar que deve permanecer secreto para eles. Já pedi ao Drake para informar os outros, e eles estão fazendo as malas enquanto falamos.

Foi a minha vez de franzir a testa.

— Mas e o fato de Faolan estar com a gente?

— Chegaremos a um ponto sem volta, uma encruzilhada de vários caminhos diferentes. É lá que o Faolan não será mais bem-vindo em nossas fileiras. — Ele se empertigou em toda a sua altura, os ossos rangendo e estalando. O brilho de sua harpa dourada chamou minha atenção, presa às suas costas, mas visível sob sua longa capa.

— O que...

— Você terá muitos dias para pensar na melhor forma de lidar com ele antes de chegarmos a essa encruzilhada. — Ele passou por mim. — Mas, por enquanto, faça as malas e vamos embora deste lugar.

Mais do que um pouco atordoada, voltei para o meu quarto.

Minha mala estava tão pequena quanto na semana anterior. Enfiei os poucos itens que estavam pelo quarto, joguei nas minhas costas e fui ajudar Cinth no quarto ao lado.

— Como, em nome da deusa do céu e da terra, eu vou colocar todas as minhas coisas em uma única bagagem? — Ela deu um chute na mala e então pulou, xingando por causa da dor em seus dedos macios. Ela ainda tinha glacê nas mãos.

Suspirei.

— Você age como se não fôssemos de carro.

Ela me lançou um olhar afiado.

— Você não ouviu? Vamos *andando* o caminho inteiro. Em *março*, no *Alasca*, quando faz tanto frio que meus peitos congelam. — Ela estremeceu como se já estivesse sentindo o frio cortante.

Uma batida à porta nos fez virar.

Drake enfiou a cabeça para dentro.

— Temos uma carroça, você pode levar as duas malas, Hyacinth. — Ele sorriu. — Confie em mim, ninguém quer você infeliz.

— Louvado seja! — Ela jogou as mãos no ar e terminou de encher as malas, entregando uma para mim. Fingi quase desmaiar com o peso. — O que você está levando, tijolos?

Sua expressão mordaz fez Drake rir, e ela o seguiu para fora da sala e desceu as escadas. Eu os segui, perdida em meus pensamentos.

As duas cortes viriam atrás dos Perdidos no equinócio de primavera, e eu precisava encontrar um jeito, em questão de dias, de fazer Faolan deixar o grupo.

Puta que pariu, esse estresse ainda ia me matar.

Saímos no ar gelado da noite, e uma explosão de gritos irrompeu. Dois dos homens do treinamento daquela manhã estavam um em cima do outro, rolando na neve, seus punhos voando com força.

O que estava no topo era (chocante, eu sei) Ivan. O causador de problemas na camisa irracionalmente pequena.

O brilho de uma lâmina fez eu me mover rápido, e arranquei a lâmina da mão de Barriguinha de Fora — também conhecido como Ivan. Ele se virou para mim, o rosto contorcido em uma raiva tão quente que sua pele estava vermelha brilhante.

Ele se lançou em mim, mas desviei de seus golpes com facilidade, ficando fora do alcance. Ele cansaria muito mais rápido do que eu... ou será que não? Me ocorreu que a loucura podia estar envolvida. O feérico parecia irracionalmente furioso.

— Drake — gritei, bloqueando outro soco desleixado —, chame o Rubezahl, preciso que ele acalme esse aqui.

Um rugido gutural saiu de Barriguinha de Fora, e ele caiu de joelhos, segurando a cabeça enquanto as palavras saíam de sua boca. Palavras em tlingit.

— *Os espíritos... eles virão atrás de você na noite de lua cheia. Esteja pronta.*

Sua boca se fechou, e ele caiu para o lado, convulsionando. Eu ajoelhei ao seu lado e o segurei para que não mordesse a língua.

Uma grande mão alcançou meu ombro e descansou na parte superior do corpo de Ivan.

— Calma, meu amigo, calma.

Algumas notas da harpa ecoaram, e a calma que fluiu sobre o espaço foi imediata. Os olhos de Ruby fizeram uma varredura ao nosso redor.

— A loucura continua a se infiltrar em nossas fileiras. Devemos permanecer vigilantes.

Mas *agora* não tinha tanta certeza de que era apenas a loucura feérica que tinha tomado aquele cara. Ele tinha falado em tlingit. Assim como aquelas palavras que eu tinha ouvido no rádio.

Ele tinha falado de espíritos também.

Drake e alguns outros ergueram o feérico inconsciente e o levaram até uma das duas carroças. Pisquei e observei os enormes animais atrelados às referidas carroças. Duas vezes o tamanho de cavalos de tração normais, com três conjuntos de asas nas costas e caudas lisas, musculosas e com farpas na ponta, o pelo era malhado de azul pálido e branco como se estivessem congelados. Pingentes de gelo grudados em suas crinas, tilintando como sinos a cada sacudida de suas cabeças maciças.

De onde estava, eu podia ver as presas saindo de suas longas bocas.

— Kelpies terrestres? — sussurrei.

— Expulsos das cortes por serem cruéis. Mas nem todos são ruins. — Ruby deu um tapinha na traseira de um, e o kelpie resmungou e levantou uma pata traseira em um aviso óbvio ao qual Ruby parecia alheio.

A maioria dos equipamentos e das malas foi colocada em uma carroça, e todos começaram a subir na outra.

— Esperem. — Levantei uma mão. — Qualquer um que estiver treinando comigo irá andando.

Os homens, que tinham cortado gelo havia apenas algumas horas, me olharam incrédulos.

Alguns murmuraram.

Notei que Lan não estava com eles. Já havia decidido se separar? Ou estava correndo de volta para seus amigos Unseelie para que eles soubessem o que estávamos fazendo?

Afastei os pensamentos e levantei uma sobrancelha.

— O desafio é o seguinte: se um de vocês me alcançar antes de nossa primeira parada, poderá andar na carroça o resto do caminho.

Cinth piscou.

— Estou apostando nela, rapazes. Cócegas extras se vocês a alcançarem. — Eu não tinha certeza se ela estava falando sério a respeito dos petiscos.

Joguei minha mochila para minha amiga, de repente notando o tremor em suas mãos, que ela não conseguia controlar. Droga. Ver Ivan assim devia tê-la assustado.

— Está tudo bem. Você está bem.

Ela se inclinou para mais perto, lançando um olhar para os outros enquanto engolia.

— O Ruby disse que a loucura está se infiltrando em nossas fileiras, Alli. Ele disse isso mesmo. Droga.

— E você viu a facilidade com que ele controlou o Ivan, não viu?

Sua expressão relaxou, e ela deu um sorriso rápido.

Ruby se aproximou.

— Você consegue identificar a constelação do ursinho, Kallik?

Hm...

— Ursa Menor — ele acrescentou.

Ah. Examinei o céu, balançando a cabeça enquanto me concentrava.

— Consigo.

— Vá nessa direção e você encontrará nosso primeiro acampamento. Uma ampla clareira, você não vai deixar passar.

— Entendi. Obrigada. — Sem outra palavra, comecei a correr.

A trilha de neve compactada era bastante fácil de seguir. Aqui e ali o terreno era reduzido a terra nua, e era pior, macio e instável.

Não havia muitas coisas que eu pudesse fazer melhor do que os outros feéricos, mas dane-se, eu tinha resistência para dias. Correr longas distâncias — por mais que eu odiasse às vezes — era a minha praia.

À minha frente estava o primeiro desafio de verdade, uma montanha coberta de neve que subia pelo que parecia ser mais ou menos um quilômetro e meio. *Perfeito.*

Ouvi o barulho de pés na neve atrás de mim. Não tinha dúvidas de que Drake estaria na frente do bando, e provavelmente Faolan, se ele tivesse se juntado a nós na estrada. Mas uma rápida olhada para trás mostrou apenas Drake correndo para me alcançar.

Corri montanha acima, cravando meus pés na neve e quase pulando a cada impulso. O fluxo da terra e da neve ao redor parecia correr nas minhas veias, sob minha pele e nos meus ossos. Os pedaços de terra que eram rochas sólidas, não escorregadias com neve ou gelo, se iluminavam com um azul mais brilhante do que o resto, e aceitei a ajuda que a natureza me ofereceu, agradecendo à magia enquanto disparava à frente dos homens que eu estava treinando.

Ganhei distância, era o mais rápido que eu já tinha corrido, mesmo em terreno plano, e no topo me virei e olhei para baixo. Drake ainda não tinha chegado ao meio do caminho, os outros estavam bem atrás dele. Esperei que ele alcançasse a marca de três quartos da montanha antes de continuar.

Não tinha pensado no que significaria chegar ao local do acampamento primeiro, então quando irrompi na clareira, respirando com dificuldade e com o suor congelando na minha pele, fiquei mais do que um pouco chocada ao ver que um acampamento já havia sido montado. Homens circulavam, e o cheiro de várias pequenas fogueiras pairava no ar.

Levantei a mão.

— Primeira batedora de Rubezahl.

Os feéricos que me avaliaram eram todos homens e visivelmente mais brutos que o grupo de Ruby. Cabeças e rostos cheios de cabelos e pelos emaranhados, com pedaços de terra, gravetos e folhas por toda parte. Suas roupas eram de corte grosseiro, costuradas à mão com couro e pedaços de ossos. Mas eles seguravam suas armas como se soubessem usá-las. Continuei andando pela clareira. Tinha certeza de que poderia vencê-los, ou a maioria, de qualquer maneira, mas enquanto caminhava, mais deles chegaram. Vinte e dois deles e apenas eu. Droga. Só podiam ser... selvagens. Feéricos selvagens.

Eu não os chamaria de "lendários", estavam mais para "famosos". Feéricos sempre se saíam melhor em uma sociedade rígida, regulada por juramentos para que sua magia fosse contida. Mas, uma vez que os juramentos fossem quebrados — ou nunca feitos —, a magia poderia ganhar vida própria. Claro, como a loucura da qual se falava, eu acreditava que muitos contos de fadas sobre selvagens tinham sido inventados para manter as pessoas na linha. Mas na minha frente estava a verdade do que nossa magia poderia causar se não a canalizássemos para seguir um líder.

Ninguém falou comigo quando comecei a acender uma fogueira. Eu não tinha sílex nem fósforos, mas encontrei uma gavinha fraca de energia vermelha nas profundezas do solo e a encorajei a subir à superfície para me ajudar. Tinha começado a suar quando o fogo finalmente irrompeu, iluminando os galhos e a madeira com um estalo.

— Obrigada — murmurei para o chão, sorrindo quando a grama ao redor dobrou de comprimento.

Alimentei as chamas com mais combustível e me acomodei em um tronco onde pudesse esticar as pernas para absorver o calor. Correr no meio da noite não era divertido, mas eu precisava treinar sempre que pudesse. E dado que éramos tão poucos e as cortes tinham tantos, correr era uma coisa que os Perdidos precisavam sem dúvida dominar.

Mais de meia hora depois, Drake chegou correndo no acampamento, seus olhos varrendo a área até me encontrar.

— Porra, como você faz isso? — perguntou com uma voz firme.

— Correr? Muita prática — respondi. — Treinei por oito anos, lembra?

— Não, subir aquela colina... era como se você não estivesse tocando o chão. — Ele se jogou ao meu lado no tronco, colocando o braço logo atrás das minhas costas. Isso era para que eu pudesse me apoiar nele se eu quisesse?

Antes que eu pudesse responder, os dois kelpies da terra apareceram com as carroças enormes. Parecia que eles haviam contornado a base da colina em vez de a atravessarem. Eu tinha ouvido que aquelas criaturas eram rápidas, e elas provaram que a informação estava correta.

Ruby estava sentado atrás de uma das carroças, as pernas balançando na neve. Cinth conversava ao lado dele, suas mãos esvoaçando como pássaros enquanto explicava uma coisa ou outra.

Mais corredores chegaram na hora seguinte, e cataloguei mentalmente a forma física de cada um enquanto ajudavam a montar o acampamento básico. O planejado era não ficar muito tempo.

— Oito horas e então partiremos. Sugiro que comam e durmam, nessa ordem, meus amigos. — A voz de Ruby ecoou pela grande clareira. — A cada parada, pegaremos mais de nossa família.

Não houve murmúrios contra suas palavras. Todos comeram em silêncio.

Nenhuma barraca foi montada. Estávamos todos dormindo ao ar livre, e seria assim provavelmente até o fim da viagem.

Cinth estava certa. Seriam dez dias frios até chegarmos ao santuário.

Tirei meu saco de dormir e o de Hyacinth da carroça.

— Aqui, entre embaixo.

— Nós vamos ser atropeladas — ela gritou.

Eu a empurrei suavemente.

— Vá.

Ela se abaixou sob a carroça, alta o suficiente para formar um teto baixo, e eu a segui, puxando nossos sacos de dormir.

— Pelo menos se começar a nevar teremos abrigo.

Apesar do frio, um silêncio caiu rapidamente sobre o acampamento. Uma grande parte dos homens estava exausta da corrida, e eu não estava muito melhor. Todos dormiam juntos, não querendo usar nenhum feitiço para se aquecer, caso estivéssemos sendo observados. Embora eu achasse improvável, não discuti.

Precisava dormir, *queria* dormir, mas fiquei ali deitada olhando para a madeira escura da parte de baixo da carroça, praticamente contando os minutos.

Uma sensação indefinida me tomou, e depois de sólidos vinte minutos ignorando meu instinto, eu finalmente o escutei.

Desistindo de dormir, deslizei do meu saco de dormir e o coloquei sobre Cinth, que se aconchegou mais, soltando murmúrios sonolentos. Provavelmente conversando com seus bolinhos ou algo assim.

Saindo do abrigo, agachei-me e olhei para o acampamento.

205

Nenhum movimento que eu pudesse...

Congelei ao ver uma figura escura deslizar entre as árvores do outro lado do acampamento. O corpo era transparente, mas não totalmente invisível. O feérico estava apenas disfarçado.

Só podia ser um Seelie.

Antes que eu pudesse mudar de ideia, estava me movendo, cortando a escuridão e rastejando atrás do espião.

As árvores densas me ajudaram a não ser detectada enquanto corria atrás da figura encapuzada. Parou uma vez, e me abaixei atrás de um pinheiro gigante, prendendo a respiração. Esperei quinze segundos antes de espiar.

A figura já estava em movimento novamente, mais rápido agora, como se soubesse que alguém estava em seu encalço. Percorremos um quilômetro e meio, pelos meus cálculos, antes que o feérico encapuzado deslizasse para fora das árvores e entrasse em uma clareira muito menor.

— O que você encontrou? — Uma voz rastejou sobre mim como milhares de insetos.

Yarrow. Aquele maldito estava ali?

— Estão dormindo — outra voz, mais suave, respondeu.

Meu coração se apertou quando identifiquei aquela voz também. Bracken. Ela estava trabalhando para ele agora? Droga, ela estava trabalhando para ele o tempo todo? Eu duvidava, mas a traição doía em mim. Pensei que Bracken fosse amiga. Um breve lampejo de arrependimento me atravessou — eu nunca deveria ter dado a ela aquela segunda moeda.

Achava que não tinha sido detectada pela corte Seelie até aquele ponto. Ou talvez eles não tivessem ideia de que eu estava com os Perdidos ainda. Talvez estivessem apenas rastreando Rubezahl e os outros.

De qualquer forma, era uma coisa ruim.

— Então aquele idiota do Ivan falou a verdade, afinal — Yarrow zombou.

— Você esperava que ele mentisse? — ela retrucou.

— Quem sabe, já que estamos falando daquela escória de párias. Mas não, ele parecia zangado o suficiente para trair sua espécie. Esse foi o caminho que ele disse que tomariam.

Bracken fez uma pausa, então perguntou:

— E agora?

— Agora, vamos pegá-los — Yarrow anunciou.

Porra.

Minhas mãos foram para minhas espadas, mas não sabia quantos guardas Seelie estavam por perto. E se tivesse muitos?

Embora estivesse muito tentada a cuidar de Yarrow ali mesmo, virei-me e corri de volta para o acampamento, me movendo tão rápido que, ao subir a colina, parecia que eu estava me arrastando pela lama.

Irrompi na grande clareira e tirei energia de um arbusto próximo para alimentar minha magia índigo e amplificar minhas palavras, lançando-as para os Perdidos adormecidos.

— Hora de ir, os Seelies estão vindo para nos matar enquanto dormimos — ordenei.

Nada como uma ameaça de morte para acordar todo mundo.

20.

O acampamento irrompeu em uma agitação silenciosa.

Caminhei pelo meio deles, dando ordens silenciosas enquanto sacudia os outros para acordá-los.

— Armem-se. Uma contingência Seelie está pronta para atacar. Espalhe a notícia, limpe a área. E se mantenham escondidos!

Quantos deles havia?

Porque cada um de seus lutadores valeria cinco da minha mísera tropa em treinamento, talvez mais. Esperava sinceramente que os feéricos selvagens tivessem alguns talentos ocultos.

Deslizei entre dois homens de olhos turvos da minha tropa, procurando por um deles em particular.

— Alli!

— Drake. — Agarrei seu braço. Tínhamos ido dormir completamente vestidos para o frio, mas ele já estava bem acordado e armado até os dentes, incluindo sua pistola, que segurava com força. Ótimo. — Leve a Cinth e aqueles menos capazes de lutar para o meio. Quero nossos homens espalhados ao redor deles. Você vai comandar o flanco esquerdo, e eu, o direito. A ordem é desarmar e incapacitar ou matar. Não podemos arriscar que nenhum dos Seelies escape. Entendeu?

Ele assentiu concisamente.

— Entendi.

Eu o deixei e me aproximei de Rubezahl, que teve o bom senso de ficar parado e não se mexer e sacudir o chão. Nossos murmúrios frenéticos provavelmente estavam alcançando os Seelies pela floresta, de qualquer maneira, mas poderíamos mantê-los sem saber de nós e despreparados.

— Do que você precisa? — perguntei a ele.

Seus lábios se curvaram, e seus olhos azuis, que costumavam ser calorosos, pareciam o gelo no coração de uma geleira. Sempre senti uma pitada de perigo vindo dele, puramente por causa de seu poder absoluto. Ninguém em sua companhia deixava de notar que Rubezahl era apenas amigável e gentil porque *escolhia* ser.

Mas ficou claro que aquela noite ele tinha feito uma escolha diferente.

— Apenas espaço para me mover — ele respondeu.

Perfeito.

Levei um instante para ligar minha visão mágica, piscando enquanto fios de cores ganhavam vida ao meu redor. Azuis, verdes, índigos, laranjas, vermelhos e amarelos, e todos os tons intermediários.

Mas eu estava interessada em uma coisa...

Olhando para a floresta, na direção em que segui Bracken até Yarrow, contei as formas que se aproximavam de nós através das árvores grossas. Vinte e um. Onze à esquerda. Dez à direita.

Merda.

Enquanto eu observava, cinco das formas mágicas desapareceram, como se o feérico ao qual pertenciam tivesse sido apagado. Outros sete desapareceram nos próximos segundos.

Eu sabia exatamente o que isso significava.

— Ruby, você sabe aquela coisa de camuflagem que o Drake faz? Você pode ver através dela?

— Posso.

— Pode contar quantos estão se aproximando pelas árvores, por favor?

Ele virou a cabeça enorme e varreu a clareira da floresta.

— Vinte e nove.

Merda ao quadrado.

Agradecendo a ele, corri de volta pelo grupo, que estava aparentemente em ordem graças a Drake.

— Se você é capaz de esconder sua magia, faça isso agora — sussurrei.

A instrução foi passada ao redor quando me aproximei do feérico selvagem que estava na frente de sua força. Todos eles tinham se camuflado.

Olhei para os arcos que cada um deles segurava.

— Eu estou supondo que essa é a sua habilidade? — perguntei ao homem com cabelo ruivo desgrenhado.

Ele assentiu.

Pensando rapidamente, ordenei:

— Quero cinco de vocês cercando nossos membros mais fracos no centro. O resto precisa subir nas árvores.

Os olhos do homem feérico foram para onde Rubezahl finalmente estava se levantando. Como se sentisse a atenção, o gigante olhou em nossa direção e assentiu.

— Siga as ordens dela.

Sem precisar de mais encorajamento, o feérico selvagem falou rapidamente com sua tropa, que se dispersou como eu havia pedido.

Pouco menos da metade do nosso comboio já estava camuflado. Melhor que nada.

Eu me aproximei da metade direita e estudei meus lutadores. Deusa, estavam uma bagunça. Ignorando a inquietação deles, comecei a reorganizar o anel que eles formaram no perímetro da clareira.

— Vocês são uma dupla — disse para os dois homens no final. Mexendo na frente, continuei emparelhando-os, depois me afastei. — Vocês têm parceiros agora. Observem as costas um do outro a partir de agora. Protejam um ao outro. Os guerreiros que vão chegar são rápidos e bem treinados. Não se segurem por um segundo. Se fizerem isso, estão mortos.

De pé diante deles, saquei minhas espadas e girei os pulsos algumas vezes. A adrenalina havia afastado o sono e o torpor, e meu sangue cantava com a promessa de uma luta. Era como um dia qualquer de treinamento em Underhill — bem, na falsa Underhill. Mas ainda assim. Passei dias esperando que algo acontecesse, e eu *saboreava* a ideia de parar de me segurar.

— Chefe? — Um cara loiro assobiou.

Ele estava falando comigo?

— Chefe Kallik — o homem disse mais alto.

Aparentemente, sim.

— O que, soldado?

— Alguns de nós têm alguns truques de magia que podem ser úteis.

Meu interesse foi despertado.

— Contanto que não seja nada que prejudique nosso grupo, vá em frente.

O homem assentiu e sorriu. Ele se concentrou intensamente na linha das árvores por um momento, e — ainda sintonizada com minha magia — observei sua magia vermelha se estender para fora, deixando um rastro de grama e flores silvestres mortas em seu rastro. Unseelie então, pelo menos a princípio.

Em resposta ao seu chamado, raízes retorcidas surgiram do solo, se torcendo em um labirinto que quebraria os tornozelos de qualquer um que fosse idiota o bastante para correr para nosso acampamento vindo da floresta ao redor.

Bem útil.

— Bom trabalho.

Um grito disparou em nossa direção, vindo das árvores grossas:

— Feéricos párias! Rendam-se à corte Seelie em nome do rei Aleksandr!

Yarrow nunca deixou de fazer meu sangue ferver, e abri a boca para retrucar, mas Rubezahl falou primeiro:

— O que a corte Seelie tem contra nós, feéricos pacíficos do Triângulo?

— Vocês estão abrigando uma feérica que é procurada por seus crimes contra Underhill.

Suponho que não estivessem atrás de Hyacinth por colocar muito sal no ensopado.

Os olhares voaram para mim antes de retornarem à vigília na floresta.

Rubezahl falou novamente:

— Não há ninguém entre nós que tenha cometido um crime contra Underhill.

— Nós vimos a mestiça com você — Yarrow rugiu.

Calma, calma.

— Você se refere a Kallik de Casa Nenhuma? Que eu saiba, ela não cometeu nenhum crime. Suponho que tenha provas irrefutáveis do envolvimento dela.

A resposta de Yarrow veio de um lugar mais próximo dessa vez.

— Mais de cinquenta testemunhas oculares, seu vira-lata gigante e imundo.

Um rosnado deixou meus lábios, e não foi o único.

Insultar Ruby estava fora de questão. Aposto que ele ajudou cada pessoa ali em um momento ou outro.

Um trovão soou no alto. No mesmo instante, uma névoa se ergueu da terra e se espalhou de nossos arqueiros posicionados nas árvores em direção aos nossos atacantes. Olhei para Ruby. Seus olhos não eram as únicas coisas glaciais agora. Seu rosto poderia ter sido esculpido em pedra. Ele estava atrás de sangue, em grande estilo.

— Nunca irrite Rubezahl — alguém disse com admiração.

O comentário roubou minha atenção.

— Por quê?

Era o cara louro tagarela novamente.

— Você não ouviu as histórias? Ele é o mais benevolente quanto pode, mas, se vai insultá-lo, está fazendo isso por sua conta e risco. Ele pode ser tão vingativo quanto gentil.

Eu poderia não ter concordado com isso no dia anterior, mas vê-lo naquele momento...

Pelo testículo esquerdo de Lugh, Yarrow estava ferrado.

— Essa é sua última chance de se render — Yarrow explodiu. — Nossa força de cinquenta soldados o cerca.

Cinquenta, né? Mentiroso.

— Essa ordem vem do rei Aleksandr? — A voz de Rubezahl era suave apesar da expressão fria em seu rosto. — Ele foi bem claro demonstrando que valoriza um forte relacionamento com os feéricos daqui, e comigo também. Tem certeza de que não está agindo com muita pressa, Yarrow da Casa Dourada? É possível que você comece algo que não pode terminar e que desencadeie muitas coisas. Os párias não têm problemas com as cortes.

Meus ouvidos captaram murmúrios baixos e instáveis de dentro das sombras das árvores.

— Os mestiços e os fracos não são amigos da corte Seelie. Vocês não são mais bem-vindos nesse reino e no próximo há muito tempo — Yarrow gritou.

Não houve mais conversa; apenas um rugido furioso antes que as duas forças Seelie avançassem.

— Desarmar, incapacitar ou matar! — gritei através da clareira.

O som de passos me alertou de que Yarrow e sua tropa estavam correndo pela névoa. Parte de mim estremeceu quando o primeiro Seelie alcançou o labirinto de raízes. Ossos estalaram como galhos quebrando, e gritos rapidamente rasgaram o ar. Os que estavam atrás não pararam para ajudar seus companheiros antes de pular a treliça para entrar na clareira. Esperei que metade deles passasse.

— Atirar! — ordenei para os feéricos selvagens nas árvores.

O som das cordas dos arcos foi a única confirmação de que ouviram. Um Seelie me alcançou, e ergui minha espada para aparar o que teria sido um golpe letal. Chutando-o no estômago, girei para cortar a parte superior das coxas da mulher que vinha atrás antes de me lançar nele novamente.

As palavras de Rubezahl me surpreenderam: *não temos nenhum problema com as cortes.* Por mais estranho que fosse, eu tinha o mesmo sentimento.

Não conhecia esse homem que estava apenas seguindo as ordens de um superior idiota — ele não merecia a morte se eu pudesse evitá-la. Golpeei seu crânio com o punho da minha espada, saltei e entrei na dança que eu amava.

Uma dança mortal e perigosa. Cheia de arestas afiadas e consequências terríveis.

Eu extraí energia das árvores ao meu redor, como a maioria dos outros feéricos logo fariam, se já não tivessem feito. Puxando gavinhas de energia, sussurrei para que os fios energizassem meus músculos e alimentassem a força dos meus golpes. Flores explodiram em vida por toda a pequena clareira.

Dei um golpe brutal nas espadas cruzadas de um homem, e ele largou as duas, boquiaberto. Uma flecha perfurou suas costas, e eu segui em frente, ajudando meus homens sempre que possível e fazendo o meu melhor para manter os Seelies espalhados.

Estávamos ganhando.

— Kallik — uma voz feminina suave chamou atrás de mim.

Imediatamente coloquei distância entre mim e Bracken. Ela ainda estava em forma translúcida, quase invisível e se esquivando de golpes com facilidade.

— Está do lado do Yarrow? Nunca pensei que veria isso. — Cuspi a seus pés, sem tirar o foco do meu entorno.

Sua forma brilhou quando ela saiu do caminho de uma flecha.

— Ele foi desonesto. Não consultou o rei antes de ordenar esse ataque.

Não era preciso ser um gênio para adivinhar isso. O que era um tremendo risco, considerando o juramento que Yarrow fizera ao rei e as consequências de quebrá-lo.

— E daí?

Ela me seguiu enquanto eu me lançava para cortar as panturrilhas de uma Seelie que se aproximava de um dos meus lutadores mais fracos.

— Ele acredita que é a chance dele de subir na hierarquia antes do tempo — ela disse. — Está consumido por isso. Você não pode deixá-lo sair vivo dessa luta.

Bufei, esquivando-me de um golpe selvagem que deixou claro que o Seelie não era de forma nenhuma um feérico da Elite. Eu o desarmei facilmente e o chutei na direção de outros lutadores.

— E eu deveria confiar em você por quê?

— Porque foi o azar que me fez estar junto com o Yarrow agora. Não sou forte o bastante para lutar com ele e vencer. Tentei roubar o rádio para entrar em contato com alguém em Unimak, mas ele não sai de perto dele. Sou obrigada a fazer o que puder para cumprir as ordens do rei Aleksandr, e você é a única pessoa em quem consigo pensar com habilidade para deter o Yarrow.

Eu me virei para responder, mas só vi o brilho fraco de sua capa translúcida enquanto Bracken se dirigia para as árvores.

A batalha estava perdendo força, mas gritos furiosos cresciam no flanco esquerdo.

— Verifiquem se há mortos. Amarrem os inconscientes — ordenei antes de correr em direção aos sons de um choque brutal.

Dez feéricos estavam aos pés de Rubezahl enquanto eu passava, e engoli em seco ao ver os ângulos não naturais do corpo deles, certa de que todos estavam morto, mas meu foco foi para o confronto entre Yarrow e Drake, lâminas dançando descontroladamente.

Gritei ordens outra vez para aqueles que observavam, e eles se esforçaram para obedecer, tentando manter um olho na luta.

De pé ao lado, permaneci na ponta dos pés, pronta para intervir se necessário.

Eu tinha um grande problema com aquele idiota, claro, mas Drake tinha a preferência.

— Sente falta da sua mão? — Yarrow zombou.

Eu tremi de fúria.

Drake não respondeu, completamente ocupado com a tarefa de matar o homem que lhe havia causado todos os problemas. E foi uma jogada sábia. Ele não era o melhor lutador. Tinha apenas quatro meses de treinamento contra os oito anos de Yarrow, e essa diferença estava começando a ficar evidente.

Yarrow ganhou terreno, direcionando Drake para um canto.

— O que foi, Drakezinho? Pensei que éramos amigos.

— Você é um traidor! — Drake gritou.

Eu me aproximei, desejando que ele não mordesse a isca. Yarrow queria entrar em sua cabeça, forçá-lo a cometer um erro.

— As vantagens de ser alguém — Yarrow respondeu. — Você devia tentar isso algum dia. Ajuda com as garotas. — E me mandou um beijo, o filho da puta.

Drake rugiu e abandonou a aparência de controlado que mantinha até então.

Eu sabia que a luta havia acabado, e Yarrow também.

Evitando Drake, Yarrow balançou sua lâmina para baixo e depois inverteu a trajetória, baixando a lâmina diretamente no braço bom de Drake.

— Não! — gritei, lançando-me para aparar o golpe que levaria o outro braço de Drake. Grunhi com o esforço, os músculos do meu braço protestando contra o ângulo ruim que os forcei a tomar. Minha lâmina deslizou entre eles, e a espada de Yarrow resvalou na minha direção.

Ele girou e deu um golpe violento com as costas da mão na mandíbula de Drake. Seus olhos verdes rolaram para trás, e ele caiu no chão.

Pela primeira vez, Yarrow olhou em volta e pareceu perceber que estava em grande desvantagem numérica. Nem um único soldado de sua tropa permanecia em pé, embora fosse difícil ver com toda a precipitação mágica. Mais Seelies do que Unseelies deviam ter participado da batalha, porque a clareira tinha sido invadida por flores e arbustos, e as árvores estavam muito mais altas do que vinte minutos antes.

Feéricos selvagens desceram das árvores, e Yarrow empalideceu quando o olhar passou sobre eles, os feéricos atrás de mim, e então pousou em Rubezahl.

— Você fodeu tudo, Yarrow — eu comentei suavemente. — Olha aonde você chegou. O rei Aleksandr não ordenou esse ataque. Você será executado por um erro desse tamanho. — Não tinha certeza disso, mas queria que ele pensasse que sim.

Ele não se incomodou em tentar me corrigir.

As palavras de Bracken ecoaram em meus ouvidos. *Você não pode deixá-lo sair vivo dessa luta.* Ela provavelmente estava certa, não que isso importasse. Eu poderia tê-lo derrubado no calor da batalha, mas a batalha acabou. Yarrow, o malandro, não estava mais lutando.

Oito anos na companhia das mesmas pessoas lhe ensinam muito a respeito delas.

Tinham me ensinado que Yarrow era o pior tipo de malandro, porque era inteligente e covarde. E ensinaram a ele, sem dúvida, que eu tinha limites que não cruzaria, uma integridade moral à qual me agarrava mesmo no calor da batalha.

— Quantos Seelies estão no Triângulo? — exigi saber.

Seu olhar se estreitou.

— Trezentos.

Quase soltei um gemido. Quão idiota ele achava que eu era? O grande número que ele tinha acabado de falar me fez pensar se o número *real* não estaria muito mais próximo de zero.

Mas quando o rei ouvisse o relato de Yarrow, enviaria mais. E provavelmente um número muito maior que zero.

Merda.

Olhei por cima de sua cabeça para Rubezahl, que deu um passo à frente.

— Para alguém tão ambicioso, a pior pena imaginável é admitir o fracasso — o gigante disse.

Yarrow saltou para trás, olhando para a floresta à sua esquerda.

— Afaste-se de mim, abominação.

Minhas sobrancelhas se ergueram.

— A única abominação aqui é você, Yarrow.

— Não é o que você pensava oito anos atrás.

Sorri, deixando minha lâmina brilhar na luz.

— Você gostaria de resolver o assunto com um duelo?

Isso resolveria meu problema, mas Yarrow era, como sempre, esperto o suficiente para saber quando lutar e quando ser covarde.

— Deixe o Triângulo — Rubezahl ordenou alto. — Volte para o seu rei e conte a ele sobre a decisão que você tomou aqui hoje. Se você for sábio, aprenderá alguma coisa.

— Ele não é nada sábio — eu disse para o gigante. Deveria dizer mais? Bracken não era do tipo que falava, a menos que fosse importante...

Mas então eu precisaria explicar sua presença ali, e que eu a deixara escapar.

Engoli as palavras de volta.

Ele me lançou um olhar divertido.

— Não, mas todo mundo merece uma segunda chance, não é? Volte para Unimak, Yarrow da Casa Dourada. E saiba que enviarei uma missiva ao rei daqui a sete dias, detalhando o que aconteceu aqui hoje; caso você precise de... um incentivo extra para confessar a verdade.

Yarrow estava branco como giz.

— Ele não vai acreditar em você.

O gigante abaixou a cabeça, seus olhos mais frios que nunca.

— Dou conselhos ao seu rei sobre assuntos importantes desde muito antes de você nascer. — Seus olhos brilharam. — Vá agora, ou enfrente minha ira.

Com os outros Perdidos, observei Yarrow virar as costas e correr para as árvores.

21.

Os três dias seguintes de viagem foram abençoadamente livres de incidentes, exceto as coisas que costumam acontecer em acampamentos prolongados em temperaturas abaixo de zero. Algumas queimaduras de frio, algumas queimaduras nas fogueiras do acampamento, uma discussão ocasional que era resolvida com uma competição de quem mijava mais longe. Sério, dava para pensar que aqueles caras tinham acabado de descobrir que podiam fazer isso em pé, dado o quanto eles mijavam desenhando coisas na neve.

Tinha que ser uma coisa de homem. Talvez, se minhas partes fossem compridas assim, eu faria o mesmo.

A cada dia que acampávamos, mais e mais membros da "família" dos Perdidos se juntavam a nós, até chegarmos a quase cem. Quanta gente... e todos *homens*. Claro, mulheres feéricas raramente eram párias — o número de nascimentos feéricos era muito baixo para nossos líderes permitirem que isso acontecesse. Mas em Unimak havia muitos de ambos os sexos, então, embora fizesse sentido ver tantos homens, era um pouco perturbador ser uma das duas mulheres do grupo.

Cinth e eu nos destacávamos — mais ela do que eu, na verdade, com suas curvas e sua personalidade exuberante. Todas as noites, ela cozinhava um ensopado com qualquer caça que um dos caçadores trouxesse e, em menos de uma hora, estaria pronto, junto com o pão que ela assava *no fogo*.

— Não sei como você faz isso — murmurei com a boca cheia do pão que acabara de mergulhar no ensopado daquela noite, cheio de carne de veado e especiarias, que deixavam uma ardência agradável no fundo da minha garganta e ajudavam a nos esquentar.

Hyacinth ignorou o elogio.

— Não está tão bom; não tenho vegetais e tem poucas especiarias disponíveis. Queria poder fazer uma coisa mais gostosa!

Um coro de protestos se ergueu, especialmente dos feéricos selvagens. A comida estava fazendo muito bem a eles, que tinham começado a interagir com o resto de nós. Alguns até apararam seus cabelos e barbas, fazendo-os parecer muito mais... bem, normais, e não como feéricos perdidos no tempo e na magia.

O treinamento continuou, e os homens pareciam mais dedicados depois do ataque ao nosso grupo. Eu corria todos os dias à frente daqueles que treinavam comigo, forçando-os a encontrar um novo nível de condicionamento físico, querendo ou não. Alguns recém-chegados se juntaram ao grupo original de trinta e três, aumentando-o a pouco mais de cinquenta aprendizes. No final do dia, quando estavam exaustos, praticávamos esgrima básica. *Defender, atacar, bloquear, cortar.* Repetidas vezes, até que Cinth nos chamava para a enorme panela de cobre que estaria borbulhando sobre o fogo — combustível para o próximo dia de treinamento.

Com uma tigela cheia de ensopado bem quente na mão, fui me sentar ao lado de Rubezahl.

Ele olhou para baixo enquanto fumava seu cachimbo.

— Jovem, é perceptível que você deseja falar comigo. Por favor, fique à vontade. — Ele fez um movimento com a mão, e fiquei boquiaberta quando o deserto de neve desapareceu e foi substituído pelo interior de seu escritório.

— Uma ilusão? — Eu me sentei no banco em frente a ele. Parecia bastante real para mim, mas, novamente, Underhill também o fora por oito anos.

— Sim e não. — Ele sorriu. — Mas isso nos dará privacidade. Ninguém vai nos ouvir.

Isso era bom, porque ele estava certo: eu tinha coisas a dizer e perguntas a fazer.

Ele fez uma pausa e mexeu a mão, produzindo uma pequena xícara de chá em sua palma.

— Aqui, tome um chá enquanto espera seu ensopado esfriar. Me diga o que acha. É uma nova mistura que inventei.

Aceitei a xícara e bebi.

— Frutas silvestres, acho. Algo mais terroso também, tipo trufa ou cogumelo... — Ele sorriu, e sorri de volta. Era uma coisa boba conversar sobre chá com ele, mas eu gostava.

Tomei outro gole.

— O Lan não veio até mim para obter mais informações, e... não sei se ele ainda está por perto. Isso me preocupa. — E se ele tiver se ferido na luta e ninguém tivesse notado? Eu o procurei em todo canto todos os dias no acampamento e não o vi nem uma vez. Nem mesmo uma vez.

— Ele está aqui — Ruby disse, e minha cabeça se ergueu, fazendo-o rir. — Ele nunca está longe de você, observa-a sempre. Tem certeza, Kallik... — Fez uma pausa. — ... que ele está aqui pela razão que lhe deu? Talvez fique agora por um motivo mais... delicado?

Não era a primeira vez que me faziam essa pergunta. Olhei para minha tigela de ensopado, que viera comigo.

Cinth tinha sugerido a mesma coisa, mas não era... de jeito nenhum. Eu o irritava tanto quanto ele me irritava. Quando voltei, talvez tenha havido alguns momentos juntos em que algo poderia ter acontecido se fôssemos pessoas diferentes. Mas não, quem eu estava enganando? Ele era um Unseelie. Daquele mato, não ia sair nenhum coelho.

Nós dois sabíamos.

Mudei de assunto.

— O Yarrow vai tentar outra coisa. Eu o conheço. Treinei com ele por oito anos e... ele não vai sumir com tanta tranquilidade. Um de seus...

soldados, que conheço do treinamento, me avisou. Acredito nele. — Não jogaria Bracken aos lobos. Mesmo que não tivesse certeza de que ela estava sendo honesta, era a coisa mais próxima de uma amiga que eu tivera durante o treinamento.

Ruby tragou lentamente seu cachimbo, segurou a fumaça e a soltou em um fluxo constante.

— O que sugere?

Era aí que as coisas ficavam complicadas.

— Estive pensando em como lidar com ele. O Yarrow me conhece. Sabe que irei atrás dele pessoalmente. — Fiz uma pausa e depois continuei: — Se eu levar uma equipe comigo, podemos pegá-lo de surpresa. As sentinelas disseram que perceberam o movimento durante as varreduras à noite. Suponho que seja ele esperando por mim. — Ruby não disse nada, então fui em frente: — Se o Lan ainda estiver aqui, eu poderia levá-lo comigo muito antes de chegarmos ao santuário, o que o separaria desse grupo e de nosso destino.

Derrotaria Yarrow, mas então... o que faria? *Mataria* Faolan?

Algo no meu peito se contorceu com esse pensamento. Se estivéssemos discutindo sobre qualquer outra pessoa, talvez eu pudesse fazer isso para nos manter seguros, sobretudo *se* essa pessoa fosse o equivalente Unseelie de Yarrow. Mas... caramba, acho que não conseguiria matar Faolan.

O chá parecia encher minha boca, ficando azedo enquanto pensamentos sombrios passavam por mim.

— Às vezes é preciso pagar um preço alto — Ruby disse suavemente. — O lugar para onde estamos indo deve ser mantido em segredo. Até dele. — Suas palavras ressoaram em mim, e eu as reconhecia como verdade.

Uma lufada de ar saiu da minha boca. Uma vida em troca de muitas.

Maldito Faolan. Se não fosse tão teimoso e perseverante, eu simplesmente o ameaçaria. E se ele fosse um pouco menos inteligente, cobriria meus rastros, mas ele provara que poderia me encontrar no meio do nada.

Mexi meu ensopado, como se fosse encontrar as respostas ali dentro. De algum jeito eu sabia o que tinha que ser feito, mas isso não significava que eu realmente seria capaz de fazê-lo. Todo esse tempo, falava para Cinth quanto Faolan e eu tínhamos mudado, mas de repente parecia que não tínhamos mudado nada.

Porque ele *era* o menino bonito e bruto que segurou minha mão em alguns momentos difíceis, quando o orfanato tinha sido demais para aguentar, e eu me sentia sozinha. Apesar de como ele se despediu quando eu tinha dez anos, cinco anos antes disso ele me visitava. Lia para mim. Foi quando vi um lado mais suave dele como meu amigo.

— Quando você vai? — Ruby perguntou.

— Amanhã de manhã, quando todos partirem — respondi. — Não vou contar para a Cinth. Ela vai querer ir comigo, e essa não é uma jornada para uma cozinheira, nem mesmo para uma do nível dela.

Ele riu e depois ficou com a expressão neutra.

— Ela vai ficar muito zangada com você. E talvez comigo. Duvido que ela me faça alguma coisa para comer até que você volte sã e salva.

Claro que essa seria sua principal preocupação.

Pigarreei.

— E quanto a Underhill? A única razão pela qual vim para cá foi descobrir o que aconteceu e recuperá-la, mas sinto que o mundo inteiro e todos nele estão me afastando da resposta. — Nossa. Eu nem tinha percebido que estava me sentindo assim até que as palavras saíram da minha boca.

As sobrancelhas de Rubezahl se ergueram.

— Você acha que está sendo impedida de procurar Underhill?

Fiz que sim com a cabeça.

— É, acho que sim.

Ele enfiou a haste do cachimbo entre os dentes.

— Às vezes o mundo nos empurra em uma direção que achamos errada, porque não é de nossa escolha. Isso não significa que está nos levando para o destino errado, apenas que aquele caminho não é o que previmos. — Ele olhou para mim. Havia bondade em seus olhos azuis cintilantes. — Tenha coragem, Kallik de Casa Nenhuma. Tenho fé em você e em sua magia roxa. Underhill esperou tanto tempo; mais alguns dias até que estejamos todos seguros não será o fim do mundo.

Fiz uma careta.

— Assim você vai chamar o azar.

Ele estalou os dedos, e a ilusão desapareceu ao nosso redor como a fumaça de seu cachimbo. Obviamente, ninguém estava olhando em nossa direção, mas podia sentir olhos em mim.

Eu me virei e vi uma figura encapuzada do outro lado do acampamento, mais próxima do rio ao lado do qual erguemos as barracas. Esperto, o velho Ruby. Faolan tinha sido atraído pelo nosso desaparecimento temporário.

Não havia tempo como o presente.

Atravessei o espaço entre mim e Faolan, passando por ele e fazendo um movimento para me seguir.

Ele me acompanhou enquanto eu caminhava até a beira do rio. Ali, a água corrente ajudaria a encobrir minhas palavras.

— Você quer informações? — Eu ainda segurava minha tigela de ensopado e me obriguei a tomar uma colherada enquanto esperava que ele falasse. Droga, estava morno agora.

— Estou no acampamento. Não preciso da sua "informação" agora. — Seu tom era afiado e duro, com mais de um fio de raiva cortando-o.

Dei de ombros.

— Ok. — Eu me sentei em uma grande pedra à beira do rio e olhei para o espaço escuro. Minutos se passaram sem uma única palavra dele ou minha.

Finalmente, ele se aproximou de mim.

— Me diga.

Anzol, linha, chumbada. Assim como pescar no gelo com a mamãe.

— Ele vai me enviar para caçar o Yarrow ao amanhecer. — Dei outro gole e continuei: — De lá, iremos direto para a fortaleza de párias escondida que nenhuma corte conhece.

Faolan não estremeceu, mas sua magia brilhou, as gavinhas escuras mergulhando na água para extrair energia dela. Durante a infância, a cor de sua magia havia sido confundida com o azul mais profundo da extremidade mais clara do espectro mágico. Porque ninguém acreditaria que ele seria selecionado para a corte Unseelie, não o neto de Lugh. Para mim, a escuridão de sua magia não parecia ter uma cor — ou melhor, havia muitas delas, e elas estavam sempre mudando. Como seus olhos.

O rio congelou em segundos em resposta à sua magia, e ele criou um caminho pela água furiosa.

— Você confia em mim?

Confio. Mas não confiava na água.

— Não.

Ele estendeu a mão. Não a peguei. *Não poderia.* Estava consumida pela lembrança de outro rio correndo sobre minha cabeça, da correnteza arrastando a mim e as minhas peles para o fundo do rio. Quatro anos. Eu tinha quatro anos, e a lembrança me fazia suar até agora, incapaz de pensar em cruzar a correnteza com ele.

— O que você quer que eu faça? — eu perguntei para distraí-lo. — Quer que eu fuja com você?

— É muito perigoso — ele respondeu, ignorando a implicação do que eu disse. — Você não pode mais ficar aqui. A rainha Unseelie, eu acho que ela... Órfã, eu poderia convencê-la a te esconder.

Suas palavras me abalaram um pouco, porque parecia que ele estava preocupado comigo. Como os humanos diriam, estava disposto a lutar por mim.

— Eu tenho um trabalho a fazer, Lan. O Yarrow não é apenas um perigo para todo mundo aqui, mas para mim pessoalmente. Para quem cruzar com ele.

Ele xingou baixinho.

— Então você e eu vamos lidar com ele. Sozinhos. Ninguém aqui é capaz de enfrentá-lo. Você viu o Drake, e ele é o melhor da equipe. O melhor... um homem com uma mão e quatro meses de treinamento, que quase perdeu a outra depois de dois minutos brigando com o Yarrow.

Então ele tinha visto.

Suspirei e me inclinei sobre minha tigela.

— Eu sei.

Lan virou a cabeça, e eu congelei por dentro... caralho. Ainda sentada, me virei para olhar por cima do ombro.

Drake estava atrás de nós, os olhos verdes fixos e a boca apertada.

— O Rubezahl está chamando todo mundo.

— Drake... — chamei, mas ele já tinha ido. *Porra.*

— Ele se importa com você — Faolan comentou, sua voz cuidadosamente neutra.

— Eu o salvei do Yarrow. Agora ele não sabe o que fazer comigo. — Ele havia praticamente me ignorado depois da batalha, mas eu conhecia um olhar de orgulho ferido, e não insisti. Ainda assim, emoções e cicatrizes do passado poderiam reabrir, e meu coração estava pesado ao saber que Drake poderia facilmente decidir virar as costas para o que quer que tivéssemos, em vez de me puxar de lado para conversar sobre isso.

O Unseelie que tinha assombrado mais de um sonho meu, riu baixinho.

— Uma mulher que te beija e depois te salva em uma batalha é uma coisa rara. Ele deveria ser grato e te abraçar, não te afastar.

Fechei a boca. Ele sabia sobre o beijo também.

Deusa, Faolan estava *mesmo* me vigiando. Por quê?

Ele passou por mim, sua capa roçando minhas mãos, me dando um arrepio. Reunindo meus pensamentos, eu o segui.

De volta ao acampamento, Ruby estava tocando sua harpa, acalmando os feéricos e embalando-os para dormir. Ele tinha feito aquilo todas as noites desde o ataque Seelie. Com exceção dos sentinelas que faziam a vigília noturna, todos nós dormíamos profundamente por seis horas. E se isso me preocupou na primeira noite, eu afastei essas preocupações quando acordei, sentindo-me absolutamente bem na manhã seguinte.

Cinth me viu e acenou, cobrindo um bocejo com as costas da mão enquanto caía em uma pilha de peles e cobertores. Presentes dos caras que a adoravam de longe. Embora... eu tenha notado que ela nunca retribuía o carinho de ninguém. Jackson era o único cara de quem ela falava — e mesmo assim ela reclamava dele tanto quanto o elogiava. Pela primeira vez, me perguntei se minha melhor amiga tinha problemas em se comprometer. Muitos de nós, órfãos, tínhamos. Era uma coisa difícil, uma vez que nossos pais tinham sido arrancados de nós tão jovens.

226

— Você parece confortável — resmunguei. Eu ainda estava em um saco de dormir.

Ela assentiu, agora quase dormindo.

Notas suaves de harpa pairavam pesadas no ar enquanto eu pensava em pegar emprestada uma de suas peles. Olhando por cima, vi Rubezahl inclinar a cabeça em minha direção e então na de Lan. Sua voz ecoou pelos acampamento adormecido.

— A hora é agora, Kallik. Yarrow está a oeste de nós, de acordo com o último relatório. Acredito que você o encontrará em uma pequena cidade ribeirinha naquela direção. Cuide-se, jovem, e não se esqueça de *tudo* que precisa fazer.

Tipo matar Faolan?

Não peguei minha bolsa, não levei nada além de minhas armas e o que estava vestindo. Parei e me inclinei sobre Hyacinth, que havia adormecido profundamente durante minha breve troca com Ruby, e a beijei no rosto.

— Desculpe, amiga, dessa vez você não vem.

Faolan começou a correr ao meu lado para o oeste, longe do grupo, e nos estabelecemos em um ritmo confortável pela floresta.

— Quanto tempo você aguenta? — perguntei.

Ele grunhiu.

— Mais do que a maioria.

Sim, meu cérebro foi direto para lá, e estas três palavras saíram antes que eu pudesse evitar:

— Quis dizer correr.

Uma risada dele nos pegou desprevenidos.

— Pelo menos tanto quanto você.

Ainda não tinha certeza de que não havia um duplo sentido naquela frase. Mas se ele pudesse acompanhar, então testaria nosso limite.

Porque Yarrow não era tão rápido quanto eu, nem de longe, e não tinha resistência. Estendi a mão para as árvores ao redor e aspirei sua vibrante energia verde, sentindo Faolan fazer o mesmo ao meu lado, as plantas caindo mortas.

Nossas magias se emaranharam como naquela noite, no quarto da casa de Rubezahl. Gavinhas escuras passaram por mim, e meus fios índigo o buscaram como uma planta cresce em direção à luz. A combinação giratória de nossa magia irrompeu pela flora e pela fauna ao nosso redor.

Havia uma corrente de calor em sua magia que me surpreendeu. Ele grunhiu, como se também sentisse algo inesperado.

— É isso que acontece quando a magia Seelie e Unseelie se tocam? — perguntei baixo enquanto pulava um tronco.

O gosto de mel cobriu minha língua, e ao nosso redor cinzas caíram das árvores, flutuando como flocos de neve cinzentos enquanto as árvores eram comidas pela magia Unseelie de Faolan, e então ganhavam vida com a minha magia Seelie.

Equilíbrio.

A razão pela qual as cortes tinham que depender uma da outra.

Me senti capaz de correr por horas, dias, uma semana, se necessário. Nossa energia combinada vibrava e dançava, continuando a crescer, e de repente me perguntei... como seria se nossa magia estivesse em cascata sobre nossa pele nua, sussurrando entre nós, provocando a nós dois...

Faolan arrancou sua magia, tão forte e rápido que tropecei, minha respiração acelerada por uma razão que não tinha nada a ver com correr.

— Por que você fez isso?

— Já deu. É proibido por uma razão — ele rosnou.

Sim. Todo jovem feérico foi ensinado que uma união Unseelie e Seelie era impossível porque nossas magias opostas lutariam pelo domínio até que um dos feéricos fosse drenado e morto. Graças a Lugh, Faolan não se perdeu nessas sensações também.

Olhei à frente, tentando captar qualquer cor que pudesse ser de Yarrow. A luz havia mudado enquanto corríamos. O tempo passou em um piscar de olhos, e isso era preocupante. Há quanto tempo eu estava distraída?

Uma gavinha de ouro flutuava na brisa — rá! —, o sinal perfeito.

Perfeito demais.

— Ele sabe que estamos atrás dele.

— Com certeza — Lan respondeu. — Mas nós acabamos com sua tropa, e ele ainda não está escondendo sua magia, então quem diabos está com ele?

Lan não estava errado. Normalmente Yarrow era um covarde, ainda mais quando achava que tinha algo a perder — como sua vida. Não se tornaria um alvo, a menos que tivesse certeza da vitória.

O que significava que poderíamos supor que ele tinha ajuda.

Nós dois nos agachamos enquanto rastreávamos Yarrow pela última parte da floresta, o chão uma cobertura de velhas agulhas de pinheiro mortas e pequenos montinhos de neve. Os troncos afinaram, e o som da água em movimento pôs meus ouvidos em alerta. Tínhamos chegado a um rio largo, pontilhado de píeres. Não estava fervilhando de gente, mas era o lugar mais movimentado em que eu estivera desde Fairbanks.

Através das árvores à nossa frente, pude distinguir algo brilhante e branco na água. Enorme. A coisa era *gigante*, e chamou minha atenção, embora tenha levado vários minutos para encontrar as palavras.

Era um daqueles navios cruzeiros dos humanos.

— Quer apostar quanto que ele está lá dentro? — Lan apontou para o grande navio e o leve brilho dourado que levava direto para ele.

Meio suspeito.

Uma dúzia de figuras se movia ao longo das docas tranquilas, correndo e se esgueirando para permanecerem escondidas nas sombras. Liberavam tanto magia Seelie quanto Unseelie.

Como se as coisas não pudessem piorar. As duas cortes tinham unido forças.

Mas havia algo mais acontecendo ali.

A magia de Yarrow levava diretamente a um navio *humano*. E estava cercado por feéricos.

Era claramente uma armadilha. E sabendo que Yarrow não valorizava nada além de sua posição, era de imaginar que havia inventado alguma solução para o ultimato que Rubezahl havia dado.

Droga, não era assim que eu queria começar meu dia.

22.

—**P**oderíamos nos recusar a jogar o jogo dele. — As palavras morreram em meus lábios quando um feérico começou a escalar o lado brilhante do navio. Tirando um spray de sua capa, o feérico pintou as seguintes palavras em um grande rabisco vermelho.

Essa Terra pertence aos PERDIDOS.
Saia agora!

Faolan me cutucou.

— Olhe para lá.

Olhei para a frente do casco, onde feéricos estavam jogando pequenos barris para outros feéricos no primeiro convés. Um rachou contra o parapeito, e um fluxo de púrpura derramou. Suspirei.

— Isso é Vislumbre.

Era uma planta mortal trazida de Underhill que explodia ao entrar em contato com qualquer coisa. Alguma alma feérica corajosa tinha aprendido a estabilizar a substância. Não explodiria sem contato com o fogo. Mas...

— O Yarrow vai explodir o cruzeiro e incriminar os Perdidos. — Meu rosto entorpeceu enquanto eu falava.

Faolan olhou para mim.

— Você parece surpresa. Não treinou com o cara por anos?

Treinei. E *ainda* não podia acreditar que ele iria tão longe. Aliás...

— Como ele convenceu tantos Seelies e Unseelies a ficarem do lado dele?

— Ele é da Casa Dourada. Como você acha? — Lan indagou.

Pertencer à Casa Dourada significava que ele estava bem acima de qualquer um, exceto da realeza. Apesar de seu status de bastardo, ainda era um feérico de sangue puro. Não só isso: a Casa Dourada era conhecida por sua habilidade de encantar outros feéricos. Ninguém ousaria dizer "não". Como Bracken.

Isso não poderia acontecer. Os Perdidos não tinham nada a ver com essa merda. Eu me recusava a ficar parada enquanto Yarrow, aquele assassino, escapava *de novo*.

— Eu não deveria ter deixado ele ir.

— Não, você não deveria — Faolan disse, sua voz baixa e suas palavras duras.

A represália doeu, mas só porque era verdade.

— Precisamos tirar os humanos e proteger o Vislumbre. Então lidaremos com Yarrow.

Em dois, seria uma tarefa monumental. Porque éramos apenas nós dois. A polícia humana estava a duas horas de carro e a uma chamada de rádio bidirecional de distância. Não que eles fossem de muita ajuda em uma situação como aquela, de qualquer maneira. Estaríamos apenas colocando mais humanos na linha de fogo.

— Me deixe falar primeiro com os Unseelies — Lan pediu.

Refleti.

— Acha que vão te ouvir?

— Os feéricos no meu lado não são ruins. Seja loucura ou mentiras o que os levou a fazer isso... talvez eu possa conversar com eles. Precisamos de mais mãos. Espere aqui — ordenou. Ele desceu a encosta, indo em direção às docas enquanto o céu ainda iluminado destacava o mundo.

Espere aqui, hein?

A arrogância com certeza tinha suas desvantagens. Talvez Lan aprendesse isso um dia. Ao desobedecê-lo, eu estava ajudando-o a se tornar uma pessoa melhor. Sim, eu acreditava nessa teoria.

Esperei até que ele desaparecesse na enorme sombra do cruzeiro antes de começar minha própria descida. Derrapando entre as ervas daninhas, eu me agachei na base da encosta, procurando por companhia.

Os feéricos estavam misturados, então não precisava me preocupar se minha magia índigo estivesse visível — ser vista era o maior risco.

Puxei o capuz e caminhei para as sombras, então comecei a subir.

Parando ao som de vozes no primeiro convés, esperei até que a conversa diminuísse antes de espiar acima do parapeito. O local parecia limpo, pelo menos a olho nu.

Me içando a bordo, corri para o casco e reduzi a velocidade enquanto as vozes aumentavam à frente.

— Os Perdidos estão por trás do que aconteceu com Underhill — uma mulher disse. — As cortes precisam saber. Especialmente porque parece que você se tornou um desonesto.

Apurei os ouvidos, e não me surpreendi ao ver que ela estava falando com Faolan.

Ele estava sem o capuz, e os primeiros raios de sol atingiam os ângulos agudos de sua face e de sua mandíbula.

— Soldada, você não está pensando com clareza.

— Você desapareceu há cinco dias. Onde *você* esteve? Estávamos nos perguntando se você tinha nos abandonado para implorar à corte Seelie para deixá-lo voltar.

Faolan se encolheu, e minha boca secou com a resposta não verbal dele.

Os Seelies o tratavam como um pária porque ele era neto de Lugh, e todos pensavam que ele pertencia à nossa corte. Mas eu não tinha percebido que os Unseelies o tratavam como pária também.

A mulher se aproximou dele.

— O Yarrow nos disse que você se juntou aos Perdidos. — Seus olhos adquiriram um brilho selvagem quando ela olhou ao redor e ficou rígida.

232

— Há outros aqui, não há? — Ela abriu a boca... e o punho de Faolan acertou a mandíbula dela.

A mulher caiu a seus pés, o som quase mascarando o xingamento suave que ele proferiu. Agarrando seus tornozelos, ele a arrastou para fora de vista.

Dei uma olhada em volta.

Havia uma pilha de Vislumbre ali, mas tinham lançado muito mais barris do que eu estava vendo. Presumi que era onde todos estavam agora, transportando mais explosivos. Tinham deixado apenas aquela mulher Unseelie para vigiar.

Esquivando-me para a frente, peguei um barril e o levei para o parapeito do lado do rio. Joguei e observei afundar na água antes de flutuar rio abaixo.

Indo e voltando várias vezes, tirei mais de quinze barris de Vislumbre do convés. Deusa, não sobraria nada do cruzeiro se houvesse uma explosão com aquele poder. Mas, de novo, essa provavelmente era a intenção.

Comecei a correr pelo lado de fora do navio e me agachei atrás de um bote salva-vidas. Tinha encontrado o resto.

Yarrow observava enquanto os barris restantes eram empilhados na proa.

— Isso é tudo. — Bracken apareceu, bufando, o rosto coberto de suor.

— Os humanos estão dormindo lá embaixo?

Ela empalideceu, e deu para ver que engoliu em seco.

— Estão. A tripulação está toda amarrada. Fizemos questão de dizer a eles que representamos os Perdidos do Triângulo. Deixaremos alguns livres quando formos embora para garantir que a notícia chegue ao governo humano. Como você pediu.

Apertei a mandíbula. *Bracken, isso é errado e você sabe disso.*

Yarrow desdenhou dela, então levantou a cabeça.

— Todo mundo para fora. Vamos colocar fogo. Seremos os primeiros em cena depois que o dano estiver feito. O rei e a rainha vão receber a notícia de nós, e nos serão dados os recursos para lidar com os Perdidos de uma vez por todas.

A parte macabra era que ele *acreditava* estar fazendo a coisa certa, dava para ouvir em sua voz.

Os feéricos se dispersaram, e não perdi tempo em me esgueirar para repetir o que tinha feito com os barris no casco.

— Kallik?

Eu me virei para encontrar Bracken translúcida e de frente para mim.

— Bracken.

Ela olhou por cima do ombro.

— Como pode fazer parte disso? — perguntei.

Ela dispensou sua camuflagem mágica.

— Porque às vezes é melhor viver para lutar outro dia.

Eu a ignorei e peguei outro barril. Porra. Havia mais deles nesse lado.

Bracken hesitou e então começou a me ajudar. Outro barril caiu, depois outro.

Ouviu-se um grito, mas continuei o que estava fazendo, completamente focada na tarefa. Não podia deixar isso acontecer.

Bracken olhou para mim.

— Kallik, esse é o sinal. Vão colocar fogo!

Eu não disse uma palavra, ainda agarrando e jogando barris o mais rápido que podia. Ainda faltavam muitos.

— Sinto muito — ela sussurrou.

Ouvindo-a sair, não parei de fazer o que estava fazendo, até que uma mão segurou meu braço com força.

Desembainhei minha espada curva em um instante. Faolan me deixou colocá-la contra sua garganta.

— Que diabos você ainda está fazendo a bordo? — ele grunhiu na minha cara.

— O que você acha? — grunhi de volta, embainhando a lâmina e pegando outro barril.

Faolan me seguiu até o parapeito. Joguei o barril, e então minhas pernas foram varridas de baixo de mim, e eu estava em queda livre, seguindo com o barril para a água.

Fiquei em pânico e puxei o ar, morta de medo.

Aquele *desgraçado.*

234

Mal tive tempo de dobrar as pernas antes de cair na superfície do rio. A água gelada se fechou sobre minha cabeça, roubando a minúscula quantidade de ar dos meus pulmões e apagando todos os meus pensamentos. Debatendo-me às cegas, consegui de alguma forma chegar à superfície, engolindo ar.

A água fria seria suficiente para matar um humano — rapidamente —, mas não a mim. Minha magia me deu calor.

Faolan segurava o corrimão, olhando para mim.

Meu olhar disparou para a base do navio, onde uma tocha rugiu para a vida nas sombras.

Apesar do meu pânico, minha língua grudou no céu da boca quando a tocha de fogo subiu até o primeiro convés, perto de onde Faolan estava.

— Pule! — gritei para ele.

Ele olhou para trás enquanto um enorme *bum!* pareceu rasgar o mundo ao meio. O fogo roxo explodiu no céu um piscar de olhos antes de o navio vibrar e então explodir com um lamento doentio, enquanto a parte externa era sugada para dentro.

Gritei quando a explosão me catapultou para debaixo d'água novamente, empurrando-me até o fundo do rio.

Meus ouvidos zuniram, mas peguei impulso nas rochas e tentei nadar para cima outra vez, apenas para ser engolida por uma onda que se projetava do navio arruinado. Batendo as pernas com desespero, lutei contra o rio e, depois de um tempo, arrastei-me para a costa rochosa.

Ofegando e engasgando, extraí toda a força que pude dos líquens e das plantas ribeirinhas. Isso me deu o suficiente para rastejar para fora e cuspir o resto de água dos meus pulmões.

Fiquei em pé e cambaleei até a margem, onde afundei os dedos no solo e puxei com força. O calor pinicava meus dedos dos pés e das mãos.

— Obrigada — sussurrei para as plantas ao redor.

Meus ouvidos pararam de zunir.

Minha respiração se acalmou.

Faolan.

Ficando em pé rapidamente, tirei meu manto encharcado e forcei minhas pernas a correrem de volta rio acima.

Ele não podia estar morto.

Mas como poderia estar vivo?

O pânico fez minhas pernas correrem mais rápido do que eu jamais tinha corrido. As rochas pulsavam azul-gelo sob meus pés, me ajudando, e saí das árvores com uma desinibição frenética enquanto me aproximava do cais novamente.

Meu peito apertou. Do que *sobrou* do cais.

Apenas as extremidades haviam sobrevivido, e estavam fumegando e correndo o risco de se incendiarem com as chamas roxas.

O cruzeiro se fora. Estava em pedaços. E os barcos menores pareciam ter sido destruídos sem deixar vestígios.

Meu coração batia forte nos ouvidos, minha respiração estava ofegante. Faolan... estava do lado do convés virado para o rio. Ele teria, no mínimo, ido para a água.

Engoli em seco e examinei o rio. Detritos cobriam a borda rochosa da água. Partes de corpos humanos vestidos de pijama. Uma mãozinha de criança ainda segurando um brinquedo.

Senti bile na garganta; o horror e a tristeza ameaçando me deixar de joelhos. Ele não tinha sobrevivido, no fundo eu sabia, mas continuei procurando.

Usando minha visão mágica, varri a área ao redor em busca de suas gavinhas escuras.

Fechei os olhos.

Nada. Senti um aperto de dor no peito. Eu tinha vindo para matá-lo.

Deveria estar feliz por outra pessoa ter feito o trabalho. Deveria estar aliviada. Exceto pelo fato de que centenas de humanos tinham sido mortos em uma carnificina, *despedaçados* pela explosão. O horror disso por si só era demais para compreender sem que Lan se tornasse apenas mais um deles, irreconhecível pelos danos em seu corpo. Desaparecendo em um segundo.

Dilacerado.

Soltei o ar entrecortado, não sabia se seria capaz de respirar de novo. Alívio era a última coisa que eu sentia.

Uma voz zombeteira pairou no ar, e Yarrow e seu grupo apareceram rio acima.

Uma fúria fria encheu todas as partes do meu corpo. Um *desejo por sangue* tomou conta de mim com tanta intensidade que minhas mãos tremiam. Eu me enfiei atrás de uma árvore por instinto, aproximando-me deles agachada enquanto comemoravam.

— Está feito — Yarrow disse, sorrindo amplamente.

Meus olhos percorreram o rosto manchado de lágrimas de Bracken e o rosto dos outros feéricos reunidos.

Alguns deles obviamente não se sentiam tão entusiasmados pelo que acabaram de fazer.

Mas tinham participado, de qualquer maneira. Não tinha um pingo de simpatia por eles — nem mesmo por Bracken.

— Vou contatar o rei Aleksandr imediatamente — Yarrow estava dizendo. — Ao que parece, acabamos de chegar ao local. Ajudem qualquer humano vivo que encontrarem. Isolem a área. Vocês sabem o que fazer. Certifiquem-se de que saibam que não estamos com os Perdidos.

Parte do nosso treinamento: como acalmar uma situação com humanos. Fiquei enojada ao vê-lo usando-a daquela maneira.

Yarrow se separou dos outros, tirando algo do bolso. Um rádio, parecia. Eu me esgueirei pelas plantas raquíticas atrás dele.

Dessa vez não hesitaria.

Não o impedi enquanto ele adentrava cada vez mais a floresta. Quanto menor a chance de companhia adicional, melhor para mim.

Yarrow tinha que morrer.

E eu tinha que sobreviver. Rubezahl tinha que estar ciente daquele estratagema para virar o mundo contra os Perdidos.

Yarrow parou em uma pequena clareira, mas em vez de usar o dispositivo que carregava para chamar meu pai, ele o guardou no bolso e desembainhou sua espada com um som ecoante.

— Mestiça. — Ele se virou, um sorriso no rosto. — Que gentileza, juntar-se a mim. Estava achando que você ia... me deixar esperando mais uma vez.

Deixei o esconderijo atrás do pinheiro grosso e puxei minhas duas espadas curvas, feliz por não ter cedido ao pânico completo e as jogado na água.

— Yarrow. Seu porco assassino.

Seu sorriso se alargou sob os olhos cruéis.

— Justiça. Isso é o que é.

— Terrorismo é a palavra que você está procurando — rosnei, minha voz grave por causa da raiva e das lágrimas mal contidas.

Seu rosto endureceu.

— O rei nos enviou para caçá-la. Para interrogá-la a respeito do desaparecimento do reino feérico. Ele também nos ordenou que investigássemos os Perdidos locais, e rapidamente ficou claro que estavam conspirando contra as cortes, e você junto com eles. Exceto que ainda não conseguimos encontrar evidências sólidas disso. Então, sim, dei um empurrãozinho na situação, mas não incriminei os Perdidos por nada que não viessem fazendo há tempos. Covardes. Eles estão por trás de tudo isso, e nosso povo merece saber. Se alguns humanos tiveram que morrer para que a justiça batesse à porta, que assim seja. A vida de alguns pelo bem de muitos.

Um *empurrãozinho*? Ele estava reduzindo o assassinato de centenas de humanos — e de Lan — a uma porra de "empurrãozinho"?

A verdade pairava na ponta da minha língua, mas a engoli. Não aconteceria nada de bom se eu lhe contasse o que realmente acontecera com o reino feérico. O rei e a rainha sabiam muito bem que os Perdidos não tinham nada a ver com aquilo. Só precisavam de um bode expiatório para apontar como culpado pela morte de Underhill até descobrirem como recuperar o reino. Com tudo isso em mente, as ações recentes de Yarrow poderiam ser bem recebidas por eles, em vez de condenadas. Quer dizer, levantar a ira pública contra os Perdidos impediria que as falhas das cortes se tornassem de conhecimento geral.

Cruzei os pulsos e andei em círculos ao redor de Yarrow. Tirar energia da floresta me restaurara. Juntamente com a fúria latejante nas minhas veias, nunca estivera tão ansiosa para lutar. Para fazer a verdadeira justiça.

Faolan estava morto. Deveria ter sido Yarrow, não ele.

— Isso acaba agora — eu disse.

— Me diga, mestiça. — Yarrow acompanhou meu movimento, contrariando meu esforço para chegar mais perto. — Alguém veio com você esta noite?

Não respondi.

— Não achei mesmo que alguém tivesse vindo. Vadias antipáticas não têm muitos amigos.

Graças a Yarrow, eu tinha um a menos. Mas não iria deixá-lo entrar na minha cabeça. Precisava entrar na *dele*.

— E bastardos?

Seu sorriso convencido caiu mais rápido que cocô de gigante.

— Isso é o que *nós* somos, afinal — continuei. — *Bastardos*.

Os olhos de Yarrow brilharam de fúria, mas infelizmente ele não perdeu o controle.

— Eu deveria te agradecer por ter vindo sozinha. Acho que isso faz de você a única testemunha. O rei queria interrogá-la, mas você é uma mestiça inteligente, tenho certeza de que entende por que isso não pode acontecer.

A magia azul-escura irrompeu da minha direita, acompanhada por uma explosão de verde pálido à minha esquerda. Dois feéricos Seelie entraram na clareira, unindo-se a Yarrow para formar um círculo ao meu redor.

— Devo dizer que não é pessoal — Yarrow disse, aproximando-se. — Mas a verdade é que esperei para cortar sua garganta por um bom tempo. Adeus, mestiça sem casa.

23.

Mudei minha postura enquanto estudava os dois feéricos Seelie que se juntaram a nós na clareira. Ambos homens, ambos grandes. Aquele que empunhava a magia azul-escura tinha o peito mais largo e uma cicatriz vermelha vibrante no rosto. O menor dos dois segurava firme sua magia verde pálida como se tivesse medo de que ela escapasse. O cabelo louro-branco caía sobre seus ombros, e ele ficava colocando-o atrás das orelhas nervosamente.

Azul-Escuro era o mais perigoso dos dois, com certeza.

Absorvi tudo isso com uma única respiração. Não havia tempo para lentidão quando as pessoas queriam te matar.

Testando o pé no chão, deslizei a ponta da minha bota pela lama quase congelada. Isso poderia funcionar a meu favor contra adversários mais pesados.

— Você não pode dizer adeus ainda, Yarrow — balbuciei. — Não tivemos nossa última dança.

Eu me virei e corri em direção a ele enquanto acionava minha visão mágica, rastreando cada fio de magia ao meu redor. Ao fazer isso, vislumbrei de relance o brilho de uma magia cinzenta profunda nas árvores.

Ignorei, concentrando-me no idiota que estava prestes a matar. Yarrow riu e girou sua espada direto para o meu pescoço.

Nem tentei bloquear a lâmina.

Travando os olhos nos de Yarrow, caí de joelhos e usei meu impulso e o gelo para deslizar direto para as pernas abertas dele. A altura dele o atrapalhava, suas longas pernas fornecendo um alvo fácil para mim. Passei entre elas e me inclinei para trás enquanto puxava minhas espadas para cima, acertando a parte interna de suas coxas ao mesmo tempo, cortando músculos, tendões e artérias.

Pensei nos movimentos que desferiria contra ele em uma luta por anos, e aquele... aquele movimento estava no topo da lista. Ele gritou e tropeçou para o lado enquanto o sangue jorrava na neve suja e nas agulhas de pinheiro.

Girei de joelhos, e estava em pé de frente para as costas dele em menos de um segundo. Poderia ter acabado com ele ali mesmo, mas eu não era esse tipo traiçoeiro de garota. Preferia esfaqueá-lo cara a cara.

O Seelie com a magia verde pálida veio até mim rápido, me assustando. Eu esperava que ele fugisse quando as coisas dessem errado para Yarrow, não que interferisse.

Chutei Yarrow nas costas em direção ao feérico que se aproximava, forçando-o a pegar seu líder. Yarrow berrou quando o soldado o soltou para aparar o golpe mortal que dirigi a ambos.

Eu não podia ser lenta agora — não com dois, ou potencialmente três, contra um. Yarrow rolou para o lado, berrando como um animal ferido, e eu o chutei nas costelas para garantir, esperando que isso o calasse. Ou que pelo menos doesse bastante.

— Você sempre foi covarde — rosnei quando o lutador Seelie deslizou sob minha guarda e deu um soco na minha mandíbula, entorpecendo-a. Tropeçando para o lado, vi estrelas, mas o golpe de sua espada me levou a girar minha lâmina direita por puro instinto.

O impacto de sua espada na minha me fez balançar ainda mais quando a ponta de sua arma cortou minhas roupas e esfolou a pele das minhas costelas, mas pelo menos minha defesa desajeitada impediu que a lâmina penetrasse direto nas minhas entranhas. Grunhir foi tudo o que consegui fazer enquanto a dor disparava minha adrenalina.

Magia me atingiu à esquerda, e mesmo com os olhos fechados podia sentir as sombras nela. Magia Seelie, porém, mais escura e mais profunda e mais fria... como a água do rio me levando novamente. É, o cara com as cicatrizes era definitivamente o mais perigoso dos dois.

Abri os olhos quando fui jogada de joelhos, braços e pernas amarrados com a magia Unseelie, completamente indefesa. Os dois lutadores estavam sobre mim. Mas, nas árvores, a fonte daquela magia cinzenta brilhante se aproximou como um fantasma, em direção a nós. Seus movimentos eram fantasmagóricos — não naturais —, e mantive minha atenção nos homens diante de mim. Estranhas criaturas feéricas às vezes apareciam perto do equinócio de primavera, mas meu instinto me dizia que aquela em particular talvez tivesse uma razão mais sombria para existir do que a maioria de nós. Era uma criatura feérica que os humanos gostavam de procurar, e ficavam profundamente abalados se a encontrassem.

— Poderíamos matar os dois e levar o crédito por ajudar os sobreviventes e derrubar os Perdidos. — Aquele com olhos azuis profundos combinando com sua magia tinha um sorriso frio. — Parece um bom plano, não?

Yarrow estava uivando.

— Merda. Me ajudem!

Virei a cabeça, praticamente a única coisa que podia mover, enquanto os dois feéricos avançavam para ele, a maneira como andavam sinalizando exatamente o que pretendiam fazer. Ambos seguravam suas espadas frouxamente ao lado do corpo, ajustando a empunhadura.

Yarrow era um homem morto.

Ele parecia alheio a tudo quando rosnou e estendeu a mão para eles.

— Preciso cuidar das minhas pernas antes de perder todo o meu sangue, seus idiotas. Não estou conseguindo parar o sangramento com minha magia.

Azul-Escuro pegou a mão de Yarrow, puxando-o para uma posição semiereta. Ao fazê-lo, Verde-Pálido girou sua espada para o pescoço de Yarrow.

Yarrow viu o movimento a tempo e empurrou Azul-Escuro para a frente a fim de que o Unseelie recebesse o golpe em seu lugar.

242

A magia que me prendia se foi em um piscar de olhos quando Azul-Escuro levou o golpe. Fiquei em pé e corri em direção aos homens brigando.

Não ia ter outra chance. Os Seelies e Unseelies estavam de costas para mim, mas meu escrúpulo em matá-los por trás me fez hesitar, então fiz a única coisa que pude.

— Ei, fodidos!

Ambos se viraram, e levantei cada uma das minhas espadas, cravando-as sob suas costelas e em seus corações ao mesmo tempo.

Seus olhares de surpresa foram intensos e quase simultâneos, seus rostos abrandando enquanto deslizavam das minhas armas e desabavam em cima de Yarrow, prendendo-o no chão. Nunca tinha matado outro feérico. Talvez eu sentisse pena mais tarde, mas agora?

Eu estava em modo de sobrevivência.

Yarrow gritou:

— Kallik, não faça isso. Não me mate. Eu posso te fazer rica, minha família tem dinheiro. Se você quiser, eu me caso com você. Você pode...

Ah, irmão.

E ele de repente se lembrou do meu nome, não é?

— Você pode morrer sozinho, Yarrow — eu disse suavemente, a vontade de lutar indo embora de mim enquanto pensava em Faolan, *morto* por causa da ganância e da fome de poder daquele homem. Quantos humanos morreram por ele? Centenas. Crianças haviam morrido. Pais. Irmãos. O horror disso apertou minha garganta, e lutei para respirar. Ele merecia coisa muito pior do que a morte que estava prestes a receber.

— Sepultado sob os corpos dos homens que, no fim das contas, você entregaria... se eles não tivessem se voltado contra você primeiro. Ao morrer, você pode pensar em todos os erros que o trouxeram aqui hoje. Pense em todos os inocentes que você matou.

Ele piscou para mim, claramente confuso.

— Você não vai me matar?

Olhei para ele, notando a palidez de sua pele. Um pouco mais de sangue que perdesse, e estaria inconsciente para sempre. Mas sua pergunta permaneceu sem resposta enquanto a magia cinza brilhante se aproximava, até estar a apenas seis metros.

O que era aquilo?

Ergui a mão em sinal de paz: o polegar e os dois primeiros dedos se tocando, anelar e dedo mindinho abertos, palma voltada para o que se aproximava. Era um sinal antigo que Bres havia mencionado anos antes.

Os feéricos mais velhos vão reconhecê-lo, e saberão que você não vem com pensamentos maus.

O baque de pés pesados podia ser ouvido através das árvores, e o fedor de algo morto havia muito tempo veio em nossa direção. Um pouco da magia cinzenta brilhante se abriu entre as árvores para revelar uma criatura de quatro metros e meio de altura coberta por mechas de cabelos pretos compridos e espessos. Seus braços pendiam até os joelhos enquanto ele se inclinava para a frente.

Isso era o que os humanos chamavam de pé-grande, e tinha assistido à luta inteira.

Na esperança de um banquete.

Dei um passo para trás e fiz uma reverência.

— Como quiser, meu amigo.

Yarrow inclinou a cabeça para ver com quem eu estava falando.

— Não. Não, Kallik, não! Não me deixe!

— O mundo precisa de equilíbrio, Yarrow. Pelo menos sua morte sustentará uma vida. — Virei as costas para ele e escutei seus gritos até o som ser interrompido com um rosnado violento e o estalar de ossos e carne.

Sendo sincera? Parte de mim esperava que ele sofresse por mais tempo.

E parte de mim queria ter sido eu a matá-lo. Mas...

Soltando um suspiro, guardei minhas armas e corri de volta para o local da explosão. Faolan, o que restava dele, estava lá, e eu precisava encontrá-lo.

Meu coração deu um pulo terrível e esquisito quando imaginei encontrar pedaços dele flutuando rio abaixo. Ganhei velocidade, tirando energia da terra ao redor, apenas uma pequena parte de mim notando as cinzas no ar, cobrindo meus ombros, e o gosto de mel na minha língua.

244

Uma figura encharcada estava sentada na margem do rio à minha frente. Um fantasma. Tinha que ser um fantasma.

Ele se virou, me viu e se levantou. Então estávamos correndo um em direção ao outro, ambos correndo como se nossas vidas dependessem disso.

Nossa magia se tocou primeiro. A erupção dessa conexão roubou meu fôlego antes mesmo que ele me pegasse em seus braços. Não houve palavras quando ele segurou meu rosto, seu olhar frenético procurando o meu. No preto escuro de seus olhos nadavam manchas de cor, como fragmentos de pedras preciosas que haviam sido lascadas e deixadas ali para serem encontradas por qualquer um que se esforçasse para procurá-las.

Envolvi meus braços ao redor de seu pescoço e o abracei forte, soluçando.

— Achei que você tinha morrido.

Ele envolveu minha cintura com os braços e enterrou o rosto no meu pescoço.

— Não consegui te encontrar depois. Pensei... que tinha demorado demais — continuei, balbuciando.

Não conseguia soltá-lo, e minha magia parecia concordar comigo. Ao nosso redor, as cinzas caíam tão densas que parecia estar nevando, e aquele gosto de mel ainda estava forte na minha boca. Eu me afastei dele o suficiente para ter certeza de que realmente o estava vendo. Meus dedos foram até a face dele, e os deslizei ao longo de seu rosto e seu cabelo.

Naquele momento, não me importei se era proibido por um bom motivo. Não me importava com nada além de seu olhar, que me dizia que ele estava sentindo isso também.

Ele pressionou a testa contra a minha, e podia senti-lo lutar contra as amarras que nos juntavam. Nossa magia combinada tinha se tornado selvagem, e para mim, pelo menos, parecia certo. *Bom.*

— Não posso — ele sussurrou. — Órfã... Kallik. Não posso.

— Eu posso — sussurrei de volta e pressionei meus lábios contra os dele, puxando seu lábio inferior em minha boca e mordendo-o levemente. Ele gemeu, e nossa magia emaranhada explodiu em vida ao nosso redor. Não conseguia ter o suficiente dele. E pela maneira frenética como ele inclinou a boca sobre a minha e me empurrou contra uma árvore, ele se sentia da mesma forma.

Cada fantasia que eu já tivera com ele explodiu em minha mente. Corri as mãos sobre seu rosto, seu peito e sua cintura, traçando cada músculo e cada cicatriz mal curada, me perguntando a origem de cada uma.

Faolan retribuiu, encontrando aquele ponto sensível ao longo da curva da minha cintura que me fez estremecer de antecipação, e esfregando os polegares em ambos os lados. Nossas magias combinadas ferviam nosso sangue. Foi inebriante. Impressionante em sua intensidade. Confuso.

Consumiu tudo.

E era a única desculpa que eu tinha para não ouvir ou ver os outros chegando.

Mãos de repente se fecharam ao redor de meus braços e me arrancaram de Faolan, e pisquei confusa para os Unseelies que se reuniram ao nosso redor.

Nos separando.

Nossa magia misturada gritou com essa interrupção profana, e uma raiva que nunca senti explodiu dentro de mim como uma tempestade.

O poder me consumia. A força e a velocidade eram tantas que eu não entendia nada além de que tinha que obedecer. Girei, arrancando a faca curta de minha bota para cravá-la no Unseelie que me segurava. Ele cambaleou para trás, pondo a mão na barriga.

Lan.

Ele estava além de uma fileira de outros. Outros que não importavam.

Outros que tinham que morrer.

Girando, roubei a espada do Unseelie ferido e me lancei contra aqueles que me mantinham longe de Faolan. Sem remorso ou mesmo pensar, desci o cabo da minha arma sobre uma cabeça. Dei um soco selvagem na mandíbula de outro. E mais um.

Meu metal encontrou o metal de uma mulher, a última que tolamente ficou entre nós, mas ela não era nada em comparação com o poder absoluto que me enchia e me conduzia. Baixando a lâmina com força esmagadora, chutei sua arma para longe quando ela gritou e caiu de joelhos.

Matar.

Voltar para ele.

Levantei a espada para desferir o golpe mortal.

— Kallik!

Aquela voz. A voz dele. Fiz uma careta, tropeçando um pouco na beira do horror que podia ouvir em seu tom.

Lan se moveu em torno da mulher aterrorizada e ajoelhada à minha total mercê, e aquela compulsão estranha voou do meu corpo em uma lufada, deixando-me vazia do poder incompreensível que acabara de tomar conta de mim. Isso me fez... Parei, respirando com dificuldade e piscando para afastar os restos do estupor. E o horror me atingiu até os ossos.

Unseelies gemendo cobriam a área. Alguns estavam cuidando daqueles que eu deixara inconscientes. Meus olhos pousaram no homem que esfaqueei, ficando arregalados quando sua respiração agitada parou de forma terrível e pesada.

O silêncio encheu as árvores.

Deusa. O que eu tinha acabado de fazer? Como...?

Dei um passo para trás e tropecei no braço flácido do feérico que eu tinha socado e nocauteado. Meu olhar disparou para Faolan, seus olhos tão arregalados quanto os meus.

— O que aconteceu? — Meus dentes batiam. Quer dizer, teoricamente eu sabia o que tinha acontecido, mas... como?

Algo tinha me *consumido.*

A mulher, que estava ajoelhada, ficou em pé e olhou de mim para Faolan.

— Chefe, nós temos que matá-la. Ela se perdeu na loucura uma vez, e vai acontecer de novo. Você sabe.

Não. Não foi a loucura que me levou.

Ou... *foi* a loucura? Cobri a boca com as mãos trêmulas.

Mas a perda de controle tinha desaparecido tão rápido quanto havia chegado. Não, aquela sensação era alguma coisa, mas não podia acreditar que era loucura.

Faolan assentiu enquanto tirava sua espada da bainha.

— Vou fazer isso. O resto de vocês reúna os outros. Vão até os Seelies e peçam para nos encontrarem nas docas. Temos redução de danos para fazer.

Meu olhar em pânico pousou sobre o feérico agora imóvel que eu esfaqueara. Estava morto. Matar outro feérico em legítima defesa era uma coisa. Deixar Yarrow morrer se enquadrava nessa categoria. Mas aquele feérico, ele não merecia seu destino. Os outros Unseelies partiram, os feridos se apoiavam nos companheiros enquanto deixavam a mim e a Lan sozinhos.

O silêncio pairava tão espesso quanto uma mortalha na floresta, e caí de joelhos.

Eu acabara de matar um inocente. E loucura ou não, a penalidade por isso era conhecida por todos os feéricos.

Senti uma onda tão forte de dor que não conseguia respirar. Lutando, falei devagar:

— Diga à Cinth que sinto muito — sussurrei. — Eu não... não queria fazer isso. — Não conseguia nem olhar para ele. Não conseguia levantar os olhos para a vergonha que estava pesando em mim.

Com a cabeça baixa, estendi a mão e puxei o cabelo para o lado para que o golpe fosse limpo.

— Diga a ela, por favor, Lan.

— E o que você quer que eu diga a mim mesmo na calada da noite quando ouvir o vento sussurrar seu nome? — Sua voz falhou, e eu levantei o olhar para seu rosto.

A escuridão em seus olhos foi preenchida com cores de pedras preciosas novamente. Podia ver mais claramente do que nunca as cores rodopiando, caóticas e agitadas.

— Você pode se lembrar de que eu sinto muito. Me desculpe por não... — murmurei, minha voz travando, minhas emoções emaranhadas.

Balancei a cabeça, não podia dizer isso, mesmo agora.

Lamentei não ter dito a ele que o amava desde criança. Que *ele* fora a única pessoa que me deu forças para treinar — porque queria muito provar que ele estava errado. Provar que eu era mais do que qualquer outra mulher ou órfã que conhecera. Talvez eu quisesse um lar e liberdade e meu próprio dinheiro, mas eu poderia ter isso sendo uma feérica Mediana. Alcancei o status de Elite porque queria mostrar a ele que era boa o suficiente. Que se ele alguma vez me quisesse, eu seria capaz de ficar com o queixo erguido ao seu lado.

Ele era o menino bruto e quieto que segurou minha mão quando chorei por minha mãe e que me disse que tudo melhoraria.

Ele cravou a espada no chão entre nós e caiu de joelhos.

— Não posso fazer isso. — Estendendo a mão para mim, passou os dedos pelo meu rosto e pelo meu queixo, então puxou-a para trás como se eu o tivesse queimado. — Você tem que correr, Kallik. Corra para o santuário, onde quer que seja. Ore para que ele a mantenha segura. O Rubezahl... ele pode acalmá-la se você precisar.

— Não vou colocar meus amigos em perigo. Tenho de encontrar a entrada para Underhill. Preciso fazer isso. Se você vai realmente me deixar ir, então essa é minha única esperança. Preciso terminar o que vim fazer aqui.

Ele gemeu e fechou os olhos, descansando sobre os calcanhares.

— Como ela sabia?

Fiz uma careta, meu coração batendo forte enquanto nossas magias tentavam se emaranhar novamente.

Eu me inclinei para trás também, para desanuviar a cabeça.

— O quê?

— A rainha Unseelie disse que eu precisaria entender Underhill antes do final de minha jornada. Underhill vive e é senciente, Kallik. A entrada pode ser em qualquer lugar que ela escolher. Ela *cria* as fraquezas no véu que nos permitem passar. Você só precisa ser digna para que a entrada se abra.

Ele olhou firme para mim.

Mantive os olhos fixos nos dele.

— O que isso significa? O que mais ela te disse? Se você sabe o que está acontecendo, precisa me dizer, Lan.

Faolan estendeu a mão e, sem pensar duas vezes, eu a peguei.

Ele levantou a palma da minha mão e deu um beijo bem sobre meu pulso.

— Não sei por que isso está acontecendo. Ela me deu apenas um motivo para continuar. Siga o coração de Underhill e ele o levará até a porta.

24.

—O coração de Underhill — repeti, e suspirei. — Fico feliz que não seja enigmático nem nada, porque, se fosse, faria minha vida muito mais difícil.

Faolan não sorriu.

Fechei os olhos com força.

— Desculpe, podemos... apenas ficar longe desses corpos? Eu...

Ele ajudou a me levantar.

— Vamos.

Serpenteamos por entre as árvores antes que um pouco do meu choque diminuísse.

— Espera, Faolan. Aonde estamos indo?

— Tenho algumas coisas para terminar, e depois vou com você.

O medo foi a primeira emoção que me atingiu. Parei.

— Não.

Ele olhou para trás, inexpressivo.

— Precisamos descobrir isso juntos. — Vindo até mim, ergueu a mão para meu rosto.

Recuei, olhos arregalados. Coração batendo.

Sua mão permaneceu congelada no ar.

— O que foi?

— Você sabe. Alguma coisa aconteceu quando nos beijamos.

Faolan não podia vir comigo porque algo além da minha compreensão continuava me empurrando em direção a ele, e a loucura seguiria a conexão forjada por nossa magia.

— Então não vamos mais nos beijar — ele rosnou.

Balancei a cabeça.

— Quero que você venha comigo, Lan. Quero muito.

— Mas você irá sozinha, independentemente do que possa acontecer com você.

E com ele. Um feérico estava morto por minha causa, e ainda assim minha culpa e meu horror não eram nada diante da dor angustiante que senti naqueles momentos em que acreditei que Lan se fora para sempre.

— Sim. Depois de procurar por esse tal "coração", irei ao santuário dos Perdidos para contar ao Rubezahl o que aconteceu aqui. Você não pode ir lá, de qualquer maneira.

— Eu vou para onde diabos eu quiser. — Talvez pela primeira vez, sua voz se elevou com raiva.

Sorri para ele, não ousando tocá-lo novamente, apesar do quanto quisesse fazê-lo.

— Vou ficar bem, Lan. De verdade.

As profundezas de seus olhos se desvaneceram, e a escuridão reinou ali mais uma vez.

— Se é isso o que você deseja, Órfã.

Meu sorriso desapareceu.

— Isso é o que eu desejo.

Ele se curvou ligeiramente.

— O rei Seelie e a rainha Unseelie já estarão cientes do que aconteceu aqui. Embora o Yarrow tenha morrido, eles usarão a jogada dele como vantagem contra os Perdidos. Kallik, é provável que uma guerra aconteça.

Meu estômago revirou.

— Eu sei. Mas se eu encontrar Underhill, posso impedir.

A boca de Faolan se abriu novamente, mas, depois de uma pausa, ele a fechou e cerrou as mãos.

— Vá agora. Procure o coração se precisar, mas o mais importante é que você chegue ao santuário logo, Kallik.

Uma ruga se formou entre minhas sobrancelhas.

— Por quê?

— A rainha não costuma divulgar informações ou interferir no processo natural das coisas. Se ela faz isso, então geralmente é porque há muito em jogo. Apenas me prometa que você não vai demorar muito para ir até lá.

A cautela subiu pelo meu peito quando ele desviou o olhar. Será que ele sabia mais do que deixava transparecer? Talvez algo que não pudesse me dizer sem quebrar seu juramento à rainha?

— Farei o meu melhor. — Tocando cada uma das minhas armas para garantir que estavam no lugar, acenei para ele e olhei para cima para me orientar pelo sol.

Só havia um problema. Eu não conseguia entender o que o "coração" de Underhill significava. Pelo que ele disse, o reino era aparentemente senciente e poderia aparecer para alguém de valor, mas eu não podia ficar esperando para ver se me considerava digna. Precisava ir buscá-lo.

O Triângulo sempre hospedou Underhill. Então, eu tomaria as indicações de Faolan e iria para o coração do Triângulo, a área mais profunda e inóspita. O ponto de encontro dos párias estava na mesma direção, então não precisaria me desviar do caminho que nosso grupo vinha seguindo nos últimos dias.

— Kallik? — Faolan chamou calmamente.

Olhando para trás, arqueei uma sobrancelha.

Ele respirou fundo e falou devagar:

— Feliz equinócio de primavera.

Era *hoje*? Eu estava tão desorientada recentemente. Não conseguia nem forçar um sorriso.

— Feliz equinócio de primavera, Lan.

Fui embora sem dizer mais nada, começando uma corrida muito mais lenta do que as que eu tinha feito nos últimos dois dias. A fadiga me impedia, mas logo o calor do exercício clareou minha cabeça — pelo menos por enquanto.

Uma hora, os horrores daquela manhã infiltrariam na minha mente e me assombrariam. Quando isso acontecesse, queria estar o mais longe possível dos Seelies e Unseelies restantes nas docas.

Os riachos e rios ficaram borrados enquanto eu subia e descia o terreno ondulado, às vezes escalando penhascos em ruínas.

De acordo com a rainha Unseelie, Underhill tinha alguma *intenção* dentro de si. Estranhamente, isso fez sentido para mim. Mesmo na versão falsa de Underhill em que treinei, sempre senti outra camada no reino, uma consciência ou presença por trás dele.

Talvez eu tenha olhado errado.

Se Underhill era senciente, então talvez tivesse feito a escolha de se retirar. Talvez não tivéssemos nada a ver com seu desaparecimento.

Meus passos vacilaram, e reduzi a marcha, aproximando-me de um riacho ali por perto.

Depois de beber bastante água, agachei-me perto de uma parte imóvel da água e olhei para o meu reflexo. Aquela era a minha profundidade de água preferida: do tipo onde eu podia ver o fundo.

Deusa do céu e da terra, eu já vira dias melhores. Meu cabelo estava coberto de sangue. Uma sombra se escondia atrás dos meus olhos lilás suaves. Contusões, arranhões e cortes que eu não tinha sentido ou notado marcavam minha pele.

O sol estava alto no céu agora, e eu suspirei, rasgando minha túnica. Lavando o que pude da roupa de lã feérica, coloquei-a para secar sobre uma pedra e, com um pouco de musgo que encontrei à beira da água, esfreguei a sujeira e o sangue que me cobriam.

Então cuidei do corte no meu flanco.

Não está tão ruim.

Enxugando minha calça de couro, estiquei-me ao longo da margem do rio e fechei os olhos. Apenas um pequeno descanso antes de continuar meu caminho. Se estivesse em Unimak, teria dormido o dia todo em preparação para as celebrações do equinócio de primavera, que duravam até bem depois do amanhecer. Ninguém tinha que trabalhar nos equinócios. Mesmo no treinamento, tínhamos o dia de folga e comemorávamos com uma refeição melhor do que o habitual.

Mas não havia cócegas de cereja e beterraba ou mel feérico à espera aquela noite. Eu estava sozinha, seminua, e oprimida pela exaustão. Precisava dormir, mas minha mente não parava de girar. Aquilo tudo tinha que estar conectado de alguma forma.

Faolan e eu.

Underhill.

Seelies, Unseelies e os Perdidos — talvez até os humanos. Mas como? Essa era uma pergunta para a qual ainda não tinha uma resposta clara.

Havia algo de errado com o coração de Underhill? Alguém... o feria? Resmunguei e enfim senti meus pensamentos se soltarem para o esquecimento de um estupor que talvez fosse o mais próximo que eu poderia chegar do sono após os acontecimentos da manhã.

Vozes sussurravam para mim.

— A entrada se abre para aqueles que são dignos.

— Os espíritos estão com raiva, mas vão guiá-la.

Meus dedos trabalharam ansiosamente para remover o lince da armadilha. A maioria das peles que encontramos quando tivemos a sorte de pegar um lince estava mais para marrom, mas aquela era branca pura, os pontos pretos aqui e ali no corpo da criatura criando um lindo contraste. Eu mal podia esperar para ver melhor.

— *Kallik, querida.*

O rosto bronzeado e sorridente da minha mãe preencheu meu campo de visão quando olhei para cima.

— *Tláa? — respondi.*

Ela se ajoelhou ao meu lado.

— *Quando pegamos presentes da natureza, o que devemos fazer?*

Minhas bochechas ficaram vermelhas.

— Agradecer por eles.

— Isso. Esse animal morreu para que possamos viver. Sua pele nos aquecerá. Sua carne nos sustentará. Devemos avisar aos espíritos que não vamos desperdiçar seu presente. Nem uma parte dele. Sabendo disso, eles podem optar por continuar nos dando essas coisas.

Murmurei minhas desculpas e olhei para o lindo lince morto.

— Você sabe o que fazer, querida — minha mãe falou em um tlingit suave e cadenciado.

As rochas se espalharam quando me sentei com um suspiro, não reconhecendo imediatamente meus arredores.

O riacho corria à minha direita, e passei a mão pelo rosto, quase grogue depois de ter descansado.

Olhei para cima, gemendo quando vi que o sol estava quase sumindo atrás de uma cordilheira ao longe, e o ar ao meu redor estava esfriando mais uma vez.

Porra. Minha soneca durou muito mais do que eu pretendia.

Forçando meu corpo dolorido a ficar de pé, cambaleei até a rocha e vesti minha túnica novamente. Talvez fosse melhor correr durante a noite, de qualquer maneira. Eu havia deixado minha capa nas docas, e correr me manteria aquecida.

Espreguiçando-me e gemendo algumas vezes, agachei-me perto de uma parte em que o riacho fluía mais rápido para beber de novo.

Luz se derramou sobre mim, e eu cuspi um bocado de água gelada, puxando minha lâmina. Quase ri ao perceber a que estava reagindo: a lua estava cheia e brilhando por uma abertura nas árvores.

Quase.

Minha boca secou quando me levantei, água escorrendo entre meus dedos, esquecida. O luar iluminou um caminho que levava para o oeste. Ele tinha um leve brilho cinza.

Outra pessoa poderia ter achado bonito, mas só me lembrou da criatura monstruosa que havia devorado Yarrow.

Examinei meus arredores em busca de companhia e, ao fazê-lo, uma memória veio à tona em minha mente grogue.

Os espíritos, a voz havia dito pelo rádio. *Eles virão atrás de você na noite de lua cheia.*

Senti um arrepio violento, e não tinha nada a ver com minha túnica meio seca. Era uma noite de lua cheia *e* equinócio de primavera. A magia permeava o ar, e sabia que não era coincidência que tivesse sonhado com minha mãe.

As forças misteriosas que governavam a magia estavam tentando me dizer alguma coisa, e eu seria uma idiota se ignorasse suas mensagens.

Engolindo em seco, atravessei o riacho, hesitando por um momento antes de pisar no caminho cinza lustroso. Meus ombros relaxaram quando nada aconteceu. Em vez disso, o lembrete de minha mãe soou profundamente dentro de mim.

— Obrigada por esse presente — disse baixinho para a lua.

Então comecei a correr pelo caminho.

25.

O caminho brilhante zumbia sob meus pés, partes da neve derretendo a cada passo que eu dava, deixando meu caminho mais claro. O lado das costelas onde a lâmina tinha cortado doía depois do cochilo, mas ignorei a ferida enquanto corria pelo ar fresco da noite. Eu varri a área, os olhos procurando pelo perigo ao redor.

O tempo que passei dormindo me custou caro.

Faolan quase disse que enviariam um grupo de caça atrás de mim, e isso significava que eu não tinha escolha a não ser chegar ao coração de Underhill antes deles — se é que era para lá que esse caminho levava.

Dando o meu melhor para não pensar no que aconteceria se eu não alcançasse meu objetivo, continuei colocando um pé na frente do outro.

Mesmo quando ouvi uma besta sendo disparada atrás de mim.

Eu me abaixei e rolei, mas não fui rápida o suficiente. O virote atingiu meu ombro direito e me derrubou com força no chão. Engolindo um palavrão por causa da dor, me levantei, lançando-me em uma corrida. Uma série de uivos rolou pelo ar atrás de mim, e meu coração palpitou de medo.

Cães feéricos eram nossa versão de lobisomens. Eram feéricos que haviam sido transformados em bestas monstruosas, obrigados à tarefa de caçar criminosos.

E pelo que parecia, havia pelo menos quatro atrás de mim — isso se eu tivesse sorte.

Poderia ter sussurrado uma oração para Lugh e a deusa feérica. Mas não. Se eu realmente estava louca, se o solstício estava sendo mais estranho aquele ano, ou alguma outra coisa estava acontecendo, sabia quem eu queria do meu lado.

— Espíritos, guiem-me — sussurrei em tlingit, e a luz da lua iluminou quando o caminho de repente virou para a esquerda, em um trecho de floresta fechada.

Não questionei a mudança de direção. Não havia *tempo* para questioná-la.

Outra flecha atingiu um tronco de árvore perto da minha cabeça, e mergulhei para a direita, usando as árvores como escudo e apoio para as mãos enquanto continuava a correr. Estavam prontos para matar.

Ao cheiro dos pinheiros se sobrepôs um fedor de cachorro molhado e urina, e circundei uma árvore, agarrando minha espada com a mão esquerda.

Mais lobo do que cachorro, os olhos do cão feérico travaram nos meus. Ao seu lado estava a imagem cintilante do feérico que ele tinha sido. Como em uma visão dupla, o cão e o homem atacaram como um só, mandíbulas apertando meu braço direito já entorpecido.

Gritei quando os dentes do cão rasgaram minha carne até o osso. Uma luz brilhou, e a sensação de eletricidade queimou por causa da mordida — um relâmpago que me fez arquear para trás e cerrar os dentes, e lutei para respirar.

Virei os olhos quando a luz desapareceu e o clarão de poder evaporou com um assobio agudo. Caí no chão com falta de ar, sentindo-me chamuscada por dentro e por fora.

Ao meu lado, o cão feérico estava com a língua pendurada para fora da boca, os olhos vazios, o corpo já endurecido. Não entendi o que tinha acontecido, e não havia tempo para descobrir.

Depressa, você deve se apressar.

Pisquei para o espírito sussurrante que agora estava no meu caminho, a forma indistinta, exceto por sua mão acenando. A figura estava envolta em uma névoa que se espalhava em ondas pulsantes, escondendo sua forma.

Eu me levantei, cada articulação doendo enquanto cambaleava para a frente, seguindo o espírito.

— O que aconteceu? — murmurei. Sentindo gosto de sangue, percebi que tinha mordido minha língua no meio do poderoso raio de... magia? Eletricidade? Tudo que eu sabia era que o poder não tinha vindo de mim *nem* do cão.

As palavras do espírito flutuaram claramente pelo ar. *Underhill deseja que você tenha sucesso. O poder dela é lendário.*

Imaginei mesmo que Underhill se identificasse como mulher, aquela vaca inconstante. Porque se o que o espírito estava dizendo fosse verdade, eu tinha certeza de que Underhill, de alguma forma, havia atingido a mim e ao cão com um raio um segundo antes. Se a entidade tinha poder suficiente para fazer aquilo, é claro que ela poderia ter mirado um pouco melhor e ter atingido *apenas* o cão.

Deixando tudo de lado, isso significava que eu estava perto do coração de Underhill? Perto o suficiente para que ela pudesse alcançar e afetar o mundo ao seu redor? E quem era aquele espírito me guiando?

Eu não estava mais do que correndo de forma cambaleante. Tentei puxar minha conexão com a natureza e, embora a magia me fortalecesse, não podia curar o alto preço cobrado em meu corpo. Eu não era *tão* forte — só o tempo poderia curar algumas coisas.

Pela primeira vez, a dúvida passou por mim. Eu era jovem e feroz, mas era realmente a pessoa destinada a abrir Underhill mais uma vez? A filha bastarda do rei. A *única* que o rei tinha, e que ainda assim não era reconhecida como herdeira.

Órfã.

Fora da lei.

Eu que tinha feito meu caminho até ali, e olhe para mim. Meio morta e sangrando de múltiplas feridas. Lágrimas percorreram meu rosto, e eu sabia, no fundo da minha mente, que aquela dúvida não vinha apenas dos meus ferimentos ou do grupo de caça me rastreando — vinha do choque de matar aqueles feéricos, e da compreensão de que eu provavelmente não sobreviveria à noite.

Quando esse pensamento caiu sobre mim, arrumei minha postura e me empertiguei.

Bres... ele me treinou para esse momento. Me treinou para enfrentar cada luta como se fosse a última. E com virotes de besta e cães feéricos me caçando, com certeza parecia que aquela era minha última batalha.

Faria aqueles que viessem atrás mim terem muito trabalho.

Baixei os olhos enquanto puxava minha visão mágica e a deixava cobrir o caminho brilhante aos meus pés.

O mundo se iluminou. Não com cores. Mas com espíritos. Ao meu redor, espíritos estavam em vigília, e além deles eu podia ver a figura de feéricos passando por mim, quase como se...

Minha boca tremeu. Eles não podiam me ver.

Rápido.

Comecei a andar e segui em frente o melhor que pude. Meus membros estavam ficando dormentes de um jeito que não era natural, mesmo com meus ferimentos. Era Underhill de novo?

Não, Underhill queria que eu a encontrasse. Ela não me atrasaria de propósito.

Meu olhar pousou em um feérico carregando uma besta, e eu fiz uma careta, lembrando-me da flecha em meu ombro.

Uma ferida que eu não conseguia sentir. Meu ombro estava dormente. Merda.

Alcancei a base do virote e meus dedos ficaram pegajosos de sangue, mas não senti nada.

— Porra, é um sedativo — murmurei.

Silêncio, os espíritos ao redor sibilaram para mim.

Eles não estavam encobrindo meu barulho? Ah, merda.

Feéricos se arrastaram em minha direção enquanto os espíritos fugiam. Algo atingiu meu ombro bom, levando-me ao chão com muita facilidade, e fiquei mole sob a mão e o peso.

Minha cabeça pousou em um pedaço de musgo bastante conveniente. Isso foi legal, pelo menos.

— Cuidado com os relâmpagos — eu disse, sentindo o efeito do sedativo. — Vão te pegar.

Rolei minha cabeça para o lado e encontrei o caminho iluminado pela lua ainda ali, tão perto. O espírito de antes me chamou com uma mão, mas eu não podia fazer nada.

— Não posso, amigo. Eles me pegaram — balbuciei. — Me pegaram de jeito.

— Amarre-a. Capitão Faolan...

Isso chamou minha atenção.

Talvez Lan me resgatasse. Talvez ele me tirasse dessa...

Mas não, fui colocada em pé. Não olhei para Lan, meu olhar ainda fixo no espírito acenando para mim. O espírito que finalmente parecia perceber que aquela garota não chegaria a lugar nenhum tão cedo. Ele deu um passo para o lado e apontou para uma árvore enorme.

Pisquei algumas vezes para focar minha visão.

Era uma porta.

Uma porta gravada com o símbolo de Underhill!

— Não — gritei e me debati, jogando para o lado aqueles que me seguravam. Eu estava com os braços amarrados atrás das costas, mancando, mas a visão da porta para Underhill foi o suficiente para me impulsionar para a frente, para me conceder a energia — ou pelo menos a vontade — de lutar contra aqueles que me agarraram. — Está lá. Underhill está lá, seus tolos!

As palavras saíram de mim, e os feéricos se viraram para onde eu olhava.

A voz de Faolan era suave.

— Não há nada lá, Órfã. Nada além de escuridão e floresta.

A fúria me rasgou.

— Pegue minha mão e veja por si mesmo.

As palavras foram distorcidas. A energia repentina que havia alimentado meu último esforço se esvaiu com a força de um degelo de primavera.

O sedativo me puxou para baixo. Caí. A escuridão cobriu meus olhos e roubou minha última visão do espírito virando as costas para mim.

— Sinto muito — sussurrei para o espírito, para a própria Underhill. — Sinto muito mesmo.

Algo debaixo de mim me fez despertar um pouco, ou quase. Que ressaca de merda.

Será que eu tinha bebido a cerveja de ogro novamente?

Tentei rolar, minha língua inchada. Só sentia o gosto de sangue. Sangue? Pisquei e olhei para o céu noturno. Se eu tivesse que chutar, diria que estava em uma espécie de carroça.

— Ela está se mexendo. E agora, capitão?

Não conhecia aquela voz. Mas reconheci muito bem a que respondeu.

— Não cabe a nós decidir o destino dela — Faolan disse. — Não temos esse direito.

— Ela é uma criminosa — o outro homem disse, sua voz cortando a última névoa do sedativo que corria pelo meu sangue. — Se fosse outro criminoso, a gente decapitaria aqui e deixaria o corpo para alimentar a floresta.

Não me movi, apenas continuei deitada em silêncio. Minhas amarras estavam apertadas, e pela queimação nos meus pulsos, a corda tinha sido tecida com filamentos de ferro.

Droga, quão longe estávamos do caminho brilhante? Tinha que voltar lá.

— Ela...

— Só porque você se importa com ela não significa que pode mantê-la viva, meu amigo. Ela não pode ser um animal de estimação. Você mesmo disse, a loucura a levou. Ela matou um dos nossos. — O tom do homem suavizou, e houve um som abafado, como uma mão batendo no ombro. — Você não pode consertá-la, ninguém pode.

— A rainha em pessoa me pediu para cuidar dela. Ela disse para trazê-la de volta à corte Unseelie se houvesse alguma ameaça à sua sobrevivência — Faolan disse. — Essas foram as ordens.

Que. Merda. Era. Essa?

Por que a rainha Unseelie daria a mínima para mim?

— O que nossa rainha iria querer com uma Seelie qualquer? Você não está pensando com clareza.

— Acredite em mim, estou — Lan garantiu.

— Acho melhor reunir o resto da equipe para lidar com ela. Você está muito...

Faolan retrucou:

— Ela não é uma qualquer, Maxim! É a filha bastarda do rei Seelie.

O ar parou na minha garganta.

Ali, *ali* meu mundo desmoronou como um castelo de cartas. Ele sempre soube que o rei era meu pai?

Meu cérebro montou freneticamente as peças. Ele estava cuidando de mim desde o início, não porque se importasse, mas porque alguém tinha ordenado que ele fizesse isso. O programa de orientação... ele havia sido designado para mim desde o início, e eu pensei que era apenas o destino. Meu pai o colocara ali para ficar de olho em mim.

E agora?

A rainha Unseelie não queria a herdeira indesejada da corte Seelie fora de suas vistas.

O outro homem gaguejou em negação por algum tempo antes que Faolan o convencesse da verdade.

— E você acha que a rainha realmente a quer? — o Unseelie perguntou. — Por quê?

Ouvi o som de pés esmagando a neve, e fechei os olhos quando alguém parou em cima de mim.

— Não sei o que a rainha quer com ela, mas tenho suas ordens. Nosso trabalho é obedecê-la.

Ela pensou em me oferecer em troca de resgate? Essa merda não adiantaria — Papai Querido não dava a mínima para mim. Mas não disse nada. Talvez ainda pudesse encontrar uma saída. Enquanto ainda estivesse viva e desse lado da terra, eu teria uma chance de acertar as coisas com Underhill.

A atitude taciturna que tentara me engolir antes havia desaparecido. Então Lan sabia do meu segredo o tempo todo. A essa altura, estava bem ciente de que a lealdade era um dialeto estrangeiro para a maioria dos feéricos.

E ele não era diferente.

Ai, caralho. Preferia um punhal nas costas a ouvir aquelas palavras saindo da boca dele.

— Nossa melhor aposta seria levá-la de volta à água. Pegamos um barco e de lá...

Outro par de pés se aproximou, e a energia ao meu redor mudou. Eu me atrevi a abrir um pouco os olhos a tempo de ver a magia Seelie se acender acima de mim.

— Capitão Faolan — uma voz trovejou.

Merda.

Era *Bres*.

— General Bres — Faolan cumprimentou, como se tivessem acabado de se encontrar na rua e estivessem trocando gentilezas. — Como posso ajudar?

— Você tem uma prisioneira nossa — Bres respondeu friamente. — Que também é minha Aprendiz. Ela resistiu um pouco, não foi?

O homem de antes, aquele que chamou Lan de amigo, entrou na conversa.

— Ela matou um de nossos homens. A loucura a levou, e ela...

Bres bufou.

— Duvido muito disso. A loucura nunca vai levar essa aqui. Eles a estavam atacando?

Fez-se um silêncio pesado.

— Eles a tiraram de um... momento acalorado — Lan admitiu. Sua equipe ficou quieta. Sim, aposto que ele não queria confessar que tinha beijado a filha bastarda do rei.

— Eu a treinei nos últimos oito anos em Underhill. — Bres deveria ter dito *falsa* Underhill, mas continuei quieta. — Não há como a loucura a ter levado tão rapidamente, mas não tenho dúvidas de que, se ela se sentisse ameaçada, teria feito o possível para sobreviver.

Nenhum dos dois estava certo. Uma força estranha me consumira naqueles momentos sombrios. Não tinha me sentido ameaçada pelo Unseelie que tentava me separar de Lan; mas o poder que tomou conta de mim, sim.

Aquele poder *não era* loucura, no entanto; estava quase certa disso. Mas o que era, então? Era uma incógnita.

264

Bres continuou:

— Eu o aliviarei de seus deveres em relação a ela. Ela é Seelie, e tomarei sua custódia de acordo com os tratados de concessão de prisioneiros entre nossas cortes.

Mãos apertaram meus braços e me puxaram para cima.

Achei que Bres tiraria as cordas, mas não o fez. Claro que não. Eu balançava com meus pés logo acima do chão.

— Sei que você está acordada, Kallik — Bres disse.

Abri os olhos para olhar em seu rosto.

— Seu rei deseja falar com você. Você não deveria ter fugido — ele me censurou.

Olhei com raiva para ele.

— O que eu deveria dizer? É a minha reação instintiva a pessoas me caçando. Não é nada pessoal.

Ele grunhiu e fez sinal para seus homens — mais de trinta dos soldados da *guarda pessoal* do rei, todos vestidos de dourado e azul profundos. Fui carregada pelos pés e pelos pulsos, pendurada como um porco no espeto.

Olhei de volta para a carroça, encontrando por um segundo o olhar furioso de Faolan. Que seja. Mentiroso do caralho.

— Qual foi a situação da qual a tiraram que a fez lutar tanto? — Bres perguntou.

Não respondi.

— Yarrow está morto — eu disse em vez disso.

Bres caminhou ao meu lado e olhou para baixo.

— Não esperaria menos se vocês dois ficassem cara a cara. Como ele morreu?

— Por que ainda estou presa se você vai falar comigo como se eu não fosse uma prisioneira?

Bres me deu um sorrisinho que só era visível na noite.

— Senti sua falta, Kallik. — Ele olhou para a frente. — Acredito que você está ciente de que a rainha consorte Adair odeia você.

O quê? Sério? Quase ri.

— Estou ciente. E é por isso que quero ficar o mais longe possível do castelo.

Mas por que estávamos falando de Adair? Aquela conversa não deveria ser sobre o que supostamente fiz com Underhill? Talvez ele soubesse a resposta para algo que tinha atormentado minha mente.

— A Oráculo já foi encontrada?

Seu olhar em mim era afiado.

— Você deseja procurá-la?

Olhei fixo para ele e joguei a cautela ao vento.

— Tenho algumas perguntas para ela, já que eu estava lá quando Underhill desapareceu. A falsa, como você sabe, não a verdadeira Underhill.

Bres estalou os dedos, e fui jogada no chão sem a menor cerimônia, minhas dores me lembrando de que eu estava longe de estar bem. Seus homens recuaram até ficarmos apenas eu e Bres.

Meu treinador me agarrou pelo pescoço e me puxou para cima, então estávamos nariz com nariz.

— A menos que você queira que todos os homens aqui sejam mortos, sugiro que cale a boca. — Ele me empurrou para trás com um impulso. Eu bati no chão com um baque sólido e um gemido.

Bres estalou os dedos, e os homens voltaram e me pegaram mais uma vez.

Ele sabia que a Underhill em que treinamos era falsa. Sabia que eu não tinha quebrado nada além de uma ilusão.

Olhei para ele.

— Você vai me matar?

Dessa vez, Bres não olhou para mim.

— O rei Aleksandr decidirá seu destino.

— Então você vai me levar de volta para Unimak. — Uma afirmação, não uma pergunta.

Meu destino estava mais uma vez ligado aos caprichos do meu pai, embora eu duvidasse que dessa vez ele simplesmente mandasse seus guardas me jogarem em um orfanato.

26.

Talvez um dia eu voasse para Unimak e não me sentisse uma fugitiva prestes a enfrentar a forca.

Mas não naquele dia.

Mãos e pés ainda amarrados, com certeza eu fedia. O banho de gato que tomei no córrego no Triângulo tinha sido dois dias atrás — e não era nada perto da limpeza de que eu precisava naquele momento.

Acho que estar limpa para a minha execução não era grande coisa — quem se importaria se eu fedesse?

Pessoas mortas não se importavam com higiene pessoal, certo?

Fechei os olhos para bloquear a visão da minha ilha natal lá embaixo, imaginando pela centésima vez o que teria acontecido se eu tivesse chegado à porta gravada na árvore.

Quase salvou o mundo. Mas não. Caiu no último degrau.

Eles poderiam colocar isso na minha lápide.

Abri os olhos quando a aeronave pousou com alguns solavancos na pista de pouso Seelie. Assim que os motores pararam, um guarda se agachou aos meus pés e soltou minhas algemas. Atrás dele, Bres estremeceu, provavelmente prevendo o que estava prestes a acontecer.

Sim, eu estava brava e aquele cara acabara de se tornar um candidato.

Bati o calcanhar direto no rosto do guarda, apreciando a sensação de quebrar seu nariz. Sangue espirrou pela cabine, e olhei para Bres.

— Está mais relaxada agora? — perguntou.

Sorri.

— Nem um pouco. Ainda não estou morta, estou?

Sabiamente, ele se aproximou de mim pelo lado, segurando meu braço enquanto me escoltava para fora do avião. Não estava desesperada o suficiente para atacar Bres. Não ainda. Mas aceitaria outros voluntários se me dessem a oportunidade.

— O rei a espera — disse enquanto me conduzia por uma porta lateral em vez de entrar pela frente do pequeno edifício do terminal cheio de brilho.

Maravilha.

— Eu gostaria de me lavar e jantar antes de vê-lo.

Aparentemente, a promessa de morte despertou meu lado sarcástico.

A guarda pessoal do rei nos cercou de todos os lados, e Bres não falou mais enquanto eu era conduzida a um bondinho. Não tinha ideia de que dia era, mas tinha que ser um fim de semana, a julgar pela quantidade de turistas a bordo.

— Saiam — um dos guardas gritou. — Todo o pessoal não autorizado, saia imediatamente.

Câmeras passavam pelas janelas, e eu olhava para as lentes de turistas desesperados para ter um vislumbre de um criminoso feérico da vida real. Uma mulher empalideceu quando olhei para ela. Sim, eu provavelmente parecia tão selvagem quanto a criatura que comeu Yarrow. Não podia culpá-la.

O bondinho se moveu, e Bres me empurrou para um assento enquanto subíamos o pico da ilha. Era estranho que isso parecesse meio normal?

Eu me engasguei com uma risada, meio delirante. Bres me lançou um olhar incrédulo, e eu dei gritinhos, batendo o pé no chão algumas vezes enquanto meu corpo inteiro tremia com a alegria inoportuna.

— Vou lhe dizer uma coisa — ele murmurou quando me dei por satisfeita. Por enquanto. — Você foi um dos Aprendizes mais corajosos que já tive. Tinha grandes esperanças para você.

O comentário me deixou sóbria.

Porque eu tinha grandes esperanças para mim também.

Tinha sonhos. Mas aqueles velhos sonhos — uma casa, um salário normal, segurança — pareciam tão insignificantes quando comparados com os problemas reais dos feéricos. Se o rei ordenasse minha morte, quem consertaria Underhill?

Ela tinha vindo até mim — mostrando o caminho para a porta —, e Faolan me disse que ela só vinha para aqueles considerados dignos.

O que aconteceria se eu nunca chegasse lá?

Loucura. Morte em massa de humanos e feéricos. Guerra.

— *Você chegou ao primeiro nível! Tenha um feé-tástico dia!* — a gravação automática do bondinho anunciou.

Pelo testículo esquerdo de Lugh. É melhor que essa não seja a última coisa que eu vá ouvir.

Fui escoltada pelo primeiro nível. As ruas estavam lotadas, e logo atraímos uma multidão de feéricos e turistas, que demonstraram sua decepção com murmúrios quando passamos pelos portões do castelo e eles foram forçados a ficar para trás.

Feéricos do alto escalão que estavam vestidos com seus trajes noturnos ficaram boquiabertos quando passei, e embora não pudesse resistir à vontade de levantar minhas mãos amarradas para acenar, minha mente se aguçou o suficiente para entender que eu estava realmente caminhando para a morte.

As cortes tinham muito a esconder.

E eu sabia tudo o que tentaram tanto manter escondido.

Eu era uma mulher morta desde o momento em que a Underhill falsa se despedaçou — só demorei um pouco para descobrir a verdade.

— Uma prisioneira para o rei — um guarda disse a dois soldados fortemente armados, que guardavam enormes portas duplas por quais eu nunca tinha entrado. É claro que não estavam me levando para o salão de baile onde eu havia declarado minha escolha de carreira.

Os soldados descruzaram suas lanças reluzentes e se afastaram.

As portas se abriram rangendo, e Bres soltou meu braço, gesticulando à frente. De repente, eu queria mesmo estar limpa e bem descansada. Sempre me senti despreparada para ver meu pai, e meu estado naquele momento só piorava as coisas.

Segui em frente, olhando para o salão de pedra de teto alto. Era muito menos ornamentado do que o resto do castelo — menos pomposo e dourado, mais frio. Parecia o tipo de lugar onde se faziam negócios de verdade. Isso não parecia um bom presságio.

Os guardas diante de mim se separaram para revelar meu pai sentado em um trono simples, com um aro de ouro no topo da cabeça.

Meu olhar piscou para Adair enquanto ela contornava o trono, passando a mão pelo espaldar alto do móvel. Seu nariz torceu quando me olhou, e ela cobriu a boca.

Meus lábios se contraíram quando olhei de volta para o rei.

Havia fúria gravada nas linhas de seu rosto.

Fiz uma careta para o cinza em seu cabelo. Havia mais grisalho do que duas semanas antes? Feéricos não envelhecem tão rapidamente, decerto não alguém com o poder dele.

— Por que a trouxe diante de mim em tal estado? — o rei Aleksandr inquiriu.

Logo atrás de mim, Bres enrijeceu.

— Fomos informados de que desejava vê-la imediatamente, majestade.

— Você a capturou há dois dias.

O desconforto do treinador aumentou um pouco.

— Sim.

— E você não achou por bem tratá-la com dignidade?

O silêncio reinou.

Era bom ver Bres se contorcendo, para variar. Segurei meu sorriso, mas daí lembrei da minha execução iminente e tudo mais.

— Kallik — o rei se dirigiu a mim.

Minhas entranhas congelaram por um segundo inteiro. Ele *nunca* se dirigira a mim diretamente. Não que eu me lembrasse.

— Sim, Vossa Majestade?

O olhar do rei percorreu meu rosto.

— Você fugiu para o Triângulo. Por quê?

Porque eu destruí a ilusão que vocês, bastardos, criaram para enganar o mundo. Mas parte de mim ainda esperava que eu pudesse sair daquela, e falar aquelas palavras em voz alta era um jeito de morrer mais rápido.

— Decidi que a vida na corte Seelie não era para mim.

Eu podia ver pelos seus olhos que ele não acreditava em uma única palavra que tinha saído da minha boca. Mesmo assim, percebi que havia passado em algum tipo de julgamento por não dizer a verdade em uma postura de desobediência.

A desobediência era para os ricos e poderosos. Não para os fracos e párias.

— Você espera que acreditemos nisso? Você acha que somos tão tolos? — a voz doce de Adair soou pela sala. Ela segurou as mãos cruzadas na frente do corpo, perfeitamente recatada. Mas seus olhos estavam brilhando de ódio. É, eu não era a pessoa favorita dela.

Eu a respondi com cuidado.

— Não estou no controle do que você acredita. Simplesmente sei o que sei.

— E o que, exatamente, você sabe? — O rei se inclinou para a frente em seu trono.

Minha boca secou. Eu sabia demais, mas ninguém me agradeceria por dizer tudo.

Eu me endireitei.

— Sei que os feéricos estão em apuros. E que todo o possível deve ser feito para evitar o que seria um destino horrível para todos. Eu sei que há inimigos em todos os lugares.

Adair riu, mas meu pai, não.

Seus olhos piscaram com o mesmo horror que eu sentia em meu âmago. Ou era apenas a esperança da minha infância me cegando para a verdadeira frieza dele? Aquele homem enviara uma equipe atrás de mim, que perseguiu meus passos desde que deixei Unimak. Se não fosse por minha habilidade e alguma sorte, um daqueles Seelies poderia ter me dado um golpe letal.

Aquele era o homem que nunca me reconhecera. Que deixou minha mãe se defender sozinha em vez de admitir sua escapada no lado humano.

Por causa dele, minha infância fora repleta de medo, insegurança e mágoa.

— Sim, Kallik — o rei disse suavemente. A zombaria de Adair foi interrompida, e ela olhou para ele em choque. — Concordo inteiramente.

— Aleksandr — ela sussurrou para ele.

Ele ergueu a mão e olhou para os dois soldados à direita de seu trono.

— Levem esta feérica da Elite para um quarto de hóspedes. Certifiquem-se de trazerem comida para ela, e que permitam que ela tome banho. Mandem uma ama para vesti-la...

— Você não pode estar falando sério, querido — Adair falou.

O rei se virou para ela, seu rosto em uma expressão assustadora. Ela inspirou bruscamente, seus olhos se arregalando antes de ela os abaixar, inclinando a cabeça para ele.

— Está na hora — ele proferiu essas palavras tão suavemente que eu mal as entendi.

Meu pai examinou a sala.

— Garantam que ela seja tratada com a cortesia e o respeito em razão de termos uma feérica do mais alto escalão em nossa corte.

Do canto do meu olho, vi Bres estremecer.

Os dois soldados marcharam para a frente, e meus lábios ficaram dormentes quando me alcançaram.

Que diabos estava acontecendo?

Eu me concentrei acima dos ombros deles, observando Adair irromper da câmara por uma porta lateral, parando apenas para me lançar um olhar de puro ódio.

O rei também se levantou.

— Vá, Kallik. Vejo você em breve. E então conversaremos mais.

Olhei para o vestido. O vestido dourado.

— Tem certeza?

A criada humana fez uma reverência.

— Isso é o que o rei enviou, minha senhora.

Nas últimas duas horas, eu tinha comido e bebido o suficiente e limpado os restos de sangue do Triângulo.

Minha mente estava a mil, tentando descobrir o que estava acontecendo. Porque algo claramente estava acontecendo.

Eu estava sendo tratada como uma heroína, e não uma criminosa.

Estava sendo vestida com *ouro*.

Talvez isso devesse ter sido um alívio, mas o medo inundou meu corpo e minha mente por completo, de modo que fiquei surpresa por ele não ter saído pela ponta dos meus dedos e coberto o chão de mármore, as cortinas bordadas a ouro e a cama de dossel daquele enorme quarto.

Com a ajuda da criada, coloquei o vestido, ficando parada enquanto ela apertava os cordões nas costas. O espartilho implacável segurava o vestido sem alças no lugar sobre meu peito, dando a mim um decote quase no nível de Hyacinth. Suas mangas de chiffon esvoaçantes eram apenas para efeito de exibição. Enfiei os pés nas sandálias — tinham tirado minhas botas — e olhei para o espelho de corpo inteiro.

A criada havia arrumado meu cabelo castanho-escuro no topo da minha cabeça e fixado pérolas nele. Elas brilhavam na luz, captando os tons dos meus olhos lilás suaves, parecendo fazê-los cintilar intensamente.

— Linda, minha senhora — ela murmurou com admiração.

Linda.

Eu parecia com eles, feéricos da corte suprema — se você descontasse os arranhões e ferimentos ainda cicatrizando, as lesões causadas pelos virotes da besta. Incrível o que uma mudança de roupa e um banho podiam fazer, e um pouco de remédio feérico, mas isso não me impediu de vacilar em meus pés. Precisava muito dormir, e o banho quente havia me tirado os últimos resquícios de adrenalina.

Uma batida estrondosa soou.

— Minha senhora, você é esperada no salão de baile.

Meu coração disparou. O salão de baile?

Com passos pesados demais para aquelas sandálias macias, caminhei até a porta no piloto automático e encontrei cinco guardas armados do outro lado.

O da frente sorriu.

— Por aqui, minha senhora.

Minha senhora, isso. Minha senhora, aquilo. Uma palavra do rei, e de repente eu era a melhor amiga de todos.

Claro, eu sabia que não. Tivera vinte e quatro anos para entender o que as pessoas por ali realmente pensavam de mestiças como eu, e um vestido dourado e algumas palavras educadas não apagariam isso.

Segui os guardas pelo amplo salão e depois desci uma grande escadaria que não poderia ser mais diferente da escada dos empregados que eles me fizeram usar quando voltei para Unimak.

Murmúrios frenéticos chegaram aos meus ouvidos, e tropecei um pouco, meio que por causa da fadiga. Um guarda me segurou, murmurando alguma preocupação idiota em relação a mim.

Olhei para as portas do salão de baile enquanto elas se abriam.

Isso ainda era uma execução? Porque a única outra possibilidade era... *impossível.* O suor escorria pelas minhas mãos enquanto eu caminhava para a frente, fixando os olhos cansados nos tronos vazios.

Feéricos do alto escalão pararam de conversar para me olhar, e tive a estranha sensação de que já sabiam algo que eu não sabia. Mas é claro que sabiam. Os conselheiros e assessores do meu pai estavam sentados na frente do grupo, seu escrutínio mais intenso que o dos outros.

Meus guardas me pararam em um lado do palco, e fiz o meu melhor para fazer de conta que a atenção inflexível do que tinha que ser várias centenas de feéricos não me incomodava.

O arauto empolgado, de quem me lembrava da última vez, apareceu e bateu a ponta de seu cajado de ouro no chão três vezes.

— Rei Aleksandr e rainha consorte Adair!

Lutei para não umedecer os lábios.

De um jeito ou de outro, estava prestes a descobrir meu destino.

O rei não olhou para ninguém ao entrar, e os sorrisos e risadinhas habituais de Adair não estavam em lugar algum. Em vez disso, ela tinha no rosto uma máscara de pena, o que não era um bom presságio para mim. Parando em uma das mesas da frente, ela falou brevemente com um homem grande e de aparência gentil — o irmão do rei, meu tio Josef, embora eu nunca tivesse pensado nele dessa forma. Ela ter parado ali parecia uma coisa estranha de se fazer, visto que ela ignorara todos os outros. Mais estranho ainda porque os olhos dele, tão parecidos com os do meu pai, passaram por mim depois. Um sorriso triste tropeçou em seu rosto, e ele desviou o olhar.

É, nada bom.

A realeza seguiu para o palco do lado oposto, e depois que tomaram seus tronos, todos os outros se sentaram.

Todos menos eu.

Estava na frente, de um jeito desajeitado, e todo mundo podia me encarar. Muito divertido.

O rei se levantou novamente e ergueu a mão pedindo silêncio. Os murmúrios confusos cessaram, e ele olhou solenemente para seus súditos.

— Esta noite, chamei cada um de vocês aqui para testemunhar uma ocasião monumental.

O suor escorria pelas minhas costas enquanto escutava meu sangue correr. Esse era exatamente o tipo de batalha que eu odiava — uma cujo resultado havia sido predeterminado por outra pessoa.

Ele gesticulou para mim.

— Kallik, por favor, junte-se a mim no palco.

Meus joelhos tremeram, mas eu os forcei a obedecer quando os guardas de pé diante dos três degraus se separaram.

Porra. Tudo bem. Segurando um pouco o vestido na frente, subi as escadas e olhei entorpecida para a mão estendida do meu pai.

Era um truque.

Tinha que ser um truque.

Avançando, não tive outra opção a não ser pegar a mão do rei. Sua respiração engatou com o contato, e fiz uma careta quando ele engoliu em seco um pouco antes de mais uma vez encarar a plateia de feéricos do alto escalão.

— Pouco mais de quinze dias atrás — ele disse em uma voz sem emoção —, enviei uma força Seelie ao Triângulo para investigar o desaparecimento de Underhill, como vocês sabem. O que não contei é que enviamos uma feérica de Elite antes deles para descobrir como Underhill poderia ser restaurada. Essa feérica tem um conjunto único de habilidades e foi altamente recomendada por seu treinador.

Isso era uma completa mentira.

Eu sabia disso. Bres sabia disso. Adair sabia disso.

Os outros certamente conseguiriam adivinhar.

O rei olhou na minha direção, e a frustração borbulhou dentro de mim, quase forte o suficiente para dominar o pavor que se infiltrava em mim.

— Mas havia outra razão para essa feérica da Elite ter sido selecionada — o rei falou novamente. — Seu status foi um segredo bem guardado durante sua infância para permitir que ela crescesse em segurança, para que pudesse entender todos os feéricos aqui em Unimak. É meu privilégio finalmente revelar a verdade à minha corte. — Ele segurou minha mão no alto. — Quero apresentar minha única filha e herdeira do trono Seelie, Kallik da Casa Real.

Suspiros soaram quando os feéricos ficaram em pé para me olhar melhor. Mas seus suspiros rapidamente se transformaram em gritos. Olhei para eles, os ouvidos zumbindo com o ruído branco.

— *A morte vem* — o sussurro triste de um espírito ecoou na minha mente quando senti a mão do meu pai ficar mole.

Um estranho ruído borbulhante interrompeu meu choque, cortando a estática e me fazendo virar para o rei.

Bem a tempo de ver seus dedos se soltarem dos meus e vê-lo cair para a frente do palco, os olhos vazios, uma flecha cravada em sua garganta.

27.

Em um único piscar de olhos, fui da mais alta honra e posição que um feérico poderia ter para literalmente o fundo do poço.

Estava com meu vestido dourado dentro de uma cela do castelo, o ar frio corroendo até meus ossos. O resto da ilha tinha temperatura regulada, mas ninguém se importava com os prisioneiros.

Treinada. Caçada. Capturada. Elevada. Destronada. Executada. Bem, eu ainda não tinha sido executada, mas tinha certeza de que seria.

Puxei os joelhos até o peito e me recostei contra a parede de pedra. Meus pulsos ainda tinham as marcas da corda com fios de ferro. Minhas costelas doíam. Meu corpo todo doía.

E, no entanto, a pior dor vinha dos meus pensamentos tortuosos.

Olhando para as peças, para onde terminei essa jornada, meu pressentimento era de que armaram para mim desde o início. Alguém que entendeu que minha magia quebraria a ilusão de Underhill me colocara nesse caminho.

A única pessoa que poderia imaginar que faria isso era a Oráculo, que não deu mais as caras desde o momento em que me fizera jurar.

Fechei os olhos, vendo o sangue jorrar do pescoço do meu pai, vendo seus olhos mortos para o mundo. Eu sentia mais choque em relação àquela imagem do que tristeza.

Ele nem tinha caído no chão antes de Adair apontar para mim e gritar para os guardas do rei me prenderem. A saia volumosa do vestido era pesada, mas, mesmo se não fosse, eu não teria corrido. Conhecia uma armadilha quando a via, e minha situação tinha todas as características de uma bem-feita. Por que fugir do inevitável?

Passos na pedra do lado de fora da minha cela ecoaram contra as paredes de pedra. Abri os olhos e virei a cabeça para ver o que aconteceria.

Um dos guardas abriu a porta, e a voz de Adair ondulou ao nosso redor:

— Algeme-a na parede.

Não lutei quando me levantaram e me prenderam na parede. Mais uma vez, o vestido era parte do problema. A outra parte era saber que não havia saída, que aquilo quase certamente havia sido planejado e posto em prática havia muito tempo. Talvez desde o momento em que deixei o orfanato para treinar, talvez até antes disso.

As mãos enluvadas dos guardas prenderam as algemas de ferro em volta dos meus pulsos já machucados. Soltei um silvo longo e baixo quando a rainha consorte entrou na sala.

— Tsc, tsc, não precisa ser um animal. — Ela estalou os dedos, e os guardas nos deixaram sozinhas, fechando a porta atrás deles.

— Medo de mim? — perguntei suavemente, estreitando os olhos. Talvez não pudesse matá-la com as mãos algemadas e desarmada, mas eu não precisava ser legal. A morte estava vindo para mim, e ela era uma vaca.

Poderia muito bem sair por cima.

— Não. — Seus lábios se curvaram, arruinando a fachada perfeita de beleza que ela normalmente mantinha firme. — Como eu poderia ter medo de alguém cuja morte está assegurada? Uma mestiça que, sob a direção de Rubezahl e da rainha Unseelie, não só destruiu Underhill, como matou nosso precioso rei? Claro, você contratou um assassino para fazer isso, mas todos nós sabemos que foi você. Assim que ele a nomeou herdeira, você o matou para assumir o trono. — Ela suspirou e passou a mão pela face como se estivesse chorando. Mas não havia lágrimas.

Eu me apoiei nas algemas, ignorando a dor lancinante nos meus pulsos.

— Mesmo que eu morra, Adair, você ainda terá que lidar com a loucura. A perda de Underhill custará tudo ao nosso povo, e eu poderia ter impedido isso.

Seus olhos brilharam.

— Você não sabe nada. Não há loucura. Essa é uma ameaça que usamos para manter nosso povo subjugado.

Balancei a cabeça, pensando nos homens brigando na casa de Rubezahl, nos jovens gigantes que enlouqueceram e tentaram nos matar. Nos pais de Cinth. No meu próprio contato com a loucura que me dominou na floresta.

— Não, eu a vi em ação — respondi.

Seu sorriso era afiado.

— É? E quem estava por perto? O líder dos Perdidos? — Ela riu enquanto olhava para mim. — Sua cara está demais. Parece um livro aberto. Sabe, você me fez um favor fugindo. Aquele tolo ia fazer de *você* a herdeira. Ele pensou que você juntaria os mundos humano e feérico. Foi por isso que ele... — Ela fez uma careta, e vi um lampejo de dor em seus olhos. Meu pai engravidou minha mãe com um ano de casamento com Adair. Ele tinha sido infiel.

Eu não queria sentir nada por ela — ela era um monstro. No entanto, pude ver que a traição a ferira profundamente.

Fiz uma careta.

— Por que você está aqui, Adair? Já me sentenciou à morte e está a caminho de começar a guerra que aparentemente quer começar. Está aqui apenas para se gabar de que armou para mim e matou meu pai?

Ela virou o rosto para mim. Lágrimas brilhavam ali agora, e um rápido arregalar de olhos confirmou o que eu suspeitava. Ela o havia matado, mesmo que não tivesse sido com as próprias mãos.

— Sua morte estava chegando, de uma forma ou de outra, a Oráculo previu. Não consegui impedir, então tomei o melhor caminho para mim e para o nosso povo.

O calor em meus pulsos era quase insuportável agora, e o suor escorria pelo meu rosto e ao longo da minha espinha enquanto eu lutava para manter a calma diante da rainha.

— De novo, por que você está aqui?

Ela virou as costas para mim e bateu um dedo na porta. Ela se abriu e os guardas entraram.

— Deixe-a nas algemas. Seus pulsos podem queimar até os ossos, não me importo — ela disse. — Ela não merece menos pela morte do meu amado.

Os dois guardas fizeram uma reverência quando ela passou por eles, sua saia escarlate e preta espalhando pó em ambos os lados da porta.

Eu me recostei na parede quando a porta se fechou mais uma vez. Usando as bordas da minha saia, eu desajeitadamente enfiei o material entre meus pulsos e as algemas. O material dourado brilhante não era grosso, mas ajudou, e dei um suspiro de alívio.

— Por que você veio até mim, Adair? — sussurrei. — Para que eu soubesse que você usaria minha morte contra meus amigos? — A motivação soou verdadeira, mas senti que havia mais.

O dia se transformou em noite, e pude ouvir a troca de guardas duas vezes do lado de fora da porta. Maquinei uma tentativa de fuga, mas eu estava com um vestido dourado brilhante, sem nada para trocar. Mesmo se eu conseguisse fugir, seria presa em um instante. Acima de mim, o som das trompas do funeral ressoou pela pedra enquanto meu pai era enterrado com uma velocidade que me surpreendeu. Normalmente, um funeral real durava semanas. A menos, é claro, que alguém soubesse que ele morreria em breve. Assim como Adair havia dito.

Lágrimas se acumularam nos cantos dos meus olhos. Não porque tivemos um grande relacionamento que deixou lembranças amorosas. Não, de certa forma, era muito pior do que isso.

Não tinha nada para me lembrar dele além da dor de não pertencer, de não ser boa o suficiente para ele. A dor que fluía dentro de mim era pelas coisas que *deveriam ter sido*. O amor que eu não tive — segurar minha mão quando eu estava aprendendo a andar, me ensinar a melhor maneira de me conectar com minha magia, sussurrar para mim que a escuridão não escondia monstros que ele não pudesse matar. Coisas que pais deveriam fazer com suas filhas.

Um soluço ficou preso na minha garganta, e me abracei da melhor forma que pude, os ombros tremendo.

280

A dor por tudo o que não tinha sido e que agora nunca poderia ser apertou minha garganta e, com essas emoções girando em mim, chorei até dormir.

— Você ainda pode salvá-los. — A voz do meu pai fez minha cabeça levantar, e eu o encarei em estado de choque.

— Salvar quem?

— Nosso povo. Eles estão perdidos no deserto, Kallik. — Ele sorriu para mim. — Seu nome é uma palavra tlingit, escolhido pela mulher que a carregou por nove meses, que a amou por cinco anos e que ainda a ama.

— Você quer dizer minha mãe — eu apontei secamente. Seu sorriso não se desfez, em vez disso ficou mais amplo.

— Você sabe o significado do seu nome? — perguntou.

— Significa relâmpago — eu disse. — Faísca ou relâmpago.

Essas palavras puxaram minhas memórias, mas eu não conseguia identificar o porquê.

Seu corpo brilhou, e minha mãe saiu das sombras da cela, vestida com peles grossas, seu cabelo trançado sobre um ombro.

— Quando uma floresta está seca e morta, ela pode ser queimada por um único relâmpago. O relâmpago gera uma faísca, que começa um incêndio que limpa a floresta e permite um novo crescimento. Um crescimento saudável. — Ela estendeu a mão para mim, e eu a peguei, não sentindo mais as algemas em meus pulsos. — Você é essa faísca, Kallik. Seu pai sabia disso. Sua mãe também.

Fiz uma careta, suas palavras provocando um profundo mal-estar dentro de mim.

— *Você* é minha mãe.

Ela suspirou e olhou para o rei feérico.

— Ela vai entender em breve.

Acordei em um sobressalto, pulsos ardendo e escorregadios de sangue. A porta se abriu, e dois guardas entraram. O da esquerda era Bres. Seus olhos estavam... tristes... quando ele tirou minhas algemas da parede, mas não as removeu dos meus pulsos.

— Está na hora.

Não havia como eu sair daquela. Não havia como escapar da morte. Era sobre isso que o sonho tinha sido? Um aviso de que eu me reuniria com meus pais em breve? Coração batendo forte, braços amarrados atrás das costas, fui empurrada escada acima.

Mais de uma vez tropecei no vestido volumoso, mas mal percebi. Consegui ouvir o murmúrio de mil vozes a distância. Então seria uma execução pública: não que eu tenha ficado surpresa.

— Como? — perguntei sabendo que Bres entenderia.

— A rainha pediu que você fosse... afogada.

Meus joelhos travaram e acabei no chão. Poderia enfrentar a morte por decapitação, até um enforcamento.

Mas morte por afogamento?

Adair conhecia meu medo melhor do que qualquer outra pessoa, tendo-o criado.

— Levante-se — Bres retrucou.

Então, pela primeira vez desde que fui levada, resisti.

— Bres, não faça isso! — Eu me debati, dando uma cabeçada no guarda à minha direita com força suficiente para derrubá-lo. Mas a maldita saia do vestido tornou meus chutes menos eficazes, e em questão de segundos eles me prenderam no chão, um novo conjunto de algemas colocado em meus tornozelos.

Me arrastaram para uma pequena sala onde duas mulheres esperavam. Não houve modéstia quando fui despida do vestido dourado, e um vestido de pano de saco na altura do joelho, aberto dos lados, foi puxado sobre minha cabeça e amarrado na cintura.

Tentei atrair a energia do solo, mas minha magia índigo ganhou vida, se mexeu e então foi puxada pelas algemas de ferro.

Quando chegamos ao pátio aberto do castelo, estava tremendo e suando de dor e frustração. Continuei tentando trazer minha magia para mim, e ela continuou se dissolvendo nas algemas de ferro — algo que era de esperar com aquele tipo de ligação.

Uma espécie de forca havia sido montada em uma plataforma com um grande tanque de água abaixo dela. As escadas de madeira por que subimos estavam manchadas, e o cheiro de madeira recém-cortada preencheu meu nariz.

Adair estava esperando por nós no topo da plataforma, meu tio Josef ao lado dela com um braço em volta de sua cintura, confortando-a.

Não fazia sentido tentar sair daquela situação. Bres me arrastou até a borda do tanque. Um mergulhador estava na água, e ele pegou a ponta das minhas algemas e mergulhou no fundo do tanque, onde um aro esperava. Ele deslizou a ponta comprida da corrente pelo aro e esperou.

Por tudo o que era sagrado para mim... eles iam me amarrar no fundo do tanque e deixar que todo mundo visse eu me afogar.

O tremor começou nos meus joelhos, e foi subindo pelo meu corpo até que minhas correntes estivessem chacoalhando. A dor nos meus pulsos e tornozelos estava distante agora, minhas terminações nervosas quase mortas com o contato constante do ferro.

— Pelos crimes de destruir Underhill e planejar o assassinato de nosso amado rei Aleksandr, você foi condenada à morte por afogamento, Kallik de Casa Nenhuma.

Eu nem sabia quem falava — minha atenção estava na corrente que havia sido puxada com força, arrastando-me em direção à água. Quando meus pés tocaram a borda da superfície agourenta, eu me engasguei e olhei por cima do ombro para Bres.

Em seu ombro havia um cruza-bico vermelho.

Afastei a esperança de que fosse um avatar de Rubezahl.

Outro puxão forte na corrente e mergulhei na água. Respirei fundo e deixei meu corpo ser puxado para baixo. Não porque não queria lutar.

Mas porque o mergulhador teve que passar por mim. Se eu tentasse escapar naquele momento, ele me impediria.

Abri os olhos, a água borrando as coisas enquanto observava o mergulhador prender minha corrente no fundo do tanque.

Do lado de fora do tanque, as pessoas se empurravam para me ver morrer.

Essas eram as pessoas que meu pai queria que eu salvasse.

Foco, Kallik, foco!, eu me repreendi. O mergulhador — um feérico da água — nadou por mim, seu cabelo azul flutuando como se houvesse uma corrente.

— Você merece essa morte — ele disse, sua voz nítida e clara como se não estivéssemos debaixo d'água.

E então eu estava sozinha. Ele se foi, e eu estava cercada pelos olhos maliciosos dos feéricos me observando enquanto eu descia para o fundo do tanque e ficava ali, de frente para eles.

Talvez você devesse morrer com dignidade, Kallik. Como sua mãe.

Talvez eu teria, se não a tivesse visto no tanque.

Cinth.

Suas mãos estavam espalmadas contra o vidro, e eu lutei para chegar mais perto. Deusa, eu não queria que ela me visse morrer. Como ela estava ali?

Ela sorriu, embora tenha vacilado um pouco, e murmurou uma palavra:

— *Aguente.*

Pela bola esquerda de Lugh, isso era... um resgate? Quando na minha vida eu já fui salva? Eu sempre tive que ser a mais forte. Aquela que aguentava tudo.

Houve um súbito estrondo que enviou uma onda de choque pela água, e um fluxo de bolhas escapou da minha boca.

Do lado de fora do tanque, eu podia ver corpos brigando. O clarão de espadas. E então o estalo agudo de um machado contra o vidro do tanque.

Não quebrou.

Meu peito bateu forte com a necessidade de ar.

Aguentar. Eu só tinha que aguentar.

Outro golpe do machado. Os olhos de Cinth implorando para mim. Gritos. Uma explosão.

Não conseguia ver.

Não conseguia respirar.

Eles não seriam rápidos o suficiente. Eu ia me afogar.

Mais bolhas escaparam da minha boca. Não pude evitar.

Aspirei água. Queimando, eu estava queimando de dentro para fora.

Flashes da minha vida cascatearam na minha cabeça. Faolan, Cinth, Ruby, meu pai e Adair. O sorriso da minha mãe enquanto ela acariciava minha face.

Minha magia rodopiou ao redor e dentro de mim, aprofundando a cor até o índigo ficar quase preto, preenchendo o tanque de água.

Precisava sair dali.

Seu nome significa relâmpago.

Como o relâmpago que me atingiu na floresta, afastando a fera que me atacava. Teria sido meu o relâmpago?

Agarrando-me a essas palavras, puxei a magia para dentro e ao redor de mim com todas as minhas forças. Uma chama ofuscante iluminou a magia índigo-escuro, e o tanque se despedaçou com o enorme relâmpago. O vidro explodiu, a água correu em todas as direções e eu caí de joelhos.

Tossindo e me engasgando com o líquido em meus pulmões, mal me dei conta das mãos que estavam em mim, tirando as algemas e me jogando sobre costas muito grandes e largas.

Um bufo e um berro rasgaram o ar, e então alguém estava me segurando nas costas de um dos kelpies terrestres, que passavam por cima de qualquer feérico que estivesse em seu caminho, correndo para longe do castelo e pelas ruas.

Agarrei-me às mãos do meu salvador, à impossibilidade de estar viva.

— Cinth!

— Ela está vindo, não se preocupe com ela — Lan disse no meu ouvido, seu corpo aquecendo o meu. — Você está segura, majestade. Está segura.

E assim, eu estava nos braços de Faolan, sendo levada para longe da morte certa.

Mas talvez eu estivesse sendo cautelosa demais... porque suspeitei de que estivesse longe de estar segura. Porque, enquanto eu estivesse viva, cada pecado de Adair estava esperando para ser exposto.

— Nós não terminamos com a Adair — eu afirmei. — Nem de longe.

Ele sorriu para mim.

— Estou contando com isso.

AGRADECIMENTOS

Não poderia ter feito nada disso sem Kelly, sua imaginação incrível, seu olho para os detalhes e, claro, a pessoa sensacional que ela é! Que jornada esta série tem sido. Sou grata por compartilhá-la não apenas com Kelly, mas com todos vocês. Que você ame este mundo tanto quanto nós amamos criá-lo para você. (P.S., agora que vi os agradecimentos dela, vejo que os meus estão terrivelmente inadequados #PrecisoMelhorar.)

— SHANNON MAYER

Eu realmente preciso agradecer Shannon por 1) optar por escrever com alguém que sofreu de "cérebro de grávida" agudo — e depois "cérebro de bebê". O que ainda não melhorou... Quando isso melhora? E 2) fazer a maior parte do trabalho administrativo dos bastidores para este livro enquanto eu entrava na maternidade, com todas as suas alegrias e privação de sono. Obrigada, amiga. O apoio significou — e significa — muito para mim.

Um salve para a equipe incrível que nos ajudou a deixar esta história pronta para os leitores. Um viva para meus leitores maravilhosos, que são sempre tão encorajadores e entusiasmados. E um urra para minha família incrível: Scott, meu marido, e a nova e preciosa integrante, Bonnie Frances.

— KELLY ST CLARE

Primeira edição (outubro/2023)
Papel de miolo Ivory slim 65g
Tipografias Masqualero e Freaky Story
Gráfica LIS